U0065815

雖然是精神病
但沒關係

奇幻浪漫的療癒愛情劇

雖然是精神病但沒關係

趙容 Jo Yong 編劇｜姜山 Jam San 插畫

原著劇本

| 下 |

瑞昇文化

序

《雖然是精神病但沒關係》，其實是我的反省文。

在很久以前，我曾因「感到陌生」作為理由，輕言斷定對方為「不正常」，而疏遠他人，因此這些年來的後悔與羞愧，促使自己撰寫這個故事，而後悔與羞愧的反義詞，延伸創造出筆下的鋼太。

擁有勇氣，去愛他人無法愛上的人

具有耐心，擁抱佈滿荊棘的玫瑰

富含包容，原諒難以面對的傷痛…就是文鋼太

這個世界上，還有許多尚未遇見「鋼太」的「文英」和「尚泰」，但是也唯有「文英」和「尚泰」的存在，才能造就如此堅定、豐盛的「鋼太」，因此千萬別逃避，接納並理解他人，才能使彼此真正地幸福。

背負著沉重的負擔，該如何鼓起勇氣，敞開心胸接納他人。
「認同」就是一切的開端。

　　你就是最好的你

　　我就是最好的我

　　我們都是最好的自己

　　有問題又怎樣，那也沒關係

　　It's okay to not be okay!!

文鋼太

30 歲，精神病院護工

金秀賢

　　出色的外表、聰明伶俐的頭腦、過人的耐心、爆發力、魅力、體力等等，本該人人公平的神卻在造他時，將一切令人羨慕的特徵都注入其中，但卻也給了他必須背負一輩子的重擔，就是大他七歲的自閉症哥哥！

　　當他一肩扛起照顧哥哥責任時，就已經失去人生的掌控權，更正確地說，他從未做過自己而活。

　　哥哥只要到了春暖花開，蝴蝶開始紛飛起舞之時，就會日復一日被惡夢纏身，兄弟倆必須不停搬家，過著居無定所的生活，日子過得有一餐沒一餐，高中學歷也沒能畫下句點，在一個地方

絕不會停留超過一年的時間，因此也不與旁人交心，入不敷出的生活，總是身不由己。

　　面對哥哥時總是露出溫柔的笑容，但背過身卻被深深的憂鬱填滿，嘴上說著哥哥就是自己的一切，但內心的自己卻面無表情地漠視一切。經常幻想著自己是一名普通的上班族，看著路上經過的戀人們挽著手，開心笑著的模樣，心中苦澀難耐，多希望自己拖著行李箱是要前往遠洋飛行而不是遷徙，每天內心上演無數次的幻想，這些絕不能讓哥哥知道，不能讓他知道……

　　無力又乏味的日子裡，有天被一個奇怪的女子闖入，就這樣莫名其妙地像被寫入獵奇又狗血的恐怖懸疑戲中，甚至開始和奇怪女子產生情愫，成為難以置信的喜劇片，想逃脫這一切，但卻無法逃離她的魔法之中，照顧哥哥人生的責任已經讓自己難以喘氣，怎麼能夠有餘裕讓他人走進我的生命中呢？

　　可是，我漸漸無法將視線從她身上轉移。

高文英

30歲，人氣童話作家，反社會性人格

徐睿知

　　看似完美無缺的她，有著一個致命的缺陷，造物主在創造她時，或許太過專注在捏製她天使般的外表，竟然遺忘將被稱為「靈魂香氣」的「情感」放入其中，就像沒有香氣的花一般，出生後也不曾被蜜蜂或蝴蝶環繞，孤獨已成常態，倘若有不良品的產出，究竟是不良品的錯還是製造者的錯？她將一切歸咎於造物主的錯失，從不覺得對不起他人，目中無人的過生活。

　　每天身穿與現代時空不符的奇裝異服，華麗又引人側目的打扮不是為了展現自我，說穿了只是一層自我防禦，為了不讓世人

窺探自己脆弱的內心世界而穿起的保護色，在她一意孤行的人生裡，有天突然出現一名有趣的飼料（？），望向對方眼神的瞬間她明白，這傢伙就是我的命運！

　　但這名男子卻頑強抵抗她的話語，愈是如此更是激起她的勝負欲，從一開始的好奇心開始轉成為佔有，進而成為執著，最後也深陷其中，他成了她最深的渴望，「我竟然也會產生這樣的情感…這就是所謂的愛情嗎？胸膛裡難以平撫的躁動究竟是甚麼，躲不掉的波浪將我捲去，思念彷彿致人死地般痛苦難耐，我到底發生甚麼事，可以告訴我嗎？」

　　「或許，我能夠因為你，也開始散發靈魂的香氣嗎？」

文尚泰
37 歲，自閉症 ASD

吳政世

高功能自閉症（HFA）患者，鋼太的親生哥哥而不是叔叔，擁有驚人的記憶力與繪畫實力，極度厭惡肢體接觸，在外人來看有些冷淡無情，但他只是比較特別，並非不正常。

喜惡分明，無法容忍噪音、接觸、髒亂、暴力、說謊，若是有人觸摸到後腦勺就會發作，在「那天的意外」之後，後腦勺就成為炸藥的開關。最喜歡畫畫、恐龍、高吉童、條紋上衣，還有高文英！鋼太最在乎的人是尚泰，而尚泰最在意的人就是文英，每天睜開眼就是抱著文英的童話本，並在上面作畫，晚上則是讀

著文英的童話入睡，是高文英作家的頭號粉絲。

　　他也擅長觀察他人臉上細微的表情變化，用來讀取對方的情緒，尚泰經常端詳弟弟的表情，而弟弟總是每每露出笑臉，直挺挺地看著他。

　　「我的弟弟…現在很幸福。」

南朱里

30 歲，精神保健護理師

朴珪瑛

任職於沒關係病院七年，與鋼太在首爾的精神療養院共事一年，因為皆為同鄉所以關係良好，個性小心謹慎，鮮少對他人展露真實情緒，但遇上鋼太後卻願意與他在下班後小酌一杯。

即便自身內心對於鋼太的情感日漸壯大，可是卻不曾溢於言表，直到有天發現出現在鋼太身邊的文英時，她開始感到害怕不安，朱里在小學時期曾與文英短暫當過同班同學，她比誰都清楚文英是多麼可怕又難以預測的人，想盡辦法要讓鋼太離開文英，

卻怎樣也抵擋不住兩人命運的羈絆。

　　童話故事裡，善良的主角總是能夠戰勝魔女，並投入王子的懷抱，但現實卻不盡人意，而看似清純、善良的她，只要一碰到酒，就會在一夕間從善良的化身「傑基爾 Jekyll」黑化為「海德 Hyde」，酒彷彿將綑綁她的理智線溶解，露出不為人知的面貌。

沒關係病院　相關職員

吳智往｜院長｜金昌完

如同他的名字的寓意，每天無所事事最愛管閒事的魔王，以「沒有正常與不正常，只有發現而不是偏見」作為醫院的座右銘⋯但實質上卻是韓國最孤僻又奇怪的醫院，被精神科學界所孤立，座落在鄉村一角。

擁有大腦與心理學相關三個博士學位的天才，但卻也是腦子不知道究竟在想甚麼的怪才，「痛嗎？我也痛，想死嗎？我更想死，有關係也沒關係的沒關係精神病院」看似荒腔走板的對話就是他珍貴的治療方針。

比起正經八百的說「加油」、「會好轉的」，更有效的是「我比你還不幸」、「他比你更不舒服」，以此種方式告訴患者有人比你所承受的還多，使對方產生信心克服。

作為引導患者接觸外面世界的嚮導，即便常聽到人家問他是不是老年癡呆，但他卻是比任何人都思緒清晰的巨人。

姜順德｜廚師長、朱里的母親｜金美京

無能的丈夫因酗酒早逝，因此揹著年幼的女兒在工地餐廳煮飯給工人，但有天突然因心律不整，喘不過氣送醫急救，被醫生囑咐不能再做苦工否則將有生命危險，身為母親的危機意識就此啟動，絕不能讓自己女兒成為孤兒，因此向村莊內被稱為傻瓜的院長求助（？），之後在院長的幫忙下一步步成為沒關係精神病院的廚師長。

所以對於餓肚子或居無定所的人絕對會伸出援手，因此讓鋼太、尚泰兩兄弟住進屋塔房，細心照料他們並做溫熱的飯菜給他們吃，充滿母愛的她，毫無保留地給身無分文的兩兄弟莫大的溫暖。

朴幸子｜護理長｜張英南

徹底的完美主義者，只要她上班的一天，整間醫院都需要上緊發條，任何突發事件都要遵守「患者生命是第一」的準則，同時也是唯一能鎮壓隨時失控的吳院長的人。

善星｜護理師｜張圭悧

資歷三年的護理師，朱里的好友，個性活潑開朗，平時與患者相處良好，一旦因患者而受傷時就會湧上職業倦怠，但若是患者給予一點零食就會感動得哭哭啼啼。

權敏錫｜精神科醫生｜徐俊

　　乾淨俐落的外貌，公私分明，極端的現實主義者，是吳院長身邊相當重要的存在。

吳車勇｜護工｜崔宇成

　　到職不過三個月的護工，卻總是和擁有十年經歷的鋼太鬥嘴，全身上下散發出有錢人家少爺的氣息，但一開口就知道是成人過動症（ADHD），每天都跟患者上演著 N 次世界大戰，逐漸從中二緩慢成長為高二。

高大煥 ｜ 文英的父親 ｜ 李桌 ｜ ^{器質性癡呆}

多次獲得建築文化人獎的知名建築師，不同於妻子的外向，個性木訥寡言，相當疼愛獨生女文英，卻也心生恐懼。

在「那天」之後，飽受精神壓力與失眠症的折磨，腦內長出腫瘤，經過數次復發與手術後，身體與心靈都承受巨大的壓力，最後被醫生斷定罹患老年癡呆症候群。

簡畢翁 ｜ 金基天 ｜ ^{創傷後壓力症候群（PTSD）}

斯文的和平主義者，又被稱之為「甘地」，空閒時間會閱讀書籍或與吳院長下棋，經歷殘酷戰爭殺戮的他，靈魂留下深深的傷口，無法原諒自我曾做過的事情，因此拒絕踏出醫院。

李雅凜 ｜ 池慧元 ｜ ^{憂鬱症}

內向害羞、情感充沛，常因小事就落淚，婚後遭受老公的暴力對待，在長期的言語暴力與肢體暴力下逐漸失去自尊心，更因此失去親生孩子。

朱正泰｜鄭在光 酒精成癮患者

將酒視為人生的全部，只要一見火就想喝酒，曾受到優秀消防隊員表揚的熱血消防員，卻沒在大火中救出自己的妻子與孩子，揮之不去的罪惡感使他仰賴酒精，常照顧與妻子相像的李雅凜，在相處中敞開彼此心房。

朴玉蘭｜姜智恩 邊緣性人格障礙

曾是無名話劇的演員，因為連分配到一句台詞的機會都沒有，而踏上反覆整型之路，然而卻更加深自卑感，為了得到他人關注不得已開始自殘，是都熙才作家《西方魔女殺人系列》的狂熱粉絲。

劉宣海｜朱仁英 解離性人格障礙

自小經常發出奇怪聲響，被父母視為「被鬼附身的孩子」因此遭棄養，爾後被巫師奶奶收養，有天被前來算命的吳院長診斷為解離性人格障礙患者。

姜恩慈｜裴海善 精神病性憂鬱症

即使天氣炎熱也披著狐狸披肩的有錢婦人，只要一開口就炫耀女兒和財產。

李相仁｜38 歲，超乎想像兒童文學出版社的代表｜金柱憲

從做為文英的童話書編輯開始，一路往上爬成為出版社代表，懷抱野心，立志將文英不僅是作為一名「作家」而是「名人」來栽培。替文英收拾善後已經十年的時間，這段期間讓他甘之如飴的就是隨之而來的錢財！只要有錢就能使鬼推磨！

但他卻是容易受驚嚇的膽小鬼，只要周遭有一些聲響就能使他雞飛狗跳，但他能堅持留在文英身邊並不單純為了錢，他也擁有一顆像哥哥一樣、父親一般疼惜孩子的心，儘管如此，他還是喜歡溫柔婉約的女人，朱里的脫俗氣質使他難以忘懷。

劉丞梓｜藝術總監｜朴真珠

應徵的是藝術總監，但卻是相仁的個人秘書，是相仁不開心時的出氣筒，每天聽著相仁說著「雇用你真是浪費薪水」，默默承受一切。

不太會看臉色，也因此許多時候能講出心底話，在相仁劈哩啪啦罵人時，也能勇敢地講出心聲，會稱呼比自己年紀還小的朱里為姐姐。

都熙才｜文英的母親，犯罪推理小說家

迅速竄紅的暢銷犯罪推理小說家，在寫作的同時，無法將心思放在丈夫身上，但卻對於女兒的養育傾注心血，在寫完連載五年的《西方魔女殺人系列》最後一卷的當天夜晚，失蹤於丈夫建造的「森林之城」，隨著歲月的流逝，被宣告死亡，但她的行蹤仍是個謎。

趙載洙｜鋼太朋友，自由創業｜姜基棟

鋼太的摯友，能夠為鋼太掏心掏肺，與鋼太還有尚泰一同四處遷移。經營炸雞外送，超級熱天派，就連三秒也不放棄耍嘴皮子，自小在炸雞店長大，可能吃過多雞肉，腦子卻沒補到，但卻是朋友有難，絕對兩肋插刀的義氣男。因為總是出沒在鋼太身邊，當鋼太稱呼「載洙」時，旁人常誤會成在稱呼「弟媳」，引人注目，即便如此，載洙還是挺喜歡黏在鋼太身邊，幻想著一輩子不分離。

文前註解

1. 本書盡可能呈現劇本初始形式。
2. 戲劇台詞多為口語而非書面用語，部分詞彙為了配合人物或場景而捨棄標準用法。
3. 本文內逗號、驚嘆號、句號等標點符號已依中文使用習慣做調整，但部分仍保留作者原作呈現。
4. 本書為作者提供的最終劇本內容，包含影像未拍攝部分。

9

國王的驢耳朵

#1　　　沒關係病院，庭院｜白天
在風和日麗的陽光下⋯文英坐在涼椅上若有所思，她輕摸
著一側的臉頰。

#2　　　#INS）回想｜沒關係病院，庭院
文英被雅凜的前夫甩了一記耳光後，跌落在地。當她正帶
著殺紅的眼神，拾起一顆石頭在身後時，男子卻被人狠狠
地揍了一拳！揮拳的鋼太怒視著因挨拳而重心不穩的男
子，週遭的人都被眼前光景嚇得呆愣在原地⋯

文英　　　⋯！
鋼太　　　（一步步逼近男子，耳邊響起⋯）
文英（E）　（#INS-7集26幕）為什麼要忍著？
鋼太（E）　（#INS-8集46幕）唯有我隱忍⋯就不會發生任何事⋯

文英	（…看著鋼太陌生的面貌）
朴幸子	文護工！！

此時的鋼太卻甚麼也聽不進去，緊緊抓住男子的衣領。

鋼太（E）	若是不顧後果，為所欲為的話…我跟哥哥就不會像今天這樣了…
尚泰	（看著弟弟，喃喃自語）不要打…不可以打…
鋼太	（高舉拳頭）
男子	（瞪大眼睛！）
李雅凜	（哀求）護工…請不要這樣…嗚嗚…
鋼太	（停止動作！）
文英	（#INS-7集26幕）我只是很好奇，如果你不忍住的話，會發生甚麼事…

鋼太尚未完全冷靜，大口地喘著氣…文英看著眼前的他。

#3	**沒關係病院，庭院｜白天**

文英回想著鋼太陌生的面貌，若有所思。

文英	（嘴角略微上揚）引爆後…有點可怕呢…

從遠方跑過來一雙球鞋，停在文英眼前，抬起頭望見鋼太雀躍如少年般的模樣。

文英	？！
鋼太	我被停職了！
文英	（那有很好笑嗎？）
鋼太	（猶如少年般笑著）這期間不會支薪，還有可能被告，完全一塌糊塗（呼呼…）你不是說過嗎，隨時都可以綁架我。
文英	（…！該不會…）
鋼太	我想要跟你玩。
文英	！！（宛如被求婚般…內心有些顫抖）
鋼太	就是現在，我們走吧。（伸出手）
文英	（望著那隻手…帶著害羞的微笑，握緊鋼太的手）

#4　　濱海道路，行駛的車｜白天
文英的車[1]快速穿越濱海道路。

文英	（開著車，開心地講著話）那我們要去哪裡？都要出去玩了，出國吧？你想去哪個國家？南美洲的話，吃得太落後了，歐洲人又有點難相處，啊…！以熱治熱，我們去非洲吧！造訪神秘的野生動物世界？（感受到另一側沒有回應，望向鋼太）

鋼太從剛剛就彷彿靈魂抽乾似地，雙眼無神地看著前方，像是意識到自己方才的所作所為…

1　鋼太的包包放在後座。

文英（E）	該死的，我剛剛做了甚麼…？
鋼太	（望了一眼）
文英	（可怕眼神）你該不會…在想這個吧？
鋼太	（！）哪有，怎麼會呢？不是的！（坐挺身子）
文英	你最好不要有這種想法，你都這樣帥氣地揮拳，還拉著我的手走出來，你最好不要想反悔，知道嗎？（否則你就死定！）
鋼太	（害怕）怎麼可能呢，呵呵…你想太多了…（尷尬的笑著）
文英	那去賽倫蓋提吧！
鋼太	（賽甚麼…？無法集中精神）可是…我沒有護照耶？
文英	（！）你是從星星來的嗎？
鋼太	…
文英	現在怎麼會有沒護照的人…
鋼太	就在你的眼前。
文英	那，不然我們去濟州島。
鋼太	濟州島好像無法當天來回。
文英	當天？你現在在開玩笑嗎？
鋼太	你不是說想在山野裡玩耍嗎，一天應該很足夠了。
文英	（忍住…忍住吧）呼，好，那我們去兩天一夜…
鋼太	如果要兩天一夜的話，那要帶著哥…（話都還沒說完）
文英	（嘎—急速踩下油門！）
鋼太	…！！不要開那麼快…
文英	（太過生氣，開始飆車）

車子轉進堤岸邊的小路，快速地衝過去。

#5　　　港灣，行駛的車｜白天

鋼太　　你在做甚麼！
文英　　賭上生命給我好好回答。
鋼太　　（眼見車子就快衝進海裡）趕緊停車！
文英　　（宛如《對不起，我愛你》的蘇志燮般）你要跟我去兩天
　　　　一夜？還是要當天來回？
鋼太　　（真是瘋了⋯！）叫你停車！
文英　　（大力踩下油門！）你要跟我去玩兩天一夜？還是⋯一起
　　　　死？！
鋼太　　（就要衝向海）高文英！！！！

嘎—急速地剎車聲劃過，只差毫髮就會墜海。

鋼太　　（大口喘著氣）
文英　　（不為所動）
鋼太　　（生氣）你瘋了嗎？竟然開這種攸關生死的玩笑？！
文英　　（冰冷）我沒有在開玩笑。
鋼太　　（呼⋯）拜託你⋯在衝動行事前⋯要在心中默數三秒。
文英　　（諷刺）那你剛剛有在心中數一、二、三，才揍他一拳嗎？
鋼太　　（⋯！無話可說）
文英　　下車。
鋼太　　⋯！

| 文英 | 現在跟你一起，可能隨時會撞上哪裡，叫你下車。 |
| 鋼太 | （最後還是下車） |

文英將鋼太留在原地，將他的包包丟出窗外。

| 鋼太 | （…！） |

鋼太看著文英離去的車子…不由自主地笑了，一方面覺得直來直往的文英有些可愛，同時也對一連串發生的荒謬事件感到好笑。

#6　　行駛中的車｜白天
憤怒駕駛中的文英，則是滿腹髒話的不停怒罵著。

| 文英 | 天哪！文鋼太這臭小子！！說要去玩結果又反悔…（想了想）還是他在玩我？可惡啊，竟敢玩弄我嗎？？這小子真是不想活了，氣死我了！（拍打方向盤） |

#7　　披薩店｜白天
鋼太在披薩上頭撒上大量的辣醬…大口大口的吃著，載洙坐在對面呆愣地望著他。

載洙	我的兄弟…你最近…好陌生。
鋼太	（塞滿嘴）我還沒吃午餐。
載洙	雖然挨餓是你的專長，離職是你的技能，但揍人後被停

職，現在的你還吃得下去嗎？

鋼太　（嘻嘻）這個真好吃。

載洙　（將手貼在額頭）你…是不是不舒服，要做檢查嗎？

鋼太　連你也覺得我有些不正常嗎？

載洙　不是有些，是非常。

鋼太　載洙，我為什麼會這樣呢？

載洙　精神病病毒。

鋼太　病毒？

載洙　之前高文英拿刀劃過你的手時，那個女人的精神病病毒就已經入侵你的血液（從手心指向頭部）進而感染你的大腦，使你做出違反常理的事。

鋼太　…（看著）

載洙　…（回看）

鋼太　差點相信了。

載洙　還是我要轉職寫小說？

鋼太　你知道小說的英文是甚麼嗎？

載洙　這小子真的是小看我。

鋼太　所以是甚麼？

載洙　小！說！（我知道）的英文！諾貝爾嘛！諾貝爾文學賞啊！

鋼太　（一笑）是諾弗。

載洙　（…！！）我…我知道，諾福…弗，只是發音比較不標準而已，哈哈…

鋼太　（笑）載洙…

載洙　就說我知道了！N…O…V…R？還是 L？

鋼太	我…想出去玩…
載洙	（…！！驚訝）當然好！好久沒跟阿爾貝托一起遨遊了是吧，走吧！想去哪？
鋼太	賽倫蓋提。
載洙	賽倫…甚麼？
鋼太	野生動物的世界。（呵呵）
載洙	野生…（這個人真的病得不輕…緊緊握住他的手）鋼太你不要這樣…到底怎麼了，人如果突然性情大變，可是會出事的！
鋼太	（覺得有趣）

順德（E）	他不是這樣的孩子…

#8　　**沒關係病院，員工餐廳｜白天**

吳院長與尚泰正吃著飯，對面坐著順德。

順德	這麼有耐心的孩子，怎麼會打人呢？
吳院長	（想要夾取尚泰的飯菜）
尚泰	（鏗！用筷子阻止，將飯菜都塞進嘴巴）
吳院長	當已經隱忍 99 次的放屁時，最後一次一定會臭死了。
尚泰	真是沒禮貌！怎麼可以在餐桌上講放屁，這樣飯都有屁味，會有屁味。
吳院長	（嘻嘻）抱歉抱歉。
順德	可是…他為什麼會這樣呢？
吳院長	我以前也常教訓那些欺負妳的人不是嗎，想必是相同的心

情。

順德	（看院長）
吳院長	（對著尚泰）在我年輕的時候，很喜歡順德呢，可是她卻不領情，還拒絕我三次。
尚泰	（問順德）你怎麼拒絕的？
順德	我就說，不要，走開，才不要，這個人從以前（指著腦袋）這裡就有點怪怪的，將來絕對不是天才就是蠢才，所以我當然要離他遠遠的。
吳院長	老實說有點後悔吧。
順德	（這老狐狸）是的，搥胸的那種！（站起身）趕緊將飯吃了，要吃乾淨。（轉身離開）
吳院長	（對尚泰）看到了吧？她對我還是有點留戀的。
尚泰	好的，剩下的泡菜湯一口喝完！
吳院長	（咕嚕咕嚕喝著湯）

此時，星倉皇地跑上前：「院長！」

星	真的很抱歉打擾您用餐⋯但必須請您過來一趟。

#9 　沒關係病院，護理站｜白天

病人皆圍繞在一旁，雅凜（便服）難過地哭泣中，雅凜的母親（60歲）和哥哥（30歲）與醫護人員因出院與否僵持不下。

雅凜母親	為什麼不能讓我們出院！說啊？
權敏錫	（要瘋）不是不允許，只是辦理出院需要辦理手續⋯

雅凜母親	我不管！我們走吧！
朱里	（安撫）請各位先冷靜，院長稍後就會過來…
雅凜哥哥	那雅凜前夫有冷靜嗎？當初就是為了躲過那個瘋子，才會安排她住進這種偏僻的醫院！結果那小子竟然找上門…（呼…看著雅凜）你跟我回美國接受治療吧。
雅凜	！！我不要，哥哥你自己去，我不要去。
雅凜哥哥	不要任性了，快跟我走。（抓緊雅凜）

一隻手出現，抓住雅凜的手…是吳院長！

吳院長	（魄力）怎麼可以就這樣離開呢！
雅凜哥哥	你想怎樣！
吳院長	（轉為微笑）要先繳費啊～出納室在前方。（指引方向）
朱里｜星	（尷尬…）

#10　　沒關係病院，玻璃門前｜白天
　　　雅凜依依不捨地回望醫院，哥哥與母親背著行李，一同往停車場走去，吳院長與朴幸子站在玻璃門前看著他們。

朴幸子	李雅凜患者…尚未痊癒，還不適合出院，讓他們離去真的沒關係嗎？
吳院長	家屬那麼堅持的話…即使有關係我們也阻止不了。

#11　　沒關係病院，治療室前｜白天
　　　「不可以！雅凜！雅凜呢！」，朱正泰含著淚，正要衝出

治療室，身後的簡畢翁與劉宣海出手阻止他。

#12　　　沒關係醫院，外側｜白天
　　　　劉宣海在門邊注意著有無醫護人員經過，朱正泰滴著斗大
　　　　的淚滴，泣不成聲，簡畢翁在一旁安撫著。

簡畢翁　你跟雅凜這樣發展下去，總有一天會被發現，先忍個幾
　　　　天，我幫你想辦法。

朱正泰　（悲傷地痛哭）

劉宣海　（突然顫抖身體，像被附身般，眼神轉變）正泰⋯明天你
　　　　的貴人會從西方來。

簡畢翁　西方的鬼？

劉宣海　（受不了）貴！人！你這老頭，還不裝助聽器嗎！

#13　　　披薩店｜白天
　　　　鋼太喝著可樂，載洙在一旁不斷抱怨。

載洙　　他不是打呼就是放屁，有時還會一起來，跟交響樂一樣，
　　　　咚咚隆咚鏘！李相仁他根本在睡覺的時候，全身孔洞都會
　　　　打開⋯

鋼太　　（笑）如果真的被吵得睡不著，就來我們房間睡吧，反正
　　　　是空的。

載洙　　（正想聽到）真的可以嗎？（興奮）

鋼太　　（其實⋯）我有件事情想拜託你⋯

載洙　　拜託？

鋼太	明天…我哥…可以麻煩你…
載洙	沒問題！
鋼太	我話都還沒說呢？
載洙	不用多說甚麼，我也不會多問，我答應你，這就是男子漢的義氣！
鋼太	謝謝你…
載洙	那你喜歡我？還是喜歡你哥？
鋼太	不用多說甚麼。
載洙	甚麼？
鋼太	（起身，拍拍載洙的肩膀）我先走了。
載洙	（心動！）好，我也喜歡你，這小子真是的，哈哈哈…（害羞地揮手）

#14　　**城堡，文英的房間｜夜晚**
坐在床尾的文英，散發著黑色氣息。

文英	文鋼太…還不回家嗎…再不回來…我要掐死你…

文英用手拉一條線，線的另一端綁著網太的脖子，網太正在…替鋼太被掐脖子…

#15　　**城堡，兄弟的房間｜夜晚**
尚泰從醫院回家，整理著包包，一旁的電視播放著多利[2]的

2　多利與其他朋友們破壞高吉童家的片段。

卡通…

尚泰　　　（高吉童台詞）就是那兩個混蛋，他們早就預謀要侵占我
　　　　　們家，可惡的壞蛋們！

文英（E）　真的令人討厭。

尚泰　　　？！（轉過頭）

文英　　　（靠在門邊）我最討厭多利那群人了…明明是借宿的寄生
　　　　　蟲，卻為所欲為（坐在床尾）所以我喜歡高吉童。

尚泰　　　（…！！）高吉童？！

文英　　　他讓那些人留在自己的地盤上（看著電視）為人很善良。

尚泰　　　（露出欣喜的眼神）

文英　　　你覺得呢？

尚泰　　　（點頭）我也喜歡…

文英　　　？！

尚泰　　　我也喜歡…高吉童…（拿起劍龍的玩偶給文英）所以牠的
　　　　　名字就取名為高吉童。

文英　　　尚泰哥也喜歡嗎？

尚泰　　　（開心地不斷說著）高吉童是多利、多拿和多奇的護工，
　　　　　不是，是他們的監護人，他餵飽飢餓的孩子，還保護他
　　　　　們，而且其實我是鋼太的監護人，監護人就是要值得依
　　　　　靠，因為我是大人也是哥哥。

文英　　　（講甚麼…）

尚泰　　　（期待文英的回應）

文英　　　那…我們真有默契呢，根本就是最佳拍檔！（伸出手要擊
　　　　　掌）

尚泰	（不在乎文英的手，而是詞彙）最佳⋯拍檔⋯（害羞地搓著手）
文英	（把尷尬的手收回）
尚泰	最佳拍檔⋯（正想要靠近文英一些）
鋼太	（此時）哥，我回來了。（進門）
文英	（站起身，走過鋼太）
鋼太	（抓緊）等一下我有話跟你說。
文英	（生悶氣的表情）
尚泰	（看著兩人）⋯

#16　　　城堡，露臺｜夜晚

文英背對鋼太站著。

鋼太	⋯真的不去玩了嗎？
文英	（憤怒轉身）只想去玩一天，那剛剛為什麼還要對我耍帥呢？
鋼太	（真心）一天對我來說就足夠了，一天的時間⋯就是我一直以來幻想的叛逆。
文英	！（真是讓人發不了脾氣）可惡⋯
鋼太	（笑著）明天會跟我去的吧。
文英	（望向天空）可是你，有時候不像護工⋯更像馴獸師。
鋼太	馴獸師？
文英	每每都有種被你馴服的感覺。（皺眉）
鋼太	（噗）⋯我還以為是相反呢。
文英	？

| 鋼太 | 你出現之後，我總是做些反常的事。 |
| 文英 | （這…） |

鋼太憤怒揍著甩文英巴掌的男子。

鋼太（E）	那時候的我聽不見任何聲音…也看不到任何事物…
文英	！
鋼太	（搖頭）我大概真的瘋了…再也忍不住了…
文英	（看著那樣的他）你不是瘋了…
鋼太	…？
文英	（靠近）是很帥。
鋼太	（悸動…！）

在月光下的兩人，逐漸縮小彼此的距離，從雙頰就能感受對方熾熱的氣息…就在嘴唇幾乎輕碰的瞬間，「啊——」，獐子的叫聲從遠方傳來，打破寂靜。

鋼太	（氣氛被破壞後，陷入一陣尷尬）那明天早上出發喔？
文英	（也一樣不知所措）對，好…
鋼太	晚安。（像逃跑一般快步走出）
文英	（朝向山）那該死的臭獐子，我一定要掐死牠！（氣憤）

家中壁上的獐子標本冒出冷汗…

#17　　**朱里的房間｜夜晚**

翻來覆去睡不著的朱里，最後還是躡手躡腳地拿起外套，跨越過在地上熟睡的丞梓，正要開門時…

丞梓　　姐姐，你要去哪裡？（揉眼）

#18　　**屋頂｜夜晚**

朱里與丞梓兩個人坐在涼床上，喝著清涼的啤酒。

朱里　　丞梓…你有單戀的經驗嗎？

丞梓　　（揮揮手）怎麼可能呢，我才不做這種愚蠢的事，浪費時間！（忽然驚覺！用手遮住嘴巴）

朱里　　（笑）對啊…真是浪費時間…

丞梓　　（看著朱里）可是喜歡他的話，才是真的浪費了姐姐。

朱里　　講得好像你知道我喜歡誰。

丞梓　　文鋼太。

朱里　　（…！）

丞梓　　雖然我在工作方面很不會看臉色，但在戀愛方面可是相當敏銳。

朱里　　（喝一口啤酒）

丞梓　　其實…以客觀的角度來評估，鋼太真的配不上姐姐，雖然臉長得很好看，但卻一無所有…（！講得太過分了嗎？）

朱里　　（苦澀地笑）…也是…他甚麼也沒有…（望向遠方）所以我才…以為自己能填補他…（開始泛淚）…我怎麼會有這種錯覺呢…（滴下淚水）

丞梓	（心疼）
朱里	（呵…擠出笑容）好像開始醉了…喝完這杯就走吧。
丞梓	（想安慰）我覺得姐姐更適合，年紀稍長，個性圓滑，事業有成的男人，我相信你身邊一定有這樣的人。（鏡頭移至階梯）

#19　**朱里的家｜階梯｜夜晚**
相仁坐在階梯上，聽著兩個女人的談話。

相仁	（小聲）真是難得做了不浪費薪水的事…（笑）

#20　**城堡，兄弟的房間｜夜晚**
鋼太在床上輾轉難眠，腦海不斷浮現文英在耳邊的呢喃，「你沒有瘋…而是很帥…」火熱又直球式的告白讓鋼太無法平撫胸膛的悸動。

#21　**城堡，文英的房間｜夜晚**
文英躺在床上，一手握著網太，想著鋼太方才對自己說的話，再也忍不住，自己默唸：「那對我怎麼就不一次爆發呢…」漫長的夏日夜晚，翻來覆去的兩人。

#22　**沒關係病院，外觀｜早晨**
吉他聲與活力充沛的歌聲傳來。

#23	沒關係病院，治療室｜早晨

黑板上寫著《吟遊詩人吳智往院長的音樂教室》…吳院長與吳車勇兩人彈奏著吉他，患者坐在台下，一邊揮手搖擺，一邊開心歌唱著，大煥面無表情地坐在畢翁旁…而在他們身後，朴玉蘭意義深遠地笑著望向大煥，台上的院長也留心著兩人的互動。

眾人	♬不好也沒關係～沒關係～沒關係～心裡不舒服也沒關係～我真的沒關係～不是因為院長好～也不是因為藥效～因為我很堅強～我真的沒關係～

Cut to. 下課後，患者陸續離開教室，院長走向大煥。

吳院長	天氣很好呢，要不要跟我散步一會兒？
高大煥	（抬頭）

#24	城堡，廚房｜白天

鋼太將牛奶倒入杯中，遞給尚泰。

尚泰	（接過牛奶，大口喝著）
鋼太	（努力掩飾表情，一邊將牛奶放進冰箱）哥，我今天有約，所以會比較晚回家…晚上你先去載洑那邊，晚點再去接你。
尚泰	（沉浸在自己世界）我們真有默契，我們真是最佳拍檔…？
鋼太	甚麼…？

尚泰	最佳拍檔⋯我跟作家是最佳拍檔。最佳拍檔的同義詞有好夥伴、死黨、摯友～你的最佳拍檔是載洙,我的最佳拍檔是高文英作家～我現在也有最佳拍檔了～
鋼太	(看著純真的哥哥)

#25　**沒關係病院,庭院散步路｜白天**
吳院長與高大煥走在陽光明媚的藍天下。

吳院長	不會想女兒嗎⋯?
高大煥	⋯
吳院長	文學藝術課聽說很有趣,哪天我也去旁聽看看如何。
高大煥	(停下腳步,眼神開始轉變)她⋯也跟那個女人一樣。
吳院長	哪個女人⋯?
高大煥	每個人⋯都被那個女人⋯騙了。
吳院長	?!
高大煥	在天使般的臉孔下⋯住著惡魔⋯
吳院長	(⋯!!自然而然地延續話題)每個人都有善惡兩面。
高大煥	那個女人是怪物⋯她殺了人⋯親手殺了人⋯!
吳院長	(⋯!!)那怪物⋯現在在哪呢?
高大煥	⋯死了,我殺死的⋯
吳院長	!!
高大煥	(皺眉)明明已經殺死她了⋯但她卻回來了⋯(陷入恐慌)她要回來殺我⋯她一定會對我下手!
吳院長	(表情轉為困惑驚恐)!!

#26　　　　沒關係病院，治療室｜白天

　　　　　　幸子手上拿著《西方魔女謀殺案》，正要翻開插著書籤的
　　　　　　那頁時，突然有人奪取她手中的書，是朴玉蘭！

朴幸子　　　朴玉蘭？這裡不能隨意出入！

朴玉蘭　　　（抱著書）我還沒看完，為什麼護理長要拿我的東西呢？

朴幸子　　　不是這樣…我只是…（意識到指尖的痛楚，在玉蘭搶走書
　　　　　　時，被紙張割出的小傷口正在滲血）

朴玉蘭　　　（看著）所以說…不能隨意拿取他人的物品…

朴幸子　　　（害怕）

朴玉蘭　　　我…最討厭這種事了（走出房）

朴幸子　　　（看著指尖的傷）

朱里（E）　您沒事嗎？（進房）

朴幸子　　　沒事…只是被紙割到而已。

朱里　　　　我拿繃帶給您。

朴幸子　　　沒關係，不用了，聽說今天朱正泰患者外出？本來不是簡
　　　　　　畢翁嗎？

朱里　　　　對…但早上院長簽核了朱正泰患者的外出證。

朴幸子　　　（斷定）一定又在背後做甚麼交易了…

朱里　　　　交易？

#27　　　　城堡，文英的房間｜白天

　　　　　　鋼太進房，確認文英準備好了沒。

鋼太　　　　（看著打扮極為浮誇的文英）你要去馬戲團表演嗎？

文英	（看著鋼太巨大的行李）那你是要半夜跑路嗎？
鋼太	…沒有比較舒適的衣服嗎？
文英	衣服要脫掉才舒適吧。
鋼太	（無奈）我是說比較普通的衣服。
文英	我沒有普通的衣服。
鋼太	為什麼？
文英	（仔細想想自己為什麼沒有，但不知道原因）…因為很普通吧。
鋼太	（放棄）那穿上舒適的鞋子吧…（才剛語畢）
文英	你都帶了甚麼？（打開包包）是要去避難嗎？
鋼太	（…！）我怕…在外面肚子會餓…你不是很常肚子餓嗎…（尷尬）
文英	（將急診包拿出）你是要去義診嗎？
鋼太	說不定…會發生甚麼突發意外…總是要準備…（行李被翻弄）
文英	（把包包搶走，丟在地上）不要像第一次出遊的人（對望）你只要帶上我就好。
鋼太	（心跳加速…！電話響起）
文英	不要接！（正要阻止）
鋼太	（已經接起）你好…（用眼神示意文英等一下 E.）現在嗎？
文英	（煩躁）到底是哪個傢伙！

#28　　**潛艇堡專賣店｜白天**

吳院長在櫃檯點餐，「我要兩份總匯三明治」（PPL[3]）

3　置入相關場景或產品。

Cut to. 吳院長大口吃著三明治，對面坐著鋼太。

吳院長　　趁熱快點吃吧。

鋼太　　　您說有急事要跟我說。

吳院長　　我如果肚子餓，連話都說不清楚…（將三明治打開）

鋼太　　　（大口咬下，不時瞄向手錶）

吳院長　　有約嗎？

鋼太　　　是的…

吳院長　　要跟高作家去約會嗎？

鋼太　　　（這老頭子竟然！）

#29　　　城堡，書房｜白天

文英坐在書桌前若有所思，尚泰坐在畫板前，將色筆以年度順序排放整齊。

尚泰　　　我們…甚麼時候要開會…？

文英　　　（突然）尚泰哥。

尚泰　　　怎麼？

文英　　　鋼太主要都跟怎樣的女人來往？

尚泰　　　（思考）護理師、患者、職業學校的老師、房東阿姨…

文英　　　不是這種，是他喜歡怎樣的女生。

尚泰　　　他不喜歡女生。

文英　　　！！那他喜歡男生嗎？

尚泰　　　我，他喜歡我，世界上最喜歡哥了。

文英　　　（哼…）

尚泰	鋼太只跟我玩,只跟我玩。
文英	(領悟)所以他還沒有真正的玩過。
尚泰	(…?看著文英)
文英	那我要好好帶他玩才行了～?
尚泰	(突然)不可以,你有網太了,網太。
文英	甚麼?
尚泰	作家跟網太玩,鋼太跟我玩,然後我再跟最佳拍檔玩。
文英	(講甚麼…)所以我不能跟鋼太玩嗎?
尚泰	不行…鋼太只能跟我玩,他是我的弟弟。
文英	(笑)尚泰哥也覺得鋼太好看嗎?
尚泰	好看,當然好看,尤其眼睛,他的眼睛是世界上最好看的,閃閃發亮。
文英	那你沒有討厭過他嗎?
尚泰	(嘴巴緊閉)
文英	看來有呢,甚麼時候最討厭鋼太?
尚泰	(裝忙)
文英	尚泰哥,你有聽過國王驢耳朵的寓言故事嗎?
尚泰	有,他在竹林間大喊,國王的耳朵是驢耳朵。
文英	沒錯,所以說若是將秘密埋藏在心底,總有一天會憋出病,一定要對他人說出口。
尚泰	(躁動地摳著手)
文英	那你最討厭鋼太哪一點呢?
尚泰	(逐漸焦慮,此時手機響起,顯示為載沫打來的電話)喂,載沫。
文英	(可惡,失敗)

鋼太　　　（不說話）

吳院長　　就跟你說了吧，研究心理學久了，一眼就能看出。

鋼太　　　（也是…）可以請教您一件事嗎？

吳院長　　說說看。（放下三明治）

鋼太　　　喜好穿著華麗又浮誇的衣服的人，是何種心態呢？

吳院長　　（嘻嘻笑著，看看這口是心非的傢伙）

鋼太　　　難道是過度想展示自己嗎？

吳院長　　恰好相反，其實是為了自我保護，為了不讓內心脆弱的自
　　　　　己被外人發現，所穿起的保護色，像裝甲一樣。

鋼太　　　原來…

吳院長　　所以說…文護工要好好守護她…我是說高作家。

鋼太　　　？！

吳院長　　你的話或許是對的，高文英對於母親的情感，不是思念，
　　　　　而是恐懼…

鋼太　　　！！

吳院長　　目前還只是我的猜測罷了，器質性癡呆患者的話無法全然
　　　　　相信…但也不能排除其可能性…

鋼太　　　如果…都熙才作家沒有死，只是消失的話…

吳院長　　那唯一可以確定的就是…她一定會出現在丈夫與女兒面
　　　　　前。

鋼太　　　（…！！擔憂湧上心頭）

#31　　　行駛中的鋼太的車｜白天
　　　　（若有所思）鋼太開著車，反覆思考院長的話語，坐在一
　　　　旁的文英輕哼著歌，播放音樂[4]。

文英　　你哥哥…相當精明呢。
鋼太　　甚麼意思？
文英　　將付出與收穫算得清楚有條理，絕對不讓人佔便宜。
鋼太　　所以兩個人才成為最佳拍檔嗎？因為很相像？
文英　　！！（你…可惡）
鋼太　　（讓文英沒有空檔罵人，將音量調大）

　　　　鋼太開著車，臉上掛著淺淺笑意…輕快的歌曲充滿畫面。

#32　　　朱里的家，庭院｜白天
　　　　載洙載著尚泰，停在院子。

#33　　　朱里的家，通往頂樓的樓梯｜白天
　　　　兩個人步上樓梯。

載洙　　好久沒在家裡看到哥的身影了，真開心，阿姨說今天晚上
　　　　要開烤肉派對。
尚泰　　（轉身）載洙為什麼跟上來？
載洙　　（？）跟你一起玩啊？

4　特寫立體音響（PPL）。

尚泰	不用，謝謝。
載洙	就這樣拋下我？（哭樣）真是太過分了，是誰還特地關店，在這種艷陽高照的大熱天裡，騎去深山裡把你接過來！
尚泰	社長。
載洙	這就對了，我就是哥哥的社長！
尚泰	哪有社長會在家裡跟打工生一起玩呢？
載洙	（甚麼～？）
尚泰	（飛快走上樓梯）

撲通！屋頂上傳來巨大的水聲，兩人抬頭。

#34　屋頂｜白天
兩人走上屋頂⋯眼見太陽底下有個巨大的水桶。

載洙	那是甚麼⋯？是阿姨在醃泡菜嗎？（小心翼翼走上前）

此時水面上突然冒出人影，是穿著碎花泳褲的相仁⋯

相仁	真是太舒服了！（高掛著陽傘在頂上遮陽，並將吸管插入甜米釀）原來是我們文插畫家嗎？
尚泰	你好，超乎想像的李相仁代表（鞠躬）
載洙	（受不了）哪有人大白天，不穿好衣服在這裡做甚麼？
相仁	（翻開書）如你所見，我在享受假期，每年夏天我都習慣到國外的度假村放一個月左右的長假，但今年由於非本意的事件接連發生，所以我就在這裡度假，哈哈。

載洙	（已經要瘋）我覺得比起這裡，沒關係病院更適合你…
相仁	插畫家也想要清涼一下嗎？（伸出手）
尚泰	（後退）不要，我討厭水，我討厭水…（走下樓）
載洙	（跟上）一起走啊，哥，等等我！
相仁	…？他怎麼了…？啊！應該讓他幫我塗個防曬…曬得背真痛…

#35　　　行駛中的鋼太車｜白天
兩人的車奔馳在美麗風景中。

文英（E）	我們要去哪裡？
鋼太（E）	要去田野的話，先去山上吧？

#36　　　小金山吊橋前（PPL）｜白天
文英眉頭深鎖看著吊橋對比著一臉興奮的鋼太，吊橋底下是深不見底的山谷。

鋼太	（興奮）好棒…
文英	（害怕）這…就是你畢生夢想的叛逆嗎，要將我們鞋帶綁在一起跑過去嗎？
鋼太	（開玩笑）可以嗎？
文英	（瞪）
鋼太	走吧。
文英	不要。
鋼太	為什麼？

文英	我害怕。
鋼太	！！…（笑出聲）
文英	笑甚麼？
鋼太	能夠從你口中聽到害怕二字…（哈哈）
文英	這好玩嗎？過橋有甚麼好玩的？
鋼太	（看著吊橋的另一端）只是…想來又高又視野開闊的地方看看，因為跟哥哥沒有辦法來…（些微可惜）
文英	（竟然…！）
鋼太	反正看到就已經足夠了，我們走吧。（正要走）
文英	沒辦法跟你哥這樣玩對吧？
鋼太	（望向文英）
文英	（堅定）好，那我們玩吧！
鋼太	（笑）
文英	（突然）那你背我過去。
鋼太	（不理睬）那你在這裡等我，我自己走過去。（走在前）
文英	（可惡）喂！（大吼）背我！叫你背我！背我過去！站住！

兩個人搖搖晃晃地走上吊橋。

文英（E）	為什麼那麼晃！（雙腿發抖）
鋼太（E）	所以才叫吊橋啊。
文英（E）	該死的，有夠可怕。
鋼太（E）	（真可愛…）害怕就唱歌吧。
文英（E）	唱歌？（莫名聽話）如果我～孤獨的時候～♫

鋼太（E）　（皺眉）好了，不要唱了。

文英（E）　為什麼？

鋼太（E）　很可怕。

文英（E）　…你找死嗎？！！（追上前）

兩人打鬧的嘻笑聲迴盪在溪谷。

#37　　　小金山登山入口｜白天

　　　　（拍照區、賣票所附近）兩個人下山。

鋼太　　　肚子餓。

文英　　　你要餵我吃甚麼？

鋼太　　　來到山裡，當然要吃魷魚生魚片（玩笑）

文英　　　甚麼？

鋼太　　　（笑著拿出手機）我來找找附近有沒有好吃的餐廳…

文英　　　（抽走手機）

鋼太　　　？！

文英　　　（拍照區）你去那裡，我幫你拍照。（走過去）

鋼太　　　（尷尬地笑著…）

Cut to. 鋼太在鏡頭前擺著僵硬的姿勢與表情。

鋼太　　　（害羞…難為情，在意旁人的眼神）隨便拍幾張就好…

文英　　　笑一個。

鋼太　　　（一如往常的笑容）

文英	叫你笑，不是哭。
鋼太	（僵硬到用腹語）好了啦…
文英	擺個帥氣的姿勢吧。
鋼太	（不知所措地把手放上，把腳抬向一邊，最後放棄）好了，不拍了。（走出鏡頭）

受不了的文英將鋼太拉進拍照區。

文英	一個人尷尬的話，一起拍不就好了（真是！）
鋼太	（雖然無語但還是坐在一起）

喀擦！喀擦！兩個人起初生澀的微笑逐漸轉為自然，在畫面上留下燦爛又幸福的笑容，而此時電話響起。

鋼太	喂…？（表情逐漸僵硬）
文英	（怎麼了？）

#38　　很便宜民宿，庭院｜夜晚

眉頭深鎖的鋼太看著朱正泰與李雅凜坐在野外座位區吃著西瓜。

朱正泰	我的貴人真的從西邊來了…
李雅凜	真的被說中了。
鋼太	（嚴肅）這是怎麼回事…
兩人	（兩人互看笑嘻嘻地吃著西瓜）

鋼太	（深呼吸）而且怎麼知道我的電話號碼的？
朱正泰	（清清喉嚨）因為…

#39　回想｜蒙太奇
備品室（夜晚）吳院長和簡畢翁的秘密聚會…

吳院長	（正要開始做筆記）那間房間最近有甚麼狀況嗎…
簡畢翁	在說之前…我明天原本申請的外出…可以換正泰去嗎，朱正泰。
吳院長	他…會不會又像上次那樣把酒藏在內褲裡。
簡畢翁	你不要？那我也不告訴你了喔？（作勢走出）
吳院長	（…！阻止他）成交。

#3 樓護理站（夜晚）

劉宣海在走廊上東張西望，像蛇一般溜進護理站，再悄悄經過權敏錫的身邊，將貼在電腦螢幕旁的緊急通訊錄撕下，在護理師休息室的星，察覺動靜抬頭，卻不見任何人影。

高級住宅區（隔天早晨）

朱正泰站在大門附近，穿著居家服的雅凜從屋子裡逃出，兩人快速地坐上計程車，母親追在後頭大喊：「雅凜啊！雅凜！！」

朱正泰	我們就這樣漫無目的地搭上計程車，想說要到很遠的地方，最後就到了這裡⋯

＃山路＋計程車（白天）

儀板表顯示 18 萬 8800 韓幣！！計程車停在荒郊野外⋯
在揚起的灰塵中，映入正泰與雅凜眼眶的是民宿的告示牌
「真便宜民宿」

＃40　真便宜民宿，庭院｜夜晚

朱正泰	我們把身上僅有的錢都用在車費⋯（難為情的笑）所以就沒有住宿費了⋯
李雅凜	身無分文⋯嘿嘿⋯
鋼太	（怒氣湧上）那怎麼知道我的電話號碼的⋯
朱正泰	（遞上緊急通訊錄）上面寫著「緊急狀況發生時，請聯絡⋯」其中最熟的就是哥了，是不是～（作勢擊掌）
鋼太	（忽視）不能在外面跟患者見面的⋯
朱正泰	我知道不行，也知道違反規定，所以只希望哥可以借我們一點住宿費，我好不容易才得到的外出機會，想要把握機會，跟雅凜在一起，明天就會回醫院的。
李雅凜	（天真）也可以刷卡喔。
鋼太	（真是⋯）不行。
朱正泰	（怒）為什麼不行！嚴格說起來，這都是因為哥才會這樣的！
鋼太	（甚麼？）

朱正泰	因為院內規定不能戀愛，所以哥不是叫我忍耐嗎。
鋼太	（嗯…）
朱正泰	但是當雅凜前夫出手打文英老師時，哥你做了甚麼事？
鋼太	（#INS 不顧一切揮拳的畫面）
李雅凜	沒有忍耐～
鋼太	那是因為…
朱正泰	（哼）因為哥的衝動，讓雅凜的父母將她強制出院，還拆散了我們兩個，哥就連簡單的住宿費都不願意嗎？
鋼太	（無話可說）
李雅凜	（嗚嗚…開始哭）太過分了～
鋼太	（該拿這兩個人怎麼辦）唉…
文英（E）	道歉吧。
鋼太	！
文英	（走上前）這次是你錯了。（看著鋼太）
鋼太	怎麼連你也…！
文英	（遞上房間鑰匙）我訂了他們兩個旁邊的房間。
鋼太	（竟然！！！）

#41　**真便宜民宿，庭院｜夜晚**
鋼太一臉嚴肅與文英在院子一角談話。

鋼太	我說過晚上一定要回去。
文英	（裝傻）你是灰姑娘嗎？
鋼太	（…）那你明天再回來吧（轉身）
文英	他們明天一定會逃跑。

鋼太	（甚麼！）
文英	（看著不遠處的兩人）女生不久後就要去美國…男生明天就要回精神病院…你看他們的眼神，有可能分得開嗎？
鋼太	（兩人的眼神甜蜜又火熱…真令人不安…）
文英	（靠近）理性…絕對戰勝不了慾望。
鋼太	！（就像在跟自己講話似）
文英	你要拋下有可能逃跑的患者，不負責任的離開嗎？
鋼太	（做不到…）
文英	還是你要殘忍無情的拆散相愛的戀人嗎？
鋼太	（咬緊牙根）
文英	我們就在這裡過一夜…明天你直接載他回去，不就好了嗎，護工先生。
鋼太	（轉過身，看著文英）
文英	（這就對了）
鋼太	（冷靜）我現在被停職，才不工作。（正要轉過身，卻看到彼方的戀人）

正泰與雅凜兩人在庭院一角，嘻笑打鬧，依偎著彼此，鋼太的心相當掙扎，他嘆了大大的一口氣，文英看著鋼太的背影，輕輕一笑。

#42　朱里的家，客廳｜夜晚
肥美的豬五花香烤上色，眾人開心地閒聊著，朱里翻烤著肉片，順德將洋蔥、泡菜等等食材放上鐵盤。

順德	（問載洙）鋼太甚麼時候回來？一起吃頓飯多好。
載洙	他今天可能會晚一些。
朱里	他去打工嗎？
尚泰	他有約了。
順德	跟誰約啊？
載洙	總是要出去走走吧，停職後時間也變多了，去吹個風透透氣也好…
順德	也是，不趁這個時候，甚麼時候可以休息呢…

丞梓自顧自地不斷吃著肉，相仁將烤好的肉包進生菜中，遞給朱里。

相仁	朱里都沒有吃到的樣子，張開口～
朱里	（拒絕）我自己會吃。
相仁	唉唷，真尷尬！我的手都要斷了，請接受它吧！
朱里	（要瘋）為什麼要這樣呢，真是的。
相仁	（趁機塞入朱里的嘴中）
朱里	！！！
順德	（微微露出微笑）
丞梓	（問尚泰）跟高作家還合作愉快嗎？
尚泰	要以後，以後就是死前的某一天。
相仁	（咳！）甚麼？死前的某一天，該不會下一部作品就變成遺作了吧，我們文英啊！
順德	兩個變熟了嗎？
尚泰	我們是最佳拍檔，最佳拍檔是沒有秘密的。

順德	真是應該邀請她來的，都說要給她做一頓飯了。
尚泰	她坐車子去玩（小聲）我也以為會一起去玩…
載洙	那哥白天的時候怎麼不跟我玩，哥～
相仁	（沒有多想）真稀奇，這種大熱天她通常足不出戶的。
丞梓	（毫無思考）還是兩個人一起去玩了？作家跟文鋼太？
朱里	（訝異…！）

眾人陷入一陣沉默，空氣瞬間凝結。

載洙	不愧是在出版社工作，創意真的是超乎想像！哈哈哈…
相仁	（順應）就是說，你跟我簽約好了，哈哈哈…
順德	（轉換氣氛）我們要喝點啤酒嗎？
朱里	（站起身）我去買。
相仁	（跟上前）我們一起去吧，
丞梓	（不知道自己做錯甚麼）？？
尚泰	（面無表情地大口吃進白飯）…

#43　　**巷弄｜夜晚**

相仁與朱里提著裝滿啤酒的手提袋，走在巷弄間。

朱里	（苦澀）他們兩個…現在應該在一起對吧？
相仁	（？看著朱里）
朱里	鋼太跟文英。
相仁	不知道耶，但那重要嗎，現在走在你旁邊的人也是我啊。
朱里	（稍微逗笑）好像能夠理解，為什麼文英會一直跟在代表

身邊了。

相仁　這聽起來應該是稱讚吧？

朱里　（笑）

相仁　但其實不是文英跟著我…而是我跟著她的。

朱里　（停下腳步）…為甚麼呢？

相仁　（真摯）她是個讓人無法丟下不管的孩子。

朱里　…！

相仁　她的內心明明很孤寂…卻想極力掩飾…把身邊一切都推開的奇怪孩子…

朱里　（就像形容著鋼太…眼淚不自覺地流下）真像呢…他們兩個…因為這樣才會彼此吸引嗎？（帶著眼淚看著相仁）

相仁　（溫暖笑著）人與人之間相互吸引的理由有成千上萬種…可能因為對方哭泣時很漂亮…或是一喝醉就會髒話連篇，還會動手打人等等…

朱里　（破涕而笑）

相仁　或許鋼太在文英身上也找到某個吸引他的理由吧…？（向前走）

朱里　（反覆思考）理由…

#44　**真便宜民宿，庭院｜夜晚**
鋼太帶著焦慮的神情，拿著手機走來走去，文英拿著不明的飲料走過來。

文英　民宿阿姨說要請我們喝，聽說是她自己釀製的…

鋼太　（依然不知所措）

文英	（放下杯盤）你還沒打電話？要幫你打嗎？（正要伸手過去）
鋼太	（起身）我等一下回來（走出庭院）

#45　頂樓＋真便宜民宿｜夜晚

尚泰坐在書桌前，認真地在素描本上畫著某物，爾後接起電話。

鋼太（F）	吃飯了嗎？
尚泰	五花肉，豬五花肉，很好吃～
鋼太	好久沒吃那麼好了…現在在做甚麼呢～？
尚泰	（回問）那你在做甚麼？
鋼太	（…！！因突如其來的問題，而慌張）我嗎？我在…

 # 轉過身剛好與院子內的文英對眼，他趕緊躲避眼神。

鋼太	…我在跟哥講電話啊～
尚泰	你甚麼時候回來？
鋼太	（難以啟齒，用腳尖踩踏著地）我…今天應該會比較晚回去…
尚泰	12點？…1點？…2點？
鋼太	我應該會過夜再回家了…你不要等我，累了就睡…
尚泰	（專注在畫畫上）
鋼太	睡的時候記得要用防蚊網，還有不要睡在地板上，一定要開電風扇通風。

尚泰	（開啟電風扇）
鋼太	如果無聊或睡不著，就打給我…
尚泰	（畫畫中）
鋼太	（正要掛斷）…
尚泰	你也是。
鋼太	（…！）
尚泰	無聊的話打給我。（掛斷）
鋼太	（第一次聽到哥哥說這些話…心頭感到無比沉重）

#46　　　**真便宜民宿，庭院｜夜晚**

　　　　　五味雜陳的鋼太走進民宿庭院，文英坐在涼椅上。

文英	你的表情好像在電視上看過。
鋼太	甚麼意思…（坐在一旁）
文英	拋下老婆，搞外遇的老公！
鋼太	（口乾舌燥，大口喝了桌上的飲料）
文英	我不喜歡當小三，我要當最大的。
鋼太	這兩個角色，應該不可能當最佳拍檔吧。
文英	（最佳拍檔？）
鋼太	可以跟你當最佳拍檔，哥哥很開心。（再喝一杯）
文英	我也喜歡你哥，很可愛。
鋼太	（笑著望向遠方）我媽媽有一個最大的心願。
文英	（看著鋼太）
鋼太	就是哥可以交到朋友。
文英	…

鋼太	真心可以交流的朋友，一個就足夠了。
文英	（朋友嗎…朋友）我也曾經有過朋友…就她一個…（畫面回到過往）

#47　過往｜18年前｜國小各處｜白天

鞋櫃前

幾個小男孩圍繞在年幼朱里身邊，試圖捉弄她，年幼朱里將鞋子從鞋櫃取出，伴隨著一堆垃圾掉落…

文英（E）	那時候…她很怕班上的同學…

小孩子的起鬨聲倏然而止，年幼文英面無表情地出現在鞋櫃前。

文英（E）	而班上的同學…卻很怕我…

在垃圾堆中的朱里，與文英眼神交會。

學校（INS-1集48幕）

朱里跟在文英身後，文英突然轉身。

年幼文英	滾開。
年幼朱里	（害怕）那個…我們可以當朋友嗎？
年幼文英	（盯著）

學校前，兩人相處的畫面

文英雖然臉上表情毫無變化⋯但卻與朱里到處玩耍⋯一起吃辣炒年糕⋯一起在文具店玩抽抽樂⋯一起玩遊樂器材⋯

文英（E）　我因為不再無聊所以很開心⋯而她⋯因為不再被欺負也很開心。

操場的一角，朱里與其他小朋友開心玩樂，而文英卻冷落在一旁。

文英（E）　可是⋯她並不只想要一個朋友⋯她想成為所有人的朋友⋯而那是我最討厭的事⋯

現在，庭院

鋼太　　　所以⋯你有傷害她嗎⋯？
文英　　　有，當時的我認為，如果她再次被孤立，就會跟我繼續做朋友⋯

學校，庭園

小朋友們三三兩兩在草地上寫生，朱里帶著美術用品去找朋友們，但當其他人看到朱里一靠近，則紛紛離開⋯文英帶著冷酷的表情，看著一切，朱里又再次成為一個人⋯

文英（E）　　可是…我錯了…

#操場洗手台（INS-1集49幕）
朱里在洗手台清洗著畫具，紅色的顏料將水染紅，文英穿著白色洋裝走上前，並對著朱里笑著…朱里眼見文英，害怕地向後退…

年幼朱里　　（開始感到害怕）不…不要靠近我…

年幼文英　　（更走上前）

年幼朱里　　（害怕地將沾滿紅色顏料的水，往文英身上潑）叫你不要靠近我！

年幼文英　　（衣服被水彩染色…就像血色般鮮紅）

年幼朱里　　（蹲坐在地）拜託你…不要過來（開始哭泣）

年幼文英　　（面無表情）

#48　　　**朱里的房間｜夜晚**
朱里將檯燈打開，坐在書桌前，打開書店紙袋後，裡面裝著幾本文英的童話書，她彷彿下定決心般…深吸一口氣，並翻開《啖食惡夢的少年》，想著自己…是否能了解這個孩子呢？

文英（E）　　所以我從來沒有過心靈契合的朋友…

#49　　　**真便宜民宿，庭院｜夜晚**

鋼太	（似乎知道文英指誰）跟那個朋友和好吧…
文英	才不要。
鋼太	為什麼。
文英	因為我現在有最佳拍檔了…（勾住手）還有你。（眨眨眼）
鋼太	（…！！心跳急速加快，臉頰從剛剛就泛紅）
文英	你的臉…（將手放在臉頰上）
鋼太	（緊張！想要站起身躲開，但卻重心不穩跌落在地！我怎麼了？）

#50　　　**真便宜民宿，房間 1 ｜夜晚**
　　　　喝著相同飲料的朱正泰，喝下一口後，立刻吐出。

李雅凜	（睜大眼睛）怎麼了？
朱正泰	這是酒！
李雅凜	真的嗎？可是奶奶說是覆盆莓汁…？
朱正泰	可能在釀製的時候，糖放得比較少…呼…（嘴裡還帶有餘味）
李雅凜	（不安）正泰！（不可以的搖頭）
朱正泰	我沒喝，不是吐出來了嗎？（略帶搖晃的眼神…）

#51　　　**真便宜民宿，房間 2 ｜夜晚**
　　　　橙紅的月亮高掛，鋼太昏沉地躺著，天花板似乎都在旋轉…文英偷偷地把鋼太的手機關機，並躺在他身邊。

鋼太	（即使喝醉也不能放心文英的存在）你去另外那邊睡，叫正泰過來睡。

文英	他們可是明天就要分離的戀人，讓他們把握時間相處吧。
鋼太	唉…（轉過身）
文英	（再將他轉回）我說過不要背對著我。
鋼太	（只好看著文英）…
文英	（也回望著他）…
鋼太	（看著看著，突然笑了）
文英	你喝醉的時候，就會像呆瓜一樣笑呢。
鋼太	（帶著醉意）很有趣…跟你在一起的時候…
文英	（…！！）
鋼太	就會想笑呢…（溫柔的眼神）
文英	（下定決心）我決定了。
鋼太	甚麼？
文英	（開始行動）

#52　　**真便宜民宿，庭院｜夜晚**
　　雅凜與正泰坐在庭院內，欣賞著漫天星辰，而在身後的房
　　內卻像生存賽般的激烈，不停傳出枕頭碰撞或家具聲響，
　　「你冷靜點！」「過來！不過來嗎？」「站住！」

李雅凜	他們兩個之中，誰更愛對方呢？
朱正泰	（溫柔）將心意忍耐的那一方。
李雅凜	為甚麼呢？
朱正泰	因為…愛是恆久忍耐？

#53　　**真便宜民宿，房間｜夜晚**

房間傳來紊亂的喘息聲…呵啊…呼…呼…文英以萬歲的姿勢被鋼太壓制在床上，兩個人看著彼此，帶著紅潤的臉頰，上氣不接下氣，連空氣都變得火熱！

鋼太　　　（呼…呼…連從鼻腔吐出氣息都帶著香甜的酒味）

文英　　　（緊張地看著鋼太）

鋼太　　　（火熱的眼神）

文英　　　（不自覺地想迴避）…好，我知道了，放開，我要睡了（認輸）

鋼太　　　（一動也不動）

文英　　　我說我要睡了。

鋼太　　　（放手的瞬間）

文英　　　（向野獸般撲過來）

鋼太　　　（壓制猛獸般，將文英緊緊擁入懷裡）

文英　　　（在胸膛裡掙扎）

鋼太　　　拜託你…就這樣待著吧…（調整呼吸）

文英　　　（因著鋼太劇烈的心跳聲與體溫，讓臉頰更加滾燙）

鋼太　　　睡吧…

文英　　　人家說如果拍拍頭，就會比較好入睡。

鋼太　　　（聽從…小心翼翼地輕撫文英）

文英　　　（眼皮逐漸沉重）

不知過了多久，文英在鋼太的懷中睡得很香甜。

鋼太　　　（等文英睡了之後，才緩緩講出真心話）我…不是說過了

嗎…現在的我再也忍不住了…（所以才不希望在外面過夜…）現在的我…再也無法逃走了…

鋼太腦內的思緒翻滾著，讓他整夜無法入睡…

#54　　　　**屋頂｜早晨**
尚泰趴在書桌前，似乎做著惡夢…身體不自覺地抖動，電風扇吹亂素描本…（尚未公開圖畫內容）

尚泰　　　（低喃）鋼太…不要走…不要離開我…哥在這裡…

「不要走！」跟著一聲大喊，尚泰帶著淚水從夢中驚醒，看著空蕩蕩的房間發呆…

尚泰　　　鋼太…鋼太呢…（不安地按下手機一號快捷鍵）

「您所撥的電話未開機…」無法撥通的電話讓尚泰感到相當慌張…再次撥打也依舊不通…尚泰不斷嘗試著…

#55　　　　**真便宜民宿，房間2｜早晨**
文英睜開雙眼，房間空無一人…她走出房間。

#66-1　　**真便宜民宿｜早晨**
文英走在村莊巷弄裡，到處呼喊著鋼太的名字，此時從後面傳來腳步聲…鋼太（拿著某物藏背後）站在文英面前。

文英	（…！！驚訝）你去哪裡了？
鋼太	（害羞）之前有個東西還沒給你…
文英	…？甚麼？
鋼太	（將背後藏的花束遞上）
文英	！！！
鋼太	這次不要再踐踏了。（像少年般開朗地笑著）
文英	（細細欣賞美麗的花束，內心湧上澎湃）…真漂亮。
鋼太	（看著文英）你也是。
文英	（…！抬頭）
鋼太	（輕輕在嘴上留下一吻）
文英	（瞪大眼後，開心地笑著）

陽光灑在大地，鋼太將當年未完成的告白，一次傾吐…兩個人將彼此最美的模樣承載在眼底深處，鋼太的眼前，站著捧著花束的年幼文英，開心地笑著。

#66-2　**頂樓｜早晨**
電風扇的風力，掀開素描本，其中一頁畫著一台露營車，上頭坐著鋼太、尚泰、文英一同出遊的畫面，但一旁的尚泰，卻焦急地持續撥打電話…

#66-3　**真便宜民宿｜早晨**
拿著花束的文英靦腆地笑著，鋼太在一旁。

民宿主人	你們還沒有走啊？
鋼太｜文英	（兩人同時間）？！
民宿主人	（忙碌著）隔壁房的一早就退房了耶？
鋼太	！！甚麼？但他們的鞋子不是還在…
文英	（似乎知道些甚麼，一言不發）
鋼太	（正想要前往房內查看時）
朱正泰（E）	哥。
鋼太｜文英	（轉過身）

朱正泰穿著「民宿專用」的拖鞋走進庭院，背著包包獨自
一人，即便臉上硬擠出笑容，但卻有著大哭過的淚痕…

#56　　**行駛中的鋼太車｜白天**
鋼太在前方帶著複雜的神色，文英坐在副駕駛座開心地摸
著花束，後座的朱正泰則是抱著包包，像孩子般大哭。

#57　　**回想｜山間小路｜凌晨**
像是半夜收拾行李逃亡的兩人，穿著拖鞋，走在小路上，
正泰提著包包，雅凜則是數著紙袋中的錢。

李雅凜	有了這些錢的話，我們可以好好生活一個月了…
朱正泰	（掙扎的表情）
李雅凜	我以為到了早上就要分開…晚上都捨不得睡…但沒想到高文英老師竟然讓我們離開，還給了這些生活費…她真的太好了。

朱正泰	（停下腳步！）
李雅凜	（走了幾步後回頭望）怎麼了？
朱正泰	雅凜…（眼眶泛淚）我還是覺得…不應該這樣…
李雅凜	甚麼意思…（感到不安，開始泛淚）
朱正泰	如果就這樣逃到天涯海角，我們的愛不就太過卑鄙又悽慘了嗎…
李雅凜	你在講甚麼…（嗚嗚）
朱正泰	老實說我…在酒面前還是很難控制自己…昨晚也忍得很辛苦…要不是有你在…我一定會失控的…我還沒痊癒…
李雅凜	（嗚嗚）我們可以一起努力啊。
朱正泰	（抱緊）不行，我要用自己的力量戰勝…等到我痊癒後…一定會去找你…所以…再等我一下…好嗎？（擁入懷中）
李雅凜	（在正泰的懷中放聲大哭）

#58　　　行駛中的鋼太車｜白天
車子內的正泰想著雅凜，思念之情湧上不斷大哭，文英與鋼太不多問，安靜地坐在前方。

#59　　　沒關係病院，大廳｜白天
尚泰用著比以往更僵硬的表情，在壁上作畫，水桶都是漆黑色的水。

#60　　　沒關係病院，戶外停車場＋車子內｜白天
正泰收拾好心情，擠出笑容，提高分貝對鋼太道別，「哥

謝啦！我一定會回報你的～」

文英	（看著正泰離去的背影）他是傻瓜嗎？為什麼要讓喜歡的女人離開？
鋼太	就是因為喜歡，所以才放手的…
文英	因為相愛所以分手？真是太可笑了，如果是我就不會放手的。
鋼太	可別講大話，未來的事情誰知道呢？（解開安全帶）我去看一下哥。
文英	記得快點回來。

鋼太下車後走進醫院…文英看著他的身影，再繼續笑著看著花束。

#61　沒關係病院，大廳｜白天
尚泰提著水桶，面前迎來笑著的鋼太。

尚泰	（一如往常的表情）
鋼太	（看著壁畫）感覺快完成了呢。
尚泰	為什麼…不接電話？
鋼太	甚麼？（現在才拿起手機，發現已經關機）因為沒有充電…你有打給我嗎？
尚泰	四次。
鋼太	（…！驚訝）怎麼了，發生甚麼事了嗎？
尚泰	（不發一語，只讀著弟弟的表情）

鋼太　　　（哥怎麼了呢…？）

#62　　　沒關係病院，男子病房｜白天
　　　　　大煥的床空無一人，只有畢翁與正泰…

簡畢翁　　真的嗎？文護工和高文英老師一起出現？
朱正泰　　（身著病人服）沒錯，所謂的西方貴人就是文護工，托他
　　　　　們兩位的福，讓我有個很美好的回憶～
簡畢翁　　那代表他們兩位真的在交往？
朱正泰　　以後如果可以舉辦聯合婚禮一定會很有趣…你要當司儀
　　　　　嗎？

　　　　　# 兩人在房內開心地討論著，門外的吳車勇透過門縫偷
　　　　　聽，並像是聽到頭條般，摀住嘴巴，趕緊跑向某處。

#63　　　沒關係病院，大廳｜白天

尚泰　　　（盯著）你去哪裡了？
鋼太　　　（迴避視線）不是說過嗎…我有約…去了一趟首爾。
尚泰　　　自己嗎？
鋼太　　　這…（岔開話題）我去幫你換一桶水吧。（正要伸出手時）
尚泰　　　（躲開）自己的事自己做。（往洗手間去）
鋼太　　　（望向一側哥哥的包包，還有素描本…）

#64	沒關係病院，3樓護理站｜白天
	吳車勇興奮地跑進護理站，並在嘴上大喊：「不得了！大新聞！」朴幸子見狀生氣地站起身子。

朴幸子	吳護工，在醫院務必要保持肅靜…（開始要教訓）
吳車勇	不管是哪甚麼樹，那都不重要了。
朴幸子	（這個人…！）
吳車勇	我現在跟各位說的話，只有兩位可以知道喔。
幸子｜星	…？
吳車勇	（注意著經過的患者，小聲地說）

#65	沒關係病院，戶外停車場，車內｜白天
	文英的肚子開始發出叫聲，受不了的她，下車走向醫院。

#66	沒關係病院，男子洗手間｜白天
	權敏錫站在小便斗前解放…吳車勇湊上前，在耳邊細語。

吳車勇	權醫生是精神科醫師，應該口風很緊吧？
權敏錫	應該…算吧…
吳車勇	那我現在跟你說的，只有醫生你可以知道喔。
權敏錫	？
吳車勇	文鋼太護工和高文英老師，兩個人要結婚了！
權敏錫	甚麼？？
吳車勇	真的啦！朱正泰患者說他外出時，看到他們兩個人出遊，還一起過夜…

講到此處，一陣沖水聲，尚泰走出洗手間…吳車勇與權敏錫兩個人呆愣在原地，尚泰安靜地站在洗手台前，仔細地洗著手。

尚泰　　　…（面無表情）

#67　　　**沒關係病院，大廳｜白天**
　　　　鋼太翻開哥的素描本，上頭的畫讓他僵直在地，一台露營車裡，畫著鋼太、尚泰、文英三個人，開心出遊的場景。

鋼太　　　（雙眼開始模糊…）

朴幸子（E）畫得真好呢。

鋼太　　　（…！急忙站起身問候）

朴幸子　　三個人一起搭著露營車出遊嗎？

鋼太　　　…不是…（將素描本放進包包）

朴幸子　　（試探）你是不是…跟朱正泰病患在外面見面了？

鋼太　　　（正要放進包包，停止動作）…沒有，只是剛好在醫院前碰面的…

尚泰（E）　說謊。

鋼太　　　（…！！站起身，看著哥哥）

尚泰　　　（提著水桶）哥哥不是說過不能說謊嗎。

鋼太　　　（心臟聲音大至掩蓋一切）

此時文英剛好走進大廳。

尚泰	（突然）你比較喜歡高文英作家…還是比較喜歡我…？
鋼太	（慌張…）甚麼？這麼突然…？
尚泰	（大聲）你喜歡高文英作家，還是喜歡我？！
朴幸子	（插話）當然喜歡哥哥吧。
尚泰	（激動！）你自己回答！！！！
鋼太	（張大眼睛！！）
文英	…

大廳裡的人都看著兄弟倆，朱里也從護理站跑出…

鋼太	（顫抖的聲音…）當，當然喜歡哥。
尚泰	（觀察著弟弟的表情）
鋼太	（因為緊張，絲毫笑不出來）
尚泰	…假的，是假的…
鋼太	（安撫…）哥我是真心的…
尚泰	不是叫你不可以說謊了嗎！！！（將水桶丟至鋼太身上）
鋼太	（全身淋濕，顫抖地看著哥哥…哥的模樣變得陌生）哥…對，對不起…對不起…我錯了…我不會再說謊的…
文英	（看著兩人）…

因著騷動，吳院長也跑下樓…幸子也在一旁…

鋼太	（哀求）我真的錯了，哥…我做錯了…（哥…拜託你…不要這樣…）
尚泰	「哥哥死掉就好了…」

鋼太	（僵直！）
尚泰	「我希望哥哥可以死掉就好了…」
鋼太	（全身失去力氣！）
	（#INS-6 集 8 幕：過往，對著母親大吼的年幼鋼太）
尚泰	你不是這樣跟媽媽說過嗎，如果沒有我就好了，我如果死掉就好了！（開始失去控制）那天我掉在冰川裡，大聲求救，希望你救救我，但你卻丟下我，自己逃跑！你丟下我逃跑了！因為你要殺死我！！！你每天都想殺死我對吧！！！（留下埋怨的眼淚）
鋼太	（哥的每一句話都猶如利刃刺進心臟…撕裂著全身上下的肌肉…無法思考的當下，只能不斷低鳴…）哥…不是這樣的…（痛苦的淚水不停流著）
文英	（僵直地站在原地，無法說一句話…）
尚泰	（將手放在嘴邊，大聲呼喊著，就像國王的驢耳朵那樣，宣告天下）各位！！！我的弟弟想要殺死哥哥！！弟弟要殺哥哥！！！弟弟要殺哥哥！！！
鋼太	（癱軟在地…嚎啕痛哭著…）哥…哥…不是這樣的…真的…（在此刻多希望一切只是夢…）

在悲鳴的大喊與撕心裂肺的眼淚之中，兩兄弟皆從仲夏夢裡清醒。

10

放羊的少女

#1　　　　　過往｜冰川｜白天

「鋼太！文鋼太！」尚泰（19歲）抓起地上的紅色帶子跑出家門，兄弟倆開心地在冰川上玩耍著，但冰上突然裂出一道大縫，尚泰一下子跌落至寒冷刺骨的冰川中，「救我…！鋼太…！」即便尚泰大聲求救，但弟弟卻呆站在原地，並轉身逃跑消失在尚泰的視線中，畫面伴隨弟弟埋怨哥哥的那句話…「希望哥哥可以死掉就好了…希望他死掉…去死吧…去死…」

尚泰（E）　　你不是這樣說過嗎…希望我死掉…

#2　　　　　沒關係病院，大廳｜白天

整間醫院的人皆圍繞在大廳…

鋼太	（整張臉失去血色，癱坐在地）
尚泰	（眼看就要爆發）那天我掉在冰川裡大聲求救，希望你救救我，但你卻丟下我，自己逃跑！你丟下我逃跑！因為你要殺死我！！！你每天都想殺死我對吧！！！
鋼太	（哥的每一句話都猶如利刃刺進心臟…撕裂著全身上下的肌肉…無法思考的當下，只能不斷低鳴…）哥…不是這樣的…
文英	（僵直地站在原地，無法說一句話…）
尚泰	（將手放在嘴邊，大聲呼喊著，就像國王的驢耳朵那樣，宣告天下）各位！！！我的弟弟想要殺死哥哥！！弟弟要殺哥哥！！！弟弟要殺哥哥！！！
鋼太	（癱軟在地…嚎啕痛哭著…）哥…哥…不是這樣的…真的…。
尚泰	弟弟要殺死哥哥！！
鋼太	哥…哥！！！

周邊的聲音彷彿失去存在感，只有哥哥的喊叫聲與臉龐在腦裡徘徊…在視線逐漸模糊的同時，哥的模樣也慢慢地轉為模糊不清。

鋼太	（癱坐在地）
文英	（茫然的看著鋼太，甚麼事也做不了）

#3　　沒關係病院，監護室前走廊｜白天

文英緊盯著同一個地方…鋼太臉色蒼白的坐在椅子上，不久後，朴幸子與吳院長從監護室內走出。

鋼太	（站起身）
吳院長	已經注射了鎮靜劑，給他一些時間吧。
鋼太	（透過玻璃，呆望著哥哥…）
吳院長	要不要讓他先待在醫院？不是住院…只是臨時監護…
鋼太	（無力）…好的…
吳院長	（拍拍肩膀，並對著遠方的文英一笑）

許多病患們看著鋼太竊竊私語。

朴幸子	（對鋼太說）晚點就會醒來了，要不要出去吹吹風？
鋼太	（無力回答）

#4　沒關係醫院前方的濱海道路｜白天
鋼太帶著紅腫的雙眼，視線望向前方，無力地走著，就像一觸碰就會隨風消散的沙堆，文英跟在他的後方，急促地走著。

文英	你…要走去哪…？
鋼太	（持續走著）…

#5　盤谷站（PPL）｜白天
走過火車站…越過鐵軌…

文英	（疲憊）到底要走多久…
鋼太	（像靈魂就地蒸發般，雙眼無神）

文英	我腳痛了。
鋼太	（走著）
文英	文鋼太…（啊！被絆倒）
鋼太	（不理會身後，繼續走）
文英	（氣）我說過不要背對著我的！！（丟出鞋子）
鋼太	（偏偏剛好丟中背部！）
文英	（！）
鋼太	（停下腳步）
文英	（踮著一隻腳）偏偏肩膀又那麼寬…（強顏歡笑）
鋼太	（看著文英，但雙眼依舊無神）
文英	（…！不好的預感）肚子不餓嗎？從這裡搭兩站，有間好吃的烏龍麵店…
鋼太	（沙啞）高文英…
文英	（不安）
鋼太	現在開始…不要跟著我了…
文英	（…！）我們一組的不是嗎，要一起走啊！（勾緊手）
鋼太	（將手抽離）回家吧…我要在哥的身邊。
文英	（緊盯）
鋼太	（轉身）
文英	你沒有錯。
鋼太	（停下）
文英	（在鋼太身後說）那天你跟哥哥的事情，只是運氣不好的意外罷了（# 以文英的視線重現當天畫面）雖然你卑鄙但並非真的想致他於死地，因為你最後還是將他救起不是嗎！

鋼太	（緩緩轉過身）
文英	你…沒有罪。
鋼太	（呆望）那時…我真的希望他死掉…
文英	！
鋼太	我帶著這個想法而逃跑的…哥都知道…你不也知道嗎…
文英	…

#INS-3 集 48 幕：醫院樓梯間｜白天

鋼太	你一點都不了解我，你憑甚麼？為什麼裝做一副事事都知道？
文英	偽善者…
鋼太	！！
文英	怎麼說不出話來…？我又沒說你是殺人兇手…

文英	（…無法反駁…）
鋼太	我有罪…
文英	所以你為了要贖罪，就要用自己的人生去償還嗎？
鋼太	（呆望）
文英	…
鋼太	那天…在冰川…為什麼要救我…應該讓我死了才對…（生不如死）
文英	（胸口刺痛）
鋼太	如果那時候死了…就不會活得現在這副德性…（眼眶泛紅）

文英	…
鋼太	（獨自離去）
文英	（無法伸出手抓住他）

#6　　沒關係病院，監護室｜白天
尚泰緩緩睜開雙眼，看著空蕩蕩的病房。

尚泰	（尚未完全清醒，小聲默唸）…我一直求救…你卻丟下我…留我在那裡…走得遠遠…留我一個…

#7　　沒關係病院，1樓休憩空間｜白天
患者們聚集在各處議論紛紛，「他真的要殺哥哥喔」「說是溺水嗎」「人真的知人知面不知心」「難怪我每次看他笑，都有點可怕」「眼神感覺偶爾也很可怕」簡畢翁和朱正泰一臉不悅地看著其他人討論，而劉宣海更是火上加油。

劉宣海	我早就知道了！（其他人發出困惑）文護工臉上寫著…（眾人聚集）
朱正泰	（皺眉）
簡畢翁	（阻止正泰）不要理她，只是又在亂講罷了。
劉宣海	（用手指比著額頭）有、天、會、殺、人！

眾人發出驚呼聲，從某處傳來正泰的怒吼聲，「你這瘋子！」眾人聽聲回望，只見正泰拿著滅火器噴出大量粉末。

朱正泰	（將滅火器朝向劉宣海）不准你胡說！護工才不是這種人！！
簡畢翁	（勸阻）正泰！！不要這樣！朱正泰！
劉宣海	（咳咳）這該死的酒鬼！（撲上前）

兩個人在白色粉末中拉扯，權敏錫、吳車勇、星紛紛跑來，幾個人亂成一團…

#8　沒關係病院，護理站｜白天
　　吳車勇、權敏錫、星…三個人一身雪白，就像雪地裡的雪人般，坐在辦公室裡。

朴幸子	（揮揮空氣）朱正泰病患不愧是消防隊員出身，拿起滅火器的氣勢就是不一樣…
吳車勇	（呆滯）那要對著火啊…為什麼要對著人…
星	（呆滯）你沒聽他說嗎？禍從口出，說出的話就會成為導火線…
權敏錫	（呆滯）所以以後務必謹慎發言，連「文」字都不要說出口…
朱里	（帶著資料，走進護理站）護理長，這是你要的朴玉蘭患者的諮商紀錄。（遞上）
朴幸子	（接過）謝謝。
朱里	可是…朴玉蘭患者怎麼了嗎？
朴幸子	她最近情緒波動有些大，情感狀態也跟先前有些不一樣，想確認一下原因。

#9　　　　沒關係病院，面談室｜白天
　　　　　朴幸子與朴玉蘭喝著熱茶相對而坐…

朴幸子　　最近院內生活有沒有甚麼…（還沒說完）

朴玉蘭　　（插話）我很好奇。

朴幸子　　…請說。

朴玉蘭　　（有趣的眼神）真的要殺了他嗎？

朴幸子　　甚麼？

朴玉蘭　　那個護工真的想把哥哥…

朴幸子　　（表情些許僵硬…快速轉為笑容）不是的，只是彼此間有
　　　　　些誤會。

朴玉蘭　　（竊笑）護理長…你知道奧賽羅為什麼殺死自己的夫人
　　　　　嗎？

朴幸子　　（看著）

朴玉蘭　　因為誤會…（嘻嘻笑著喝茶）

朴幸子　　（直盯著玉蘭）

高大煥（E）那個女人在這裡…

#10　　　　沒關係病院，1樓休息室前走廊｜白天
　　　　　高大煥走在休息室與治療室前的走廊（擺有書櫃）…他用不安
　　　　　的眼神看著無論是經過、撥打電話、聊著天的每位女病患。

高大煥　　（喃喃自語）她要來殺我…她會先殺了我…殺了我…

他走到書櫃，停在《西方魔女謀殺案》的位置前，並拿起小說就開始發狂的撕起來，「來殺我了！她來了！」

星　　　（奔跑過來）高大煥患者，請冷靜，我們先把書放下好嗎～願意跟我說發生了甚麼事嗎～

#11　　**沒關係病院，監護室｜白天**
　　　朱里拿著尚泰的包包走進病房，尚泰將棉被蓋至頭頂。

朱里　　我把包包放在這裡喔（放在床尾）
尚泰　　…
朱里　　尚泰哥在睡嗎？…肚子不餓嗎？
尚泰　　（稍微在棉被裡動了一下）
朱里　　這裡很空蕩對吧，如果一有空病房，我們再搬過去，或是你想回家也…

尚泰　　不要，我不要回家，不要…
朱里　　…好的，那先好好休息吧…如果需要甚麼再叫我…（擔心的神情）

#12　　**朱里的家，客廳＋廚房｜夜晚**
　　　順德帶著複雜的心情在廚房裡忙著準備飯菜…相仁、載洙、丞梓…三個各自坐在客廳一角，臉上帶著擔憂的表情。

載洙	（緊握著手機，但卻只有無盡的電話鈴響）唉…這傢伙連電話都不接…我真的是要瘋了…（打字）
丞梓	（對著相仁）他現在應該也難受吧，怎麼辦，我是不是要去陪他。
相仁	（表情凝重）你去文英的身邊又能怎樣…
丞梓	我是說文尚泰插畫家。
相仁	（皺眉）我們文英無辜被捲進他們兄弟的紛爭，現在就連下一部新作都不知道甚麼時候可以完成，你現在到底在擔心誰…
載洙	你真的太可怕了，看看你這種商人心態。
相仁	（站起）你說甚麼？！
載洙	（不示弱）父母真是會取名，相、仁！就是個見錢眼開的商人。
相仁	那你就是倒楣鬼囉？
載洙	（憤怒）我的名字當初可是花了30萬韓幣算出來的！
相仁	（湊上前）我的名字可是獨立軍的祖父取的！
丞梓	（勸阻）這兩個…為什麼又吵架…
順德	（切菜的速度開始加快）
載洙	我現在連自己朋友到底是生是死，還是在哪裡流浪都不知道，但你這個商人還在擔心書的下落！當初如果高文英不勾引單純又正直的他，就不會變成這樣了！
順德	（憤怒地切著菜，熱鍋裡的湯沸騰冒泡）
相仁	一個巴掌拍不響，他自己也很喜歡人家才分不開的好嘛！還丟下哥哥去跟文英過夜！他又多單純正直了！
順德	（切菜板上的菜開始噴飛，壓力鍋也即將到達極限，發出

嗶聲）

丞梓　（察覺到順德的不開心）兩位…我們先冷靜一下…

載洙　這一切都因為高文英，那個女人才是元兇！

相仁　是文鋼太那個腹黑的男人！

順德　（壓力鍋上冒出白煙，鍋子的湯也灑出，拿著刀走向眾人！）

眾人　（停止動作！）

順德　（深呼吸後轉身）

眾人　（閉上嘴巴）

順德　（低聲…）吃飯吧…

眾人　是！！（擺起碗筷、倒水、舀湯、開始忙碌）

順德　（一邊準備飯菜一邊擔心）無論心情再怎麼差，可不能餓肚子啊…（嘆氣）

#13　**沒關係病院，監護室前走廊｜夜晚**
鋼太站在房門前，因為害怕連病房的手把都不敢觸碰…他透過玻璃，靜靜地看著[5]哥哥躺在病床上的模樣。

鋼太　…哥…

#14　**城堡，書房｜夜晚**
獨自坐在偌大書房的文英，耳邊不斷縈繞鋼太怨懟的聲音，「為什麼要救我…應該讓我死的…」

5　若是哥尚未主動打開門，他也不會擅自進入。

文英　…可惡的傢伙…（但視線卻流露悲傷…）

　　　視線的盡頭，是鋼太給的花束…

#15　　沒關係病院，監護室走廊｜夜晚至（隔天）白天
　　　熄燈的走廊，鋼太依舊不動坐在椅子上，朱里與吳車勇在
　　　夜間巡視時，望見他的身影。

吳車勇　（無法理解…）直接開門進去不就好了嗎，為什麼要坐在
　　　那裡等…
朱里　　（心疼）所謂的自閉就是「將自己的心門關上」的意思…
　　　鋼太他…在等待尚泰哥主動開門…

　　　（時間流逝）不知不覺，來到上午，鋼太依然守在監護室
　　　外，吳院長看著這樣的鋼太。

吳院長　嘖…真是頑強的地縛靈。

#16　　沒關係病院，監護室｜白天

吳院長　（在房內看著門外的鋼太，彷彿要讓尚泰聽到）不敢貿然
　　　靠近，也不願離開…（轉過身）根本就是地縛靈。
尚泰　　（稍微在棉被裡動身）
吳院長　（走上前，在耳邊細語）在棉被裡很熱，要憋瘋了吧？
尚泰　　（在棉被裡滿頭大汗）

吳院長	當初思悼世子被關進米櫃，是幾天後死的…？
尚泰	（開始在棉被裡躁動）
吳院長	那個人是在棉被餓死，還是熱死的…？
吳院長	真是親兄弟…固執的能耐真是不一般…我會帶你弟弟上樓，你就出來透透氣吧，也去上個廁所。（笑著走出）

過了不久，棉被緩緩拉開，尚泰從裡面探出頭，並開啟小門縫偷看，只見吳院長與鋼太已經走到走廊盡頭…

| 尚泰 | …（看著弟弟離去的背影） |

#17　沒關係病院，院長室｜白天

吳院長將煮滾的熱水倒入茶壺中，鋼太坐在沙發上不發一語，吳院長將熱茶與羊羹遞給鋼太。

吳院長	吃吧，沒有胃口的時候，吃這個比吃飯好。
鋼太	（臉上毫無血色）…
吳院長	（咬著羊羹）你有玩過兩人三腳嗎？兩個人併肩，把各自的一隻腳綁在一起跑步的遊戲。
鋼太	…
吳院長	我兒子運動會的時候，跟他玩過兩次，每次都是我先跌倒，從來沒有跑到終點過（笑）…你跟你哥，就像是兩人三腳…
鋼太	…牽制著彼此的腳步嗎？
吳院長	不是，是依靠著彼此。

鋼太	…！
吳院長	每當一個人重心不穩時，只要一個人能夠扶持他，就能繼續前行，你就試著撐著吧…或許有天，會是哥哥扶你起身。
鋼太	（沙啞的嗓音）
吳院長	（一口一口吃著羊羹，等待鋼太開口…）
鋼太	…哥…
吳院長	（這就對了）
鋼太	我以為他已經忘記了…因為他從未提起過那天的事情…我以為已經從他的記憶裡消失了…
吳院長	那只是你想這樣相信而已…
鋼太	（想這樣相信…？！）
吳院長	大部分的自閉症患者都擁有卓越的記憶力，只是會下意識地迴避或是擁有與我們不同的表達方式。
鋼太	（迴避…）
吳院長	（溫暖的微笑）而你不要迴避，直接面對他吧。
鋼太	（看著院長）
吳院長	現在開始上班吧。
鋼太	！
吳院長	李雅凜的前夫那邊，我稍微施點壓，對方說要取消告訴，這幾天的懲戒也足夠反省了。
鋼太	可是…
吳院長	（伸懶腰）而且你的接班人太沒用，我都想解僱他了…

#18　　　　沒關係病院，男子病房｜白天
　　　　　啊啊啊！！吳車勇的悲鳴聲…

#19　　　　沒關係病院，男子病房｜白天
　　　　　吳車勇（食指帶著橡皮手套）被朱正泰緊緊咬住，「放開
　　　　　放開！」一旁跟著勸阻的簡畢翁。

簡畢翁　　正泰！不可以咬人！放開他！你又不是狗！快點放開！
吳車勇　　啊啊啊！好痛好痛！護理長！！南護理師！！！（求救）
朱正泰　　（原本凶狠的咬著，突然放開）

　　　　　眾人望向…穿著護工服走進來的鋼太。

朱正泰　　（鬆口）哥！
簡畢翁　　（同時）文護工！
吳車勇　　（抱著手指哭）前輩…！

#20　　　　沒關係病院，護工室｜白天
　　　　　鋼太用繃帶（或 OK 繃）替吳車勇受傷的手指包紮。

吳車勇　　他無理取鬧說不要吃藥，患者怎麼可以不吃藥呢。
鋼太　　　你不知道不能強迫患者吃藥嗎？
吳車勇　　他一定是故意的，故意讓我把手指放進口中，然後狠狠咬
　　　　　我一口。
鋼太　　　（整理藥箱）為什麼…

吳車勇	不知道啦，他說我的嘴是禍源，因為我亂說你跟高文英老師要結…（！！）
鋼太	（些微停頓…繼續收拾）那他不應該咬你，要把嘴巴縫起來才行…（手機震動，來電顯示為載洙）

#21 沒關係病院，玻璃門前｜白天

一台披薩外送車停在門口，載洙神色凝重地走下來，鋼太帶著毫無血色的臉走上前。

#22 沒關係病院，庭院｜白天

兩個人坐在涼椅上，看著遠方大海。

載洙	原來這就是單戀的心情。
鋼太	…？
載洙	當對方已讀不回或消失時，就會心急如焚，但一看到對方，氣都消了。
鋼太	（笑）真噁心。
載洙	（將手伸進鋼太的衣服中）讓我看看…
鋼太	（看著周圍）做甚麼！你幹嘛…！
載洙	肚皮都要貼後背了，你餓兩天了吧。
鋼太	（…）
載洙	不要吃披薩，吃點粥吧。
鋼太	粥…
載洙	哥哥挨餓，你也要挨餓嗎？那哥餓死的話，你也…會餓死吧。

鋼太	（逗笑）
載洙	真是手足情深的文氏兄弟。
鋼太	（摸著手）
載洙	（看著）所以我說不要靠近高文英，不是要你看著手心的刀疤就要有警覺心嗎。
鋼太	（苦澀）…載洙。
載洙	？
鋼太	我…做了一個夢…
載洙	夢？
鋼太	對…

#INS） 鋼太那宛如美夢實現的一天，在搖晃的吊橋上，看著害怕的文英哈哈大笑時…手牽手走過吊橋…擺著僵硬的姿勢拍照時…將文英擁入懷中睡著時…在田野中，遞出花束，那短暫又美好的一吻…

鋼太	（望向遠方）我怎麼能…拋下哥…擅自做夢呢…
載洙	（不知道細節，但仍感心疼）
鋼太	（悲傷又自責的眼神）我這種人，怎麼有資格作夢…

頭頂的天空，諷刺地蔚藍，海洋像寶石般閃閃發亮。

#23　　城堡，文英的房間｜白天
　　　　失神躺在床上的文英，突然坐起身。

#24　　　沒關係病院，監護室｜白天
　　　　尚泰轉動眼珠，吸吸鼻子，看起來在隱忍些甚麼的臉孔，
　　　　畫面中沒有鋼太，只有載洙拿著一塊披薩（PPL）在尚泰附
　　　　近引誘著他。

載洙　　我帶了哥最喜歡的口味…披薩要熱熱吃才好吃的呢…看看
　　　　這牽絲的起司…雖然是我自己做的，但這誘人的香氣連我
　　　　都想流口水～
尚泰　　（吞著口水，眼神不安地晃動）
載洙　　（看著手錶）我離開店裡太久了，要趕快回去才行…但起
　　　　司硬掉了怎麼辦…要趕緊吃才行…

　　　　不久後，砰的一聲關門聲，尚泰偷偷地從棉被探出頭，看
　　　　著一旁香噴噴的披薩吞嚥口水，再偷看外面的動向…

#25　　　沒關係病院，護工室｜白天
　　　　當鋼太正在填寫工作日誌時，手機響起，來電顯示高文
　　　　英，他神情一變，但又將手機轉為震動，繼續填寫。

#26　　　沒關係病院，戶外停車場｜白天
　　　　當電話轉入語音信箱時，文英砰！的一聲將車門關上，她
　　　　提著袋子走進醫院。

#27　　　沒關係病院，護理站｜白天
　　　　鋼太拿著報告正要走進護理站，看到文英的背影，他們的

視線短暫在空中交會，在電腦桌前辦公的星與吳車勇，雖然看似忙碌，但都將注意力集中在兩人身上。

鋼太　　　（走上前）

文英　　　（冰冷的表情轉為溫柔，用手摸著鋼太的臉龐）才過沒幾天，就這麼憔悴。

星｜吳車勇　（摸下去了！）

文英　　　就像⋯乾癟的紅棗⋯

鋼太　　　（面無表情，迴避文英的手）有甚麼事嗎？

文英　　　（自然）因為你不回家⋯所以我帶了些內褲來給你替換。

星｜吳車勇　（內褲！？）

文英　　　（翻找著袋子）三角、四角、綁帶、網紗，不知道你要穿甚麼所以都帶來了。

鋼太　　　（依舊一動也不動）跟我出來。（對著車勇）我出去一下⋯

吳車勇　　好的，這裡我來就可以。（拿著報告）

文英　　　（將袋子放上護理站）辛苦了。（跟上）

吳車勇　　你看吧，他們一定有在交往。

星　　　　連內褲要穿甚麼都知道了⋯（偷看袋子）

#28　　　沒關係病院，前方海灘｜白天

　　　　　文英與鋼太一前一後走在沙灘上，後面能看見醫院。

文英　　　我冷靜後想了想，這是個機會。

鋼太　　　（轉身）

文英　　　趁這個機會擺脫當人質的悲慘命運吧。

鋼太	人質…？
文英	你就像個人質般，被綁在哥哥身邊，還不如趁這個機會解脫，你要到老死都像連體嬰陪在他身邊嗎？
鋼太	…
文英	你明明想和我一起生活，想要觸摸我，想要一起玩耍。
鋼太	（心痛）我沒有…
文英	就算你嘴巴能撒謊…（看著鋼太）但這雙眼，卻撒不了謊。
鋼太	（就像說服自己般）我…從夢裡醒來了。
文英	甚麼…？
鋼太	（自責）都是我的錯…
文英	…
鋼太	我應該只在乎哥哥就好…他就是我的全部…無論你說甚麼…我都不應該管你的…甚麼命中注定…當初為什麼要在乎呢…（心痛）我們只是孽緣…
文英	（停頓，笑）不要再演了，不是說過看著我就會想發笑，難道連這個也是孽緣嗎？
鋼太	（轉為哀求）拜託你了…
文英	…？
鋼太	從我的人生中消失吧…
文英	（心痛…）不是還說不會讓我一個人嗎，難道那些都是…
鋼太	對，都是謊言，第一次出去玩，因為沉浸在氣氛裡才講的話。
文英	…！
鋼太	（眼露痛苦）我只要哥哥一個人就夠了，就足夠我操心跟

應付，所以！！！拜託你不要再來搗亂我這該死的人生…
滾開。

文英　…你說謊，你之前說過，當我叫你滾開，就像在挽留你，
　　　現在你所說的這些話，就像是在請求我抓住你。

鋼太　（…！不發一語）

文英　（抓住鋼太的手）…不要走。

鋼太　（！！心痛欲裂）你…只是我人生中宛如煙火的存在，只
　　　是短暫的喜悅，我已經很滿足，所以請你…無聲地消失
　　　吧。

文英　（…！！自尊受傷）

鋼太　（無法再望向她）

文英　（眼眶滿溢著淚水）我不是煙火，是炸彈！一旦爆炸，不
　　　會消失，會把所有人跟我一起同歸於盡！！

文英在身後怒吼，但鋼太只是越走愈遠，每踏出一步都無
比沉重…

#29　沒關係病院，監護室｜白天
　　　棉被中央，高高鼓起，不時帶著晃動…尚泰坐在床中，一口
　　　口吃著披薩，此時突然一聲砰！尚泰像倉鼠般，嘴巴裡塞滿
　　　卻一動也不動，聽見門關上的聲音後，他奮力吞下口中食
　　　物，望外察看，房內沒有人影，只有一本放在地上的書。

尚泰　（…？走上前，讀起書名）西方魔女…謀殺案…都熙才…

他隨意翻了翻，夾在書中的一張紙掉落，上頭用紅色的鋼筆寫著…「弟弟殺了哥哥…」

尚泰　　　（只是靜靜地看著）…

#30　　　沒關係病院，監護室前走廊｜白天
　　　　　朴幸子拿著報表，透過玻璃窗看著尚泰，尚泰將字條摺起放進口袋，並坐在床上翻閱起《西方魔女謀殺案》。

朴幸子　　（靜靜地看著…帶著謎樣的表情）…

#31　　　沒關係病院，大廳｜白天
　　　　　朴玉蘭看著尚泰所畫的壁畫，後方站著朴幸子，正觀察著朴玉蘭的一舉一動。

#32　　　城堡，大廳｜夜晚
　　　　　文英走進被黑暗吞噬的城堡，就像回來的第一天那樣，漆黑的城堡內，只有月光灑進…整座城堡死氣沉沉，一點溫度都沒有…她落寞地走上階梯…

#33　　　沒關係病院，監護室｜夜晚
　　　　　熄燈後的院內，有人走進監護室…是鋼太，他跪坐在哥哥身邊，看著哥哥熟睡的模樣，欲將哥哥的手放進棉被中…哥哥的手卻傳來一陣溫暖，鋼太的眼眶也一陣溫熱…

#34 　　　**城堡，兄弟的房間｜夜晚**

　　　人去樓空的房間，顯得格外冰冷⋯文英用指尖觸碰每個他
　　　們曾存在的痕跡⋯文英躺在鋼太的床上，緊緊抱著他的被
　　　褥，但無論抱得再緊⋯都還是冰冷，稀薄的空氣⋯降臨在
　　　城堡的每一處⋯

#35 　　　**朱里的家，廚房｜（其他天）白天**

　　　相仁穿著正式地將白飯倒進湯中。

相仁　　（電話）沒有開門嗎？那你等到門開為止吧。

#36 　　　**城堡，玄關前｜白天**

　　　丞梓拿著潛艇堡（PPL）站在大門前。

丞梓　　等到開門嗎？我又不是望夫石⋯

相仁　　確認作家的狀態也是重要的業務之一！

丞梓　　（碎碎唸）那你自己不會來喔⋯

相仁　　我可是日理萬機，你很閒不是嗎。

丞梓　　如果你要繼續把我當成下人使喚的話，我（有力）要辭
　　　　職！

相仁（F）早安，要上班嗎？（掛斷電話）

丞梓　　（慌張）喂？代表？等著完蛋吧你！啊，已經完蛋了⋯

　　　結果丞梓將買來的三明治拆開開始吃起來。

相仁　　（對著正要出門的朱里說）聽說要去公司做健診嗎（飯都
　　　　尚未吃完）我載你去吧。

朱里　　不用了，搭公車很快就會到，好好吃飯吧。

相仁　　我都吃飽了，真的，早上剛好我有約，去的路上可以載你
　　　　一程（走上前）一起走吧。

朱里　　（些微動搖）

#38　　行駛中的相仁老爺車｜白天
　　　　相仁帶上帥氣的雷朋眼鏡，吹著口哨開車，朱里坐在一旁。

相仁　　沒有甚麼～好聽的音樂嗎～（打開收音機，尋找著 CD）

朱里　　（瞄一眼）今天要去哪裡嗎？

相仁　　（害羞）啊我…首爾有場出版社的研討會，需要去露個
　　　　臉，告訴大家李相仁還活著，可以開始談生意、接洽一
　　　　些…（音樂聲開始斷斷續續）

朱里　　…？

相仁　　（隱約慌張）哈哈哈…這台車是老爺車了…（開始敲敲打
　　　　打，但卻啟動雨刷）這些東西是有甚麼連動設計嗎…（雨
　　　　刷不受控的在擋風玻璃上來回，音樂也嘎嘎作響，著急地
　　　　亂按）

朱里　　（盯著空調）那個…暖氣好像打開了…

相仁　　甚麼？！（額頭開始冒汗）它大概…中暑了吧，怎麼會這
　　　　樣…

| 朱里 | （感到不安，抓著安全帶）應該…沒問題的吧？ |
| 相仁 | （冒汗）當然，當然，完全不需要擔心… |

砰！一聲巨響，老爺車的引擎蓋冒出一團黑煙。

#39　**外環道路｜白天**
「萬事拜託了！司機大哥！朱里，路上小心！」相仁目送著朱里離開，望向一旁也即將被拖去維修的老爺車，不甘心地踩著柏油路面。

| 相仁 | 該死的！好不容易有約會的機會…（擦著汗）偏偏天氣又那麼…（突然想起！）我的錢包！！等等！停車！！（追在拖吊車後） |

#40　**行駛中的計程車｜白天**
朱里將車窗放下，看了一眼後方，原本面無表情的她，嘴角卻不自覺地上揚…真是有趣的上班路。

#41　**沒關係病院，監護室｜白天**
尚泰拿出包包裡的萬花筒，轉呀轉的…或許無聊，正要打哈欠時…結果看到眼前的某物，嘴巴張大，目瞪口呆，眼前是一隻巨大的恐龍玩偶。

| 尚泰 | （興奮）媽媽？是媽媽！！是多利的媽媽，是腕龍！！ |

朴幸子拿著巨大的恐龍玩偶走進房內。

Cut to. 尚泰開心地抱著恐龍，跟幸子一起翻閱《恐龍大百科》。

尚泰	（指著書）多利是鼻角龍，肉食性的恐龍，多利的媽媽（翻書）是腕龍！是草食性的恐龍，牠最大的特徵就是頭顱骨上有很多孔洞。
朴幸子	（聽得津津有味）等一下，可是牠們是母子，為什麼不同種類？
尚泰	（比出大拇指）好問題！因為多利的身世是秘密。
朴幸子	真的嗎？！
尚泰	多利的媽媽是繼母，不是真的媽媽，當多利還沒孵化時，牠的親生媽媽就把蛋丟了，是腕龍將蛋帶回孵化，獨自養育牠，雖然這只是我們這些多利愛好者的猜測而已。
朴幸子	雖然不是親生媽媽，但卻也是很好的媽媽呢…
尚泰	對，冒牌的不好，但是媽媽都很好。
朴幸子	（微笑地看著）那尚泰的媽媽也是好人嗎？
尚泰	（眨眨眼）對我是好媽媽，但對鋼太是壞媽媽。（翻著書）
朴幸子	（看著尚泰）

#42　沒關係病院，員工餐廳｜白天

餐桌上擺滿美味的家常菜，一邊坐著不知所措的鋼太，順德捧著滾燙的大醬湯走來。

順德	不要盯著飯發呆，趕快吃。

鋼太	（難為情）…我開動了。（雖然吃不下，但還是塞了口飯）
順德	（將煎好的魚撕成小塊）俗話說對愈討厭的人越善良，真是沒說錯。
鋼太	（抬頭）
順德	我討厭你，就是因為很討厭才這麼用心煮飯給你吃，忽視我寶貝女兒心意的傢伙，還喜歡上其他女孩子，怎麼可能不討厭，還想過不租房間給你們了…從她眼裡消失，說不定會可以更快忘記你…我在腦海裡反覆思考著。
鋼太	…那我們要搬出去嗎？
順德	（將魚肉放在鋼太飯碗裡）把你們趕走的話，我晚上會睡不著的，所以不可以搬走。
鋼太	（鼻酸…）
順德	我今天會帶尚泰回家，先告訴你一聲，不要太擔心了。
鋼太	（羞愧地無法抬起頭）…真的很謝謝…
順德	不用道謝，這輩子做不了我的女婿，下輩子來當我的兒子吧…
鋼太	（訝異地抬頭）
順德	（溫暖地笑著）用一輩子的孝道報答我吧。
鋼太	（不想讓人看到眼淚，低下頭挖著飯吃）…但不想再有下輩子了…
順德	（心疼）還敢頂嘴…吃大口點！

#43　　　沒關係病院，門口｜白天

順德和尚泰一同走出醫院，鋼太站在玻璃門後看著哥哥的背影，不希望被哥哥發現，因此將自己藏在角落…尚泰手裡抱

著恐龍玩偶，步伐相當輕快，此時，朱里走近鋼太身邊…

朱里	今天會回家吧？

鋼太　（轉頭）

朱里　晚餐的時候回來吧…跟尚泰哥和好…他午餐時間都有把飯
　　　吃完，還跟護理長聊得很開心…看起來開朗許多。

鋼太　（只是苦笑著）

朱里　（看著鋼太）…我們不是常對病人說一句話嗎？若是要讓
　　　身邊的人幸福，必須先讓自己幸福。

鋼太　…

朱里　自私並非一定是壞事，如果很難撐下去…那就先考慮自身
　　　的幸福吧…那樣也沒關係的。

鋼太　（看著朱里）那我…有一個自私的要求，可以麻煩你嗎？

朱里　（…？）

#44　城堡，兄弟房間｜夜晚
　　　在未開燈的房間裡，昏暗的電視前，文英雙眼無神地看著
　　　《多利》的卡通，此時她突然腦裡閃過想法，將電視櫃下
　　　的錄影帶拿出，並拍照傳給鋼太，「不趕快回來的話，我
　　　就要把這些錄影帶都丟掉！」雖然很快就已讀…但卻沒有
　　　回應，可惡…！

#45　城堡，文英的房間，浴室｜夜晚
　　　文英將吹風機對準額頭，陣陣熱風吹出，然後用溫度計一
　　　量，出現 39.4 度！她趕緊跟溫度計自拍，還面露痛苦的模

樣，再傳送給鋼太，「我發燒了，好不舒服，買退燒藥給我」但依然已讀不回，正當她生著氣，到處看不順眼時，門鈴聲響起，她雀躍地衝上前。

#46　城堡，大廳，玄關｜夜晚
文英帶著激動又興奮的心情，迅速地打開門！

文英　　（等待已久）我肚子餓到快死了…（瞬間愣住！）

門外站的人，不是鋼太…而是朱里！

朱里　　（將稍早丞梓拿來的三明治袋子拿起）外面…還有這個…
文英　　（冷眼）…
朱里　　尚泰哥…會待在家裡幾天…所以我替他拿些衣服替換…
文英　　（喃喃自語）家…那裡才是家嗎…？
朱里　　（…！）

#47　便利商店｜夜晚
鋼太將哥哥喜歡的零食放進購物籃中，也放進麻辣蓋飯。
（PPL）

#48　朱里的家，階梯｜夜晚
提著零食的鋼太，踩著沉重步伐走上頂樓，月光將頂樓照得明亮皎潔…他停在門前，深吸一口氣。

#49　　　頂樓｜夜晚
　　　　尚泰拿著簽字筆，專心地塗著甚麼⋯原來是從醫院帶回來
　　　　的那張寫著「弟弟殺死哥哥」的紙條！他用筆將字體塗
　　　　黑。

鋼太（E）　哥⋯我要進門了喔⋯

　　　　一聽到鋼太的聲音，尚泰趕緊拿著紙條躲進衣櫃！

#50　　　頂樓｜夜晚

　　　　鋼太進門後，將塑膠袋放在地上⋯他走近衣櫃，並跪坐在
　　　　衣櫃前。

鋼太　　哥⋯你要一直躲著我嗎？
尚泰　　⋯
鋼太　　原諒我吧⋯我錯了⋯
尚泰　　⋯做錯甚麼？
鋼太　　！
尚泰　　你做錯甚麼？做錯甚麼事了？
鋼太　　（像告解般，把痛苦的記憶講出）當哥掉進冰川時，我丟
　　　　下你逃走⋯甚至還說希望你死掉⋯我甚至幻想著⋯可否過
　　　　著平凡的人生⋯（將頭靠在衣櫃）我錯了⋯對不起⋯對不
　　　　起⋯
尚泰　　⋯

鋼太	對不起…對不起…（淚流滿面）
尚泰	（從衣櫃的隙縫中望著弟弟的臉龐…並用手輕撫）
鋼太	哥…拜託你…不要丟下我…好嗎…不要丟下我…（宛如贖罪般的哀求）

過了不久，衣櫃的拉鍊慢慢被打開。

鋼太	…！
尚泰	（從衣櫃中緩緩走出）
鋼太	（流著淚跪坐在地…）
尚泰	（不知該如何是好，扭捏地坐在弟弟身邊，伸出手輕拍他的背）
鋼太	（被哥哥抱著，眼淚不停流著）不要丟下我…哥…求求你…
尚泰	（重複弟弟的話，不斷輕拍他的背）不要丟下我…不要丟下我…

兄弟倆在溫熱的淚水中得到原諒與救贖…

#51　**城堡，廚房｜夜晚**
文英獨自坐在空盪的餐桌前，背影看上去十分孤寂

朱里	…我走了。
文英	（不說話）
朱里	（走了幾步後，還是放不下心）你有…吃飯了（嗎？）

文英	（朱里回頭看到，文英正吃著丞梓帶來的三明治）
朱里	！
文英	沒有飯，但有酒。

Cut to. 紅酒清脆的開瓶聲。

朱里	（猶豫）…我開車來的…
文英	所以呢（咕嚕咕嚕）
朱里	（停頓一下）算了，搭計程車回去好了。（在杯中倒入紅酒）
文英	（看著她）
朱里	（將杯中的紅酒一飲而盡）
文英	（再倒一杯）…你現在不怕我了嗎？
朱里	還會怕…也討厭你…（摸著杯身）也羨慕你…（飲盡）
文英	（訝異最後一句話）
朱里	（再喝一杯）

朱里開始大口大口地喝著紅酒，陌生的模樣讓文英有些訝異。

#52	頂樓｜夜晚
	熄燈的房間裡，兩兄弟睽違許久地躺在房間地板上準備入睡。

尚泰	（抱著恐龍）
鋼太	（枕著手臂，望向哥哥）
尚泰	（突然）我是你的哥哥，親生哥哥，你唯一的家人。

鋼太	（笑）沒錯…我是哥的弟弟。
尚泰	（天真）文鋼太是文尚泰的。
鋼太	…對…我是哥的…（在笑容的盡頭帶著一絲悲傷）
尚泰	我喜歡你。
鋼太	！！（望向哥哥）
尚泰	（摸著懷中的恐龍）好喜歡…恐龍媽媽…最喜歡了…
鋼太	（臉上露出淺笑，喃喃自語）我也…最喜歡哥。

兩兄弟和樂融融。

#53　城堡，餐廳｜夜晚

朱里所飲盡的空瓶散落一桌…

朱里	（低著頭，不自然地晃動）
文英	你…的酒量真好…？
朱里	（呵…呵呵呵…）
文英	（瞄一眼）
朱里	（抬起頭，在髮絲間的眼神已經轉變為另一個人）你…（將頭髮撥開）讓我打一巴掌。
文英	甚麼？
朱里	叫你讓我打一巴掌！！（拍打餐桌後站起身！）
文英	（不自覺的向後靠，將手伸向空瓶…）
朱里	（因酒醉開始講起過往記憶）你真是宇宙最壞的女人（哭貌）小時候你陷害我，讓大家排擠我，現在連我喜歡的男人也要搶走！你是不是就愛看我孤單一個人！對吧？把我

僅存的所有都要搶走，你這壞女人！！沒教養！！

文英　　（冷笑）真可愛。

朱里　　對，我超級可愛！但為什麼鋼太不喜歡這般可愛的我，要喜歡上你呢，為什麼！

文英　　因為我漂亮？

朱里　　（用力揮向後腦勺）少臭美了！

文英　　（被打中後腦⋯瞪大雙眼）

#54　　**頂樓｜夜晚**

尚泰抱著多利媽媽熟睡中，鋼太翻來覆去後起身，看著窗外高掛的月亮，心中湧上思念⋯他拿起手機，翻著相簿裡的照片，那天在吊橋，他與文英的合照從一開始的尷尬，逐漸轉為開朗，兩個人的臉上都洋溢著真心的笑容⋯他的內心裡有個部分也淺淺地笑了。

#55　　**城堡，餐廳｜夜晚**

朱里像待宰章魚般趴倒在桌上，一旁的文英只是靜靜地看著，而相仁急忙地衝進餐廳。

相仁　　（搖晃朱里）朱里！朱里！清醒點啊⋯（看著她沒有反應）她是真的喝醉嗎？你沒有放甚麼東西在酒裡面吧？

文英　　本來想，但她自己先倒下的。

相仁　　這到底是喝了多少⋯不行，我把她背去車上吧！（脫下外衣披在朱里肩上）

文英　　（看著兩人）你喜歡她？

相仁	（直快）對。
文英	（有些在意…）那你喜歡她？還是比較喜歡我？
相仁	（正要背起）問這個做甚麼呢，怪可怕的。
文英	回答，你喜歡誰？
相仁	我兩個都喜歡，不同意義的喜歡。
文英	（煩躁）那誰是第一，誰是第二。
相仁	（停下動作）文英，人與人之間，不是只用排序的方式對待，對於每個人的喜歡、疼惜、珍惜，都是不同的情感。
文英	（搔搔耳朵）
相仁	黃色也有鮮黃色、鵝黃色、淺黃色，隨著亮度、彩度的不同，就會成為不同的顏色，人的情感更是豐沛，喜歡、不喜歡，愛情、友情、情欲等等，猶如五顏六色般繽紛。
文英	但當五顏六色混合時，還不是會變成黑色！（雖然嘴上說，但已經消氣）
相仁	（心疼）原本三個人住，現在變成自己一個…心情還好嗎？
文英	（眼神游移）只是…有點無聊…有時突然很煩躁…晚上也變得很冷…永遠吃不飽的感覺…
相仁	你知道綜合上述的感受，是甚麼情感嗎？
文英	（…？）

#56　　**頂樓｜夜晚**

鋼太坐在涼床上，看著無盡的夜，靈魂似乎遺忘在某處…就這樣靜靜凝視著月亮。

相仁（E）　…思念…

#57　　　城堡，廚房｜夜晚
　　　　　相仁與朱里離去後，空蕩的餐桌又只剩下文英獨自一人，
　　　　　她反覆思索著那個陌生的情感詞彙。

文英　　　思念…思念…

　　　　　每唸一句，腦海浮現…
　　　　　# 開朗笑著的他…
　　　　　# 替自己出氣的他…
　　　　　# 跑向自己伸出手的他…
　　　　　# 冷漠轉過身的他…
　　　　　在寂寞的深夜裡，傾吐真心…「思念…思念…」

#58　　　朱里的房間｜早晨
　　　　　朱里坐起身，胡亂地找起手機。

朱里　　　手機，我的手機呢…

丞梓　　　（在旁看了一陣子後，默默地從朱里的口袋中拿出）在這裡。

朱里　　　原來…（尷尬）我…昨天…有做甚麼糗事或…

丞梓　　　（揮手）才沒有呢，只有在代表車上吐了兩次，讓他有藉
　　　　　口可以換車，才沒有發生甚麼事呢。

朱里　　　（…要瘋…）

#59　　　公車站｜早晨
　　　　朱里嘆了一口氣走向公車站，看到坐在公車站發呆的鋼
　　　　太，鋼太望見，與她打招呼，在臉上擠出笑容，但臉色卻
　　　　相當蒼白…

朱里　　…（對於硬擠出的笑容感到心疼）

#60　　　行駛中的公車｜早晨
　　　　兩人坐在公車的雙人座，空氣瀰漫尷尬氣氛。

鋼太　　胃舒服點了吧？
朱里　　（驚慌）…甚麼？
鋼太　　我問說胃有沒有舒服點了。
朱里　　（慌張）有…可是…怎麼突然對我說半語？
鋼太　　甚麼？（看著她）

#61　　　回想｜朱里的家｜停車場｜昨晚
　　　　鋼太（接到相仁的電話）來到家裡附近的停車場，相仁的
　　　　車開進。
鋼太　　（看著）
相仁　　（用衛生紙塞著鼻孔走出車外）天啊！！（將衛生紙拔
　　　　除，用力吸著空氣）終於可以呼吸了…
鋼太　　朱里呢？
相仁　　（帶著疲倦的步伐走到副駕駛座）我來扶她…你的行李在
　　　　後車廂…

鋼太	（從後車廂拿出行李）
相仁	（把朱里扛出車外）
朱里	（醉醺醺地看著鋼太）喂，文鋼太…
鋼太	（擔心）你喝很多酒嗎？
朱里	你這該死的…！
相仁	（哀求）好，不要再罵了，我的耳朵都要出血了。
朱里	（推走相仁）你是故意叫我去的對吧，要我跟高文英和好！！因為怕她一個人孤單！！擔心她所以才叫我去的，對吧～！
鋼太	（…）
朱里	你這臭傢伙！你知道我喜歡你，還故意這樣…（被摀住嘴）
相仁	（摀住）噓！噓！你這樣會吵醒街坊鄰居的。
鋼太	你說如果太辛苦，可以自私。
朱里	（咬住相仁的手）
相仁	啊！！
朱里	（冷笑）你當我是冤大頭嗎，臭小子？！
鋼太	（因為可愛，稍微笑了一下）可是，為什麼不說敬語呢？
朱里	（逼近大吼）小子！我跟高文英可是同輩！可是你自己卻對她說半語，兩個人多親暱，對我就畢恭畢敬的說敬語！！叫你說半語就說！！廢話真多！！

#62　　行駛中的公車｜白天

朱里咬著嘴唇，將頭碰撞著玻璃窗。

朱里	（讓我死吧…）

鋼太	（輕輕一笑）…謝謝你。
朱里	（…！看著鋼太）
鋼太	（閉上眼睛，臉上毫無血色）
朱里	你哪裡不舒服嗎…？
鋼太	（閉著雙眼）沒事…只是有點累…
朱里	（雖然擔心，但不多問，將耳機戴上）

兩個人的模樣，依然有些尷尬，但也增添幾分自然。

#63　**城堡，文英的房間｜早晨**
文英坐在梳妝台前，打了通電話。

#64　**沒關係病院，護工室｜早晨**
鋼太穿上護工服，手機響起，來電顯示為高文英，他將手機放在置物櫃內關上，他的臉色非常蒼白，額頭冒著斗大的冷汗…這時吳車勇走進，一邊說「天氣真的熱了，冷氣怎麼不開強一點呢？」語畢看著鋼太。

吳車勇	前輩你也很熱吧？看你滿頭大汗的。
鋼太	對…今天的確很熱…（擦去冷汗）
吳車勇	（察看）等等…（摸著額頭）天哪，超燙的！！根本是人體電毯，哪裡不舒服嗎？
鋼太	（若無其事）可能中暑吧…
吳車勇	（看著鋼太的背影）明天不可以請病假喔！！我有約會！

#65　　　城堡，文英的房間｜早晨
　　　　將棉被蓋至頭頂，手機卻傳來鈴聲，文英開心地跑向放在
　　　　梳妝台的手機，但卻不是她所等待的他。

#66　　　載洙的房間｜早晨
　　　　與文英通話中的相仁。

相仁　　　看你一接起來就要罵髒話的樣子，看來不是在等我，文
　　　　英，今天晚上我找了間不錯的餐廳，今晚去吃牛肉吧，總
　　　　是要享受一下拿刀劃開美食的樂趣啊，還有為什麼嗎，因
　　　　為今天是…是那天啊，那天！

#67　　　沒關係病院，護理師室｜白天
　　　　鋼太整理著不同病患的藥物，額頭不斷冒起冷汗。

朴幸子（E）喜歡媽媽嗎？

鋼太　　　（…！些許停頓後回頭望）

朴幸子　　（走近）多利媽媽，我送給你哥的禮物。

鋼太　　　真的很謝謝護理長，這麼照顧他…

朴幸子　　你知道嗎？他說多利的媽媽是繼母。

鋼太　　　（笑）哥不會隨便跟不認識的人分享呢。

朴幸子　　看來我跟他變得很親近。

鋼太　　　（微微笑著，整理著藥物）

朴幸子　　（思考）你哥哥…認識朴玉蘭患者嗎…？

鋼太　　　（停頓！）不認識…怎麼了嗎？

朴幸子	（若無其事）沒甚麼，只是問問。
鋼太	（有些不安）
朴幸子	值勤的時候，稍微注意一下朴玉蘭患者，她最近心情狀態不甚穩定。

#68　沒關係病院，庭院｜白天

大煥一臉疲倦又憔悴，閉上雙眼坐在太陽底下，此時某處傳來一陣低鳴，漸漸轉為鮮明的歌聲⋯竟是《我親愛的克萊門汀》！

高大煥	！！！（眼睛憤怒地張大，四處尋找）

他看到不遠處有一名女子正翻著書，大煥失神地走過去⋯是正在翻閱《西方魔女謀殺案》的朴玉蘭，她察覺大煥靠近，用力將書闔上。

鋼太站在不遠處觀察著兩人。

朴幸子	她似乎⋯有意地在刺激其他患者⋯
鋼太	⋯（觀察著⋯）

#INS）8 集 17 幕

朴玉蘭	我來這裡好幾個月，大家都把我當成透明人⋯現在開始注意到我了⋯？呵⋯真有趣⋯

鋼太	（回想起當時玉蘭不懷好意的笑容，因此觀察著兩人）

 # 大煥用不安與恐懼的眼神，直盯著玉蘭。

高大煥	你…竟然…在唱那首歌…
朴玉蘭	（冷冷地笑，站起身）
高大煥	（感到害怕而倒退）
朴玉蘭	（靠上前，在他耳邊）怎麼了…要再殺我嗎？
高大煥	！！！！

 # 原先看著的鋼太，察覺到兩人的不對勁，急忙跑上前。

朴玉蘭	（冷笑）
高大煥	！！！啊啊啊！！

大煥失控地撲向玉蘭。

高大煥	（緊緊勒住玉蘭的脖子）你為什麼活著！！去死吧你！！給我去死！
朴玉蘭	（緊縮的聲音）這個人怎麼這樣！！救命啊！！救救我！
鋼太	（跑上前）高大煥先生！！！
高大煥	我不會再被你騙了！！你這個怪物！！
朴玉蘭	（難以呼吸）救，救命…

鋼太快速穿越患者間，將大煥拉離玉蘭，制止他的行為。

鋼太	請冷靜一點！！
高大煥	放手！！我要殺了她！不然你也會死！我一定要殺了她！！

朴玉蘭從地上艱難的爬起，被其他前來協助的醫護人員扶進室內。

高大煥	（尚處於失控狀態）她一定要死…那時就應該連文英也一起殺死的…怪物都要去死！！！
鋼太	（心頭突然湧上一陣憤怒）你錯了！！
高大煥	！
鋼太	你的女兒不是怪物。
高大煥	（喘著氣）
鋼太	（堅定）她不是怪物。
高大煥	不殺她的話…你會死…
鋼太	…！！
高大煥	你最後…（頭暈目眩）你最後…也會變成跟我一樣…
鋼太	（…！！全身感到癱軟）

高大煥暈眩過去，醫護人員趕緊跑上前…但鋼太卻反覆思索著大煥最後一句話…

#69　**朱里的家，大門｜夜晚**
順德提著大包小包走著，卻看到一名女子蹲坐在家門外…是文英！

順德	（走上前）怎麼來了呢？
文英	（站起身）之前…不是說要請我來吃頓飯。
順德	（…？露出笑容）那想吃些甚麼？

#70　**朱里的家，客廳｜夜晚**

剛燉煮好的牛肉海帶湯飄來一陣誘人香氣，文英面前擺放的雖然不是大魚大肉，但卻是相當窩心的家常菜。

文英	（呆呆地看著海帶湯…）
順德	（倒著水）生日快樂
文英	（…？！）
順德	你又不是孕婦要補身，突然說想喝海帶湯，那就一定是生日了，就把這個當作生日禮物吧，趁熱吃。
文英	（慢慢地拿起湯匙，喝一口湯…）
順德	合胃口嗎？
文英	…可以…
順德	太好了呢。（離開客廳，讓文英好好吃飯）
文英	（將整碗白飯倒進湯中攪拌）
順德	（聽著文英咕嚕咕嚕大口吃飯的聲響，臉上掛著笑容）

門外傳來熱鬧的人聲，相仁與丞梓走進。

相仁	（驚見文英）你為什麼不接電話，也不回訊息，然後在這吃飯呢！我都說了要請你吃牛排了…
文英	這是牛肉海帶湯。（挖一口）

丞梓	作家～生日快樂～為了慶祝生日，讓我來唱一首歌～（不會看臉色，開始唱）為什麼誕生～為什麼誕生～這麼醜…
文英	（冰冷）你找死嗎？
丞梓	（閉上嘴巴）我錯了…
順德	（替相仁和丞梓舀湯）真是吵吵鬧鬧的，一起來吃吧。

相仁和丞梓坐在餐桌一側，此時載洙剛好回家「我回來了，肚子真餓…」語畢就看到正在大口吃著海帶湯的文英，載洙一臉不敢置信…
Cut to. 大家坐在餐桌上，看著文英滿足的吃相。

順德	要再幫你添一碗嗎？
文英	（沒有回答，將空碗遞上）
順德	（站起身）
相仁	（轉換氣氛）今天是超乎想像出版社，唯一的高文英作家生日，因此做為代表的我，決定請客讓大家吃炸雞！！
丞梓	哇！那要不要也叫文尚泰插畫家…（！）
相仁	（踢丞梓的腳）
載洙	（把飯塞進丞梓嘴巴）
文英	（假裝若無其事地繼續吃著）

#71　沒關係病院，院長室｜夜晚
吳院長和鋼太坐在沙發上，氣氛凝重。

吳院長	（聽著鋼太說明稍早情況）所以朴玉蘭患者主動刺激
	他…？
鋼太	對…在我看來是這樣。
吳院長	（思索）…為什麼呢…會出自甚麼原因呢…
鋼太	（小心翼翼地擦著冷汗）

#72　　　沒關係病院，女子病房｜夜晚

朴玉蘭喝著熱茶，手依然顫抖著，幸子則是在一旁。

朴幸子	所以當你在看書時…高大煥患者二話不說就直接衝上前，
	掐住你的脖子嗎？
朴玉蘭	（點頭）
朴幸子	無緣無故嗎…？
朴玉蘭	（堅定）就是說啊！他看著我說怪物！怪物！
劉宣海	（在隔壁床上看著）
朴玉蘭	（低聲）這個瘋子…到時候殺了你…
朴幸子	（看著玉蘭）

#73　　　沒關係病院，院長室｜夜晚

吳院長	（看著窗外，整理思緒）朴玉蘭唱著《我親愛的克萊門
	汀》刺激著高大煥…（# 在走廊上唱歌的玉蘭）當高大煥
	掐著她的脖子時，還高喊怪物？（# 掐著玉蘭脖子的大
	煥）高大煥會稱之為怪物的…只有妻子都熙才作家…
鋼太	（蒼白的臉孔）那麼…會是他將朴玉蘭患者誤認為都熙才

作家嗎？

吳院長　不知道呢⋯但朴玉蘭要不是對都熙才作家相當熟悉，或
　　　　是，朴玉蘭⋯（轉過身）就是都熙才本人⋯

鋼太　　（朴玉蘭就是都熙才？！！）

#74　　**朱里的家，階梯｜夜晚**
　　　　文英坐在階梯上正要抽菸，卻被相仁將菸丟棄。

文英　　（可惡）那是最後一根了。

相仁　　我有比最後一根香菸更棒的禮物（遞上禮物袋）來！生日
　　　　禮物。

文英　　（打開盒子，是個精緻的項鍊（PPL））

相仁　　這是將兩顆心臟合而為一的模樣，代表著你和我齊心協
　　　　力！這個寓意是不是很棒？你寫文章，我賣書？哈哈哈⋯

文英　　（戴上項鍊）

相仁　　真是太適合了，好耀眼！

文英　　（喜歡）這是在叫我趕快寫下一本吧？（站起身）好，沒
　　　　問題，我會聽話的。

相仁　　甚麼意思⋯

文英　　（叩叩叩，走上樓梯）

相仁　　（領悟）喂，喂，你為甚麼要去⋯！（要瘋）文英啊！

#75　　**頂樓｜夜晚**
　　　　文英大力的敲著門。

文英　　　哥！尚泰哥！最佳拍檔！我來了！開門！

#76　　　**頂樓房內｜夜晚**
　　　　　尚泰在房內不知所措。

文英（E）　不開門的話，我就把門踢開喔？！（用腳踢）

尚泰　　　（來回踱步）不行，不行，不可以…我要…我要報警…
　　　　　（焦急地拿起手機…）可是要打幾號…？

文英（E）　我還有帶電鋸來！沒有騙你！（電鋸聲響傳來）

尚泰　　　（極度焦慮）火警通報是 119（不是這個…）間諜通報
　　　　　是 111（也不是這個…）報警是…（門外的文英繼續威脅
　　　　　著）

文英（E）　我的耐心只有 3 秒，數到三前開門！一，二…

尚泰　　　！！！！

#77　　　**頂樓｜夜晚**
　　　　　在數到三的同時，尚泰大喊著：「不要拆門！！」赤著腳
　　　　　奪門而出，只見文英將手交叉在胸前，手機開著特殊音效
　　　　　APP 的畫面，喇叭傳來電鋸聲響。

尚泰　　　…！！（被騙了）

　　　　　Cut to. 兩個人站在欄杆旁。

文英　　　給你！（拿給尚泰）

尚泰	（低頭）網太…
文英	你帶走吧，我棄養了。
尚泰	棄養…？
文英	我不要網太，要尚泰，跟我走吧。
尚泰	（呆呆地看著）
文英	（強顏歡笑）
尚泰	你說謊…
文英	我是真心的，沒有最佳拍檔，我好無聊。
尚泰	騙人…
文英	我是來接你的。
尚泰	騙人…騙人…（開始激動）
文英	其實今天是我的生日。
尚泰	騙人！（喘氣）
文英	我希望生日禮物就是最佳拍檔。
尚泰	你騙人！！！
文英	（煩躁）你是測謊機嗎？！
尚泰	你騙人！！不要再說謊了！！

尚泰將網太大力地往地上一丟，砰！的一聲將門關上。

文英	（不發一語…）

#86-1　　頂樓｜夜晚

　　　　　尚泰（因情緒激動，開始快速地講著話！）說謊就是壞
　　　　　人！（站在書桌前）大騙子…騙我說要自己去玩…最佳拍
　　　　　檔之間是不能有秘密的，但卻兩個人自己去…（將素描本
　　　　　上的一頁撕下，揉成團，用力丟出窗外）我現在也不需要
　　　　　露營車了（關上窗）大騙子…大壞蛋…

#86-2　　頂樓｜夜晚

　　　　　文英撿起地上的紙團。

文英　　　（蹲下）尚泰哥，真正的壞人…是不相信他人的人…
尚泰（E） 才不是…才不是…
文英　　　你有聽過放羊的少年嗎…？

#78　　　沒關係病院，治療室｜夜晚

朱里　　　你看起來很嚴重…不要只吃藥了，打個點滴吧…
鋼太　　　（從朱里手上拿走退燒藥）這個就足夠了。（喝了一口
　　　　　水，將藥吞下）
文英（E） 是個開口閉口都是謊言的少年…
朱里　　　（從抽屜裡找尋體溫計）那你先量個體溫…（轉身）

　　　　　已經不見鋼太身影。

#79　　　沒關係病院，護工室｜夜晚

鋼太換下制服後，整理著包包，打開手機後發現文英所撥打的數十通電話語音訊息，「我肚子餓！已經餓了三天了！」＋空蕩蕩的冰箱照片，「家裡好像遭小偷了！你快點來！」＋一團混亂的房間。

鋼太　　　…

文英（E）　少年每次都騙村莊內的人說狼來了…

在許多訊息與照片的尾端…「今天是很重要的日子，趕快來煮海帶湯給我！」

鋼太　　　…

文英（E）　你知道為什麼少年要這樣撒謊嗎？

尚泰（E）　因為他無聊，很無聊！

鋼太不為所動地將手機放進包包，向外走出。

#80　城堡，書房｜夜晚
文英獨自一人處在漆黑的書房內…將花束放進裝水的花瓶中…她坐在書桌前，將紙團打開…是三個人一同乘坐露營車，出遊的畫面…文英的臉上，出現溫暖又帶著悲傷的笑容。

文英（E）　不…因為他感到孤單，因為他獨自住在深山中…

#81　　　沒關係病院，護理站｜夜晚

鋼太背著包包，正經過護理站時…看見星拿著急救箱相當
忙碌，吳車勇拿著冰敷袋敷在後腦勺，頸部還有些微血
跡…！

鋼太　　　（訝異）發生甚麼事了？

星　　　　（消毒吳車勇的傷口）朴玉蘭患者從後面打了他。

鋼太　　　甚麼？！！

吳車勇　　（痛…）她說早上在庭院內掉了重要的東西…希望我跟她
　　　　　一起去找，所以我們就出去了…

星　　　　（作勢）然後她就拿起石塊一砸！…害得他剛剛才清醒。

鋼太　　　那朴玉蘭患者呢？她去哪裡了？

朱里　　　（跑進護理站）怎麼辦？看起來是逃跑了…

鋼太　　　（不祥的預感）

朴幸子　　（緊急）趕緊連絡警方。

星　　　　好的！！（進辦公室）

鋼太　　　（抓著車勇）那她有沒有說甚麼其他的事？

吳車勇　　她說今天是很重要的日子…有個一定要見的人，一直自言
　　　　　自語的…

鋼太　　　（背脊一陣發涼）

文英（E）　今天是很重要的日子…

鋼太　　　！！！

「文護工！！」鋼太將叫喊聲拋在腦後，奪門而出。

鋼太（E）	（#INS-9 集 36 幕）倘若，都熙才作家沒有死，只是消失的話…
吳院長（E）	可以確信的是…
鋼太	（奔跑）不可以…
吳院長（E）	她一定…會回來找女兒與丈夫…
鋼太	絕對不可以…！

#82　城堡，書房｜夜晚

在微弱的電腦燈光前，文英在鍵盤上打著字…

文英（E）	放羊的少年因為寂寞所以撒謊…而等到狼真的出現時…沒有人願意救他…

#83　沒關係病院，通往停車場的小路｜夜晚

鋼太喘著氣，快速跑著。

文英（E）	只有一個人也好…若是有人願意相信他…少年就不會死了…
鋼太	高文英…（焦急地低聲默唸）文英…

#84　城堡，大廳至玄關｜夜晚

玄關傳來叩叩叩的敲門聲響，文英帶著期待走上前，會是他嗎…？該不會…？門開啟的瞬間，迷你拉炮「砰！」的拉響。

文英　　　！！！

朴玉蘭　　生日快樂。（笑）

文英感到困惑的同時也被莫名的恐懼感包圍⋯眼前的朴玉蘭露出意義深遠的微笑⋯而鋼太正焦急地朝向文英飛奔而來！

11

醜小鴨

#1   **城堡，庭院｜夜晚**
        一個女人望著在漆黑中沉睡的城堡⋯她一邊的嘴角上揚，
        輕輕哼著《我親愛的克萊門汀》一邊走進城堡⋯

#2   **沒關係病院，護理站｜夜晚**

鋼太   （問著後腦勺受傷的吳車勇）那朴玉蘭患者呢？她去哪裡了？
朱里   （跑進護理站）怎麼辦？看起來是逃跑了⋯
鋼太   （表情僵硬，奔跑出醫院）

#3   **城堡，玄關前｜夜晚**
        叩叩叩！女人敲著大門，當文英開門後，拉開手中的響
        炮。

文英	…！！！

文英帶著困惑與驚恐…看著眼前的朴玉蘭！！

朴玉蘭	生日快樂（帶著微笑）
文英	…！！
朴玉蘭	願意讓我喝杯茶再走嗎？（不等文英回答，擅自進入屋內）
文英	（…！用詫異的表情看著）

#4　沒關係病院，戶外停車場｜夜晚

鋼太奮力跑向停車場，不斷撥打電話給文英，但卻無人接聽…

#5　城堡，書房｜夜晚

書桌上的手機螢幕顯示著來自鋼太的來電。

#6　城堡，餐廳至廚房｜夜晚

文英將熱水沖進茶壺，一邊注意著朴玉蘭，玉蘭細細端詳廚房每個角落，四處走著，在長袍下還穿著病患服，很明顯並非出院…

文英	（注入開水）這麼晚的時間，穿著病患服跑來這裡，應該不是只要討一杯茶吧…你來做甚麼？

文英拿起茶盤轉身走向餐廳，卻沒有朴玉蘭的身影…！！

#7　　城堡，書房｜夜晚
　　　朴玉蘭相當熟悉地走進書房…

朴玉蘭　真好聞…舊書的香氣…
文英　　（看見玉蘭在書房的身影）
朴玉蘭　（看著盆栽的花草）嘖嘖…都乾枯了…
文英　　…
朴玉蘭　（將花瓶的花束拿起）它也死了…死掉的東西就該丟掉
　　　　啊。
文英　　（將花束奪走）不要隨便動我的東西（小心翼翼地將花放
　　　　回花瓶）你為什麼來這裡？
朴玉蘭　（面露微笑）我怕老師一個人感到寂寞。
文英　　？！

#8　　道路＋行駛中的鋼太的車｜夜晚
　　　鋼太的休旅車快速行駛在車陣中，帶著蒼白的臉頰…和額
　　　頭上的斗大汗珠…露出不安急躁的神情。

#9　　書房｜夜晚
　　　玉蘭就像是看著自己的東西似的，撫摸著每個角落…

朴玉蘭　今天老師你的父親差點要殺了我，他說…我是怪物。
文英　　（…！！）

朴玉蘭	（拿起書桌上的紙刀）他說怪物都要去死…當時也要把女兒殺死才行…鬧得天翻地覆…你不知道吧？
文英	（冰冷）所以呢…？
朴玉蘭	不是太過分了嗎，身為一個父親竟然在自己女兒的生日當天，講這種話，所以我來安慰老師，順便幫妳慶生…（放下紙刀）像今天這種特別的日子，一個人多孤單？
文英	你為什麼要這樣做？
朴玉蘭	（這次摸著古典設計的鋼筆…眼盯著筆尖）因為我是老師母親的書迷。
文英	（發出冷笑，走上前）
朴玉蘭	（看似很喜歡）真漂亮…
文英	我已經說過了…不要動我的東西。（用手抓住鋼筆，準備拿走！）
朴玉蘭	（緊緊握著鋼筆不放）
文英	！！

兩個人緊握住鋼筆的兩端，視線在空中交會。

朴玉蘭	（笑）我們真像…我也不喜歡他人動我的東西。

此時朴玉蘭迅速將筆抽走，書桌上的紙被噴發的血跡染紅！

#10　城堡，玄關｜夜晚
鋼太的車子衝進庭院，隨即下車衝向大門。

11　　　醜小鴨

#11　城堡，大廳｜夜晚
鋼太跑進城堡，焦急地找尋文英的身影。

鋼太　高文英！！高文英！！（整座城堡鴉雀無聲⋯他衝向餐廳）

#12　城堡，廚房｜夜晚
他跑進餐廳，只見餐桌上擺放著尚未喝過的茶，明顯有客人拜訪過的痕跡！不安的預感油然而生，急忙跑向其他房間。

#13　城堡，書房｜夜晚
書房裡空無一人，他走向書桌，卻看到白紙上鮮紅的血跡，一旁散落著紙刀與沾血的鋼筆⋯

鋼太　⋯！！（臉色變為更加蒼白，被恐懼感包圍）

鋼太緊急地跑出書房，尚泰的書桌上出現一個不曾看過的信封。

#14　城堡，大廳｜夜晚
「高文英！」鋼太在寂靜的城堡中央大喊著！此刻一個女人從二樓階梯走下，是文英。

鋼太　⋯！！

文英	（訝異著鋼太的出現，心中溢起思念之情，站在樓梯上緊盯著他）

鋼太急忙地跑上樓梯，將文英緊緊擁入懷中。

鋼太	（終於感到安心）太好了…真的太好了…
文英	（靜靜地被抱著）
鋼太	（調整著急促的呼吸）呼…幸好…
文英	（感受著鋼太的溫度）
鋼太	（看著文英）你沒事嗎？有沒有受傷…！（看到文英手心裡還在滲血的傷口）
文英	（不在乎）這…因為朴玉蘭那個阿姨…
鋼太	（聽到名字的瞬間回神）她在哪裡？
文英	！
鋼太	那個患者去哪裡了？
文英	（停頓）…她離開了。
鋼太	（著急）甚麼時候？！往哪裡去了…？
文英	（呆望）…
鋼太	（急躁）甚麼時候走的！
文英	（冰冷）…剛剛。
鋼太	（轉身）
文英	（抓緊手）你…！
鋼太	（…！回頭）
文英	你是為了來找脫逃的患者嗎？不是因為我…也不是因為思念我嗎…？

鋼太	（無法回答）
文英	（因為他的靜默而受傷，將手鬆開）所以我⋯輸你的哥哥⋯也輸給病人，是第三順位，對吧？
鋼太	高文英⋯（抓緊文英的手）
文英	（將手甩開，走上樓梯）
鋼太	（呆望著文英，搖晃的身體似乎下一秒就要昏厥）

#15　城堡，文英的房間｜夜晚

砰！文英大力的關上房門，躲進被窩。

#INS）書房，9 幕接續

當朴玉蘭將鋼筆抽走時，尖銳的筆尖劃過文英的手心，使血液噴濺在紙張上，文英望向一旁的紙刀，但腦子裡瞬間迴盪一股聲音「E）拜託你⋯！！」文英停止動作（#INS-9 集 5 幕：鋼太）「在無法控制自己時，先數三秒」

文英	（開始數著）一⋯
朴玉蘭	天哪⋯手受傷了嗎？
文英	二⋯
朴玉蘭	都流血了，怎麼辦⋯
文英	（數到三時）
朴玉蘭	（將鋼筆放在書桌上）
文英	！
朴玉蘭	（笑）還你

| 文英 | （面無表情）…滾出去。 |

| 文英 | （回想起當時…）那時候不應該忍住，要刺下去才對… |

叩叩，傳來敲門聲，文英趕緊將棉被蓋至頭頂，鋼太走進房間，坐在床尾…

鋼太	我們談談吧…（掀開棉被）
文英	（死抓著棉被）
鋼太	（望見文英受傷的手）

鋼太輕輕地將那隻手拉向自己（用 #1 集，在後台文英替自己包紮的手帕），替文英處理傷口。

文英	（…！！因為鋼太的溫柔舉動而心軟）
鋼太	（認真地包紮）
文英	（坐起身）
鋼太	（不發一語）
文英	為什麼包紮手，我有說手在痛嗎？
鋼太	（靜靜）…
文英	流血又怎樣，那一點都不痛，我們是孽緣，不要再搗亂你的人生，你說的那些鬼話才…（聲音顫抖）才真的痛…
鋼太	（心疼地看著文英）…
文英	（激動）你說我不是空罐頭，但為什麼把我當作罐頭，以為我不會難過嗎？我不是說過今天是重要的日子！今天我

就不想要自己一個人…（！）

鋼太　　（緊緊抓住文英的雙肩）

文英　　（停止說話）

鋼太　　（直視）

文英　　（紊亂的呼吸逐漸平緩）

鋼太　　（冷靜）無法控制自己時…數到三。

文英　　…！

鋼太　　…

文英　　（逐漸平靜）

鋼太　　（溫柔地看著文英）

文英　　一…

鋼太　　（眼中的她讓人疼惜）

文英　　二…

鋼太　　（已經再也不想壓抑自己）

文英　　三。

鋼太　　（同時低聲唸出）三。（也在心中默唸著，但已經無法控制自己的內心）

鋼太捧起文英的臉頰，將雙唇湊上前，對於她的愛意已經無法控制…文英也緊緊擁著鋼太，將心中的思念之情透過吻傳達給對方…一直以來兩人所壓抑的心意、未曾說出口的告白…在彼此溫熱的氣息中毫無保留的交融，合而為一…過了許久後，鋼太深情地凝視著文英，兩人的喘息聲交織著夜晚火熱的空氣…

鋼太	生日快樂。
文英	（…！！輕微地顫抖著身體）
鋼太	（溫柔地笑著）…我很想你。
文英	（紅潤的臉頰，帶點迷茫的眼神）
鋼太	（笑）…臉紅了？
文英	（…！害躁）因…因為很熱…怎麼…這麼熱呢…呼…
鋼太	（真可愛）
文英	（看見鋼太在笑自己…可惡）你的臉也很紅啊。
鋼太	（…！現在才意識到）啊…！（將文英的手放在自己的額頭）我生病了…
文英	（！！！）怎麼那麼燙！！！

#16　沒關係病院，護理站｜夜晚

吳院長換下醫師袍，準備下班，在護理站的吳車勇、星、權敏錫起身。

吳院長	文護工有來電，說朴玉蘭患者有去過高作家的家中。
星	為什麼要去那裡呢…
吳院長	之後再慢慢了解，（對著敏錫）通知警方她最後的行蹤吧。
權敏錫	好的，會再跟您報告調閱監視器的結果。
吳院長	半夜也有可能會回來，要派人輪值，醫院周邊也要定期巡邏。
眾人	好的。
吳院長	（看著吳車勇的繃帶）傷口還好嗎？

吳車勇	（抱怨）都被石頭砸了，有可能好嗎？讓我申請職災吧。
星｜敏錫	（他是瘋了嗎）
吳院長	（玩笑）好啊，那你申請職災的時候，也遞個辭呈吧～（離去）
吳車勇	（竟然！）

#17　**頂樓｜夜晚**

尚泰開心吃著麻辣蓋飯（PPL），載洸拿著枕頭走進房間。

載洸	哥，哥，尚泰哥～
尚泰	載洸，你來了？
載洸	為什麼現在這時間吃飯呢？在吃宵夜嗎？
尚泰	（邊吃）本來要等鋼太回來一起吃的，但醫院有緊急狀況發生，他出動去抓人，所以不回來了，出動去了。
載洸	所以～載洸也出動來這裡囉～（將枕頭丟在地上，拿起一雙筷子，坐在尚泰旁邊）看起來真好吃，我也吃一口…
尚泰	（捧著碗轉身，迴避筷子）你吃一口，就要吃第二口，小時偷摘瓜，大時偷牽牛，不可以，這是我的。
載洸	（可惡…！）
尚泰	（快速吃著）
載洸	對了，這個掉在門前。（拿出娃娃）
尚泰	…！網太…
載洸	網太？那個竹簍爺爺嗎？
尚泰	不是爺爺，是鋼太的弟弟…尚泰、鋼太、網太，我們是三兄弟。

載洙	（傷心）真是令人無語…這個奇怪的破布娃娃怎麼會是弟弟呢？我在你們身邊可是待了十年之久，三兄弟當然要加上我啊，鋼太、尚泰、載洙！我也要！
尚泰	（拒絕）沒有載洙，載洙是陌生人，姓氏不同，戶籍不同，沒有血緣關係，那就是陌生人，不是家人。（專心吃飯）
載洙	（哼，將網太丟出去）

#18　城堡，文英的房間｜夜晚

鋼太因高燒不退，虛弱地躺在床上…

文英	（從浴室走出）快點過來，我在浴缸的水裡放了冰塊。
鋼太	（坐起身）放冰塊要…？
文英	因為你發燒了，當然要降溫啊，我有在電影裡看過，快點脫下衣服吧。
鋼太	（這人…）
文英	（驕傲）要撒些玫瑰花瓣嗎？
鋼太	（笑）給我水和毛巾就好。（因暈眩再次躺下）

Cut to. 文英將沾濕的毛巾放在鋼太的額頭上。

文英	那個阿姨…是從醫院逃出來的嗎？
鋼太	（小心翼翼）她…有說甚麼嗎？
文英	她說怕我孤單，特別來幫我慶祝生日，說她是我媽的書迷。
鋼太	還有嗎？

文英	（思索）還說今天在醫院差點死了…
鋼太	（…！腦海浮現大煥的聲音「怪物都要去死！」）
文英	（問）發生甚麼事了嗎？
鋼太	…病患間偶爾會發生衝突，不用在意。（拉著文英的手躺下）
文英	！
鋼太	（緩慢）…這樣真好。
文英	（心動…）怎麼說。
鋼太	生病的時候…有人在一旁照顧的感覺…是第一次呢…（安穩地躺著）
文英	（看著鋼太）
鋼太	（閉上沉重的眼皮）
文英	（仔細端詳著鋼太的眼、鼻、口…）

文英將鋼太的手掌打開，看著曾被自己割劃的傷口…並用鋼太替自己包紮的手緊緊握住，兩人在夏夜裡，沉沉睡去…

#19　朱里的家，庭院｜隔天｜早晨
相仁拿著芳香劑噴著車內每個角落。

| 相仁 | （用捲起的衛生紙塞住鼻孔）我們朱里心中的怨恨不知道腐壞了多久，味道已經過了兩天還是久久不散…（自我催眠）但這不是嘔吐味，是清新的花香…嗯～真是曼妙的香味～帶著薰衣草和迷迭香… |

此時，正準備上班的朱里，站在後面已經好一陣子。

相仁	朱里！準備上班嗎？
朱里	（鞠躬）真的很抱歉…給你添了那麼大的麻煩，卻現在才跟你道歉…
相仁	別這麼說，我們也不是外人，都是住在同一個屋簷下的家人，怎麼會添麻煩呢…
朱里	（拿出信封袋）這個…
相仁	這是甚麼？
朱里	洗車費…
相仁	（呆望）
朱里	（不知所措…）請收下吧…
相仁	原來…是這種心情嗎。
朱里	甚麼意思？
相仁	每次當文英闖禍時，我都會帶上裝著紙鈔的蜂蜜水給對方，原來是這種心情，沒想到我也有體會到的一天！哈哈…
朱里	（遞出信封的手不知該何去何從）
相仁	（拿起信封）不如我們用這筆錢吃頓飯吧，就當作扯平。（眨眼）
朱里	（看著相仁）

#20　城堡，文英的房間｜早晨
麻雀清脆的叫聲不絕於耳，早晨的陽光灑進室內，文英帶著幸福的笑容，閉著眼摸摸枕邊，但一旁卻空無一人，她趕緊坐起身，不見鋼太的身影！當她正想衝出去找人時，

鋼太打開房門走進，已經換上一身乾淨的服裝。

文英　　（！）

鋼太　　（笑）

文英　　（心動⋯！突然感到一陣害羞，因此更提高音量）我，我
　　　　還以為你走了！（將手放在鋼太的額頭）燒退了嗎？

鋼太　　（握緊文英的手）已經退燒了。

文英　　一天就退燒嗎？還是你裝病？

鋼太　　不⋯是相思病。

文英　　　！

鋼太　　我有話跟你說。

#21　　　**城堡，餐廳｜早晨**
　　　　文英與鋼太兩人坐在桌子兩側。

文英　　（略帶緊張）你要跟我說甚麼。

鋼太　　關於我哥的事。

文英　　（碎唸）又是你哥。

鋼太　　（沉穩）我哥⋯他有創傷。

文英　　！！創傷⋯？

鋼太　　小時候我們會離開城津⋯還有每至春天就要搬家的原因⋯
　　　　都是因為創傷。

文英　　（專心聽著）

鋼太　　（深呼吸）我媽媽⋯（看著文英）是被殺害的。

文英　　！！

鋼太	而唯一的目擊者…就是哥。

#22　　過往｜蒙太奇
　　　　# 郊區一角，倒臥在血跡中的鋼太母親。（#INS-2 集 21 幕）
　　　　# 森林，躲藏在森林中的尚泰（19 歲）
　　　　犯人不疾不徐地走向尚泰，尚泰直盯著胸前所別的「獨特
　　　　形狀的蝴蝶別針」兇手輕輕地摸著尚泰的後腦勺…

　　　　# 警局
　　　　尚泰抱著頭大聲哭喊：「是蝴蝶殺的…如果我說出來的
　　　　話，他就會殺了我，他會追上我，把我殺掉。」

　　　　# 提著行李逃亡的兄弟倆

鋼太（E）	我們因為太過害怕而逃跑，當時的我只有 12 歲，身邊沒有大人可以照顧我們。

　　　　# 城堡，餐廳

鋼太	從那時開始…只要到了蝴蝶紛飛的春季…哥就會…每晚做著媽媽被殺害的惡夢。

　　　　# 夢境
　　　　被蝴蝶追趕的尚泰。

11　　　醜小鴨

房間（INS-1 集 61 幕）

啊啊啊！！！尚泰從睡夢中驚醒後躲進衣櫃，大喊著蝴蝶、蝴蝶、蝴蝶⋯而在衣櫃外的鋼太⋯甚麼也做不了⋯

鋼太（E）　如果蝴蝶追上就會死掉，所以要搬去別的地方⋯

#23　　城堡，餐廳｜早晨

鋼太　　哥獨自承受這份苦痛⋯已經長達 20 年之久⋯所以我必須守在他的身邊⋯

文英　　（所以⋯我才沒有辦法真正地融入他們嗎⋯）

鋼太　　可是⋯即使必須守在哥的身邊⋯（微笑）我總是想跟你玩耍⋯

文英　　！

鋼太　　你之前不是說過，命運算不了甚麼⋯在需要時會出現在面前的人，就是命運⋯而我⋯需要你。

文英　　⋯！！

鋼太　　我要守在哥的身邊，而你⋯就在我身邊吧。

文英　　（滿懷感動）

鋼太　　（真摯地望向文英，等待答案）

文英　　（漸漸展開笑顏）就聽你的。

兩人下定決心，再也不離開對方。

#24   沒關係病院，鋼太的車｜白天
       鋼太開心地開著車上班，並撥打電話，在長長的鈴聲後接
       起。

鋼太   吃飯了嗎…？
尚泰（F） 吃了泡菜豆芽湯飯，犯人抓到了嗎？犯人？
鋼太   （笑）不是犯人…是病患。
尚泰（F） 患者抓到了嗎？
鋼太   沒有抓到。
尚泰（F） 那怎麼辦？要怎麼辦？
鋼太   這個哥不用擔心，今天晚餐等我回去吃，會早點回去的。

       鋼太掛上電話，將車窗搖下，讓清爽的和風吹拂在臉上，
       鋼太掛著前所未見的喜悅神情。

#25   沒關係病院，急診室後門｜白天
       大煥躺在病床上，朴幸子握著他的手，一旁站著朱里。

朴幸子   檢查很快就會結束，請不要太擔心。
高大煥   （用無神的雙眼看著幸子）
朴幸子   （目送）出發吧。

       大煥被醫護人員推往他處…

朱里   希望不要是腦瘤復發…真是令人擔心。

朴幸子	他能撐過 20 年已經是奇蹟了，對了，警方有說關於朴玉蘭患者的行蹤嗎？
朱里	警方說昨晚奧地山登山口的監視器有拍到她的身影，但之後的行蹤就需要再追查…
朴幸子	那先把她的病床跟個人物品整理一下，讓候補的病患可以遞補。（離去）
朱里	甚麼？（追上前）這麼快就要整理了嗎？也有可能再回來不是嗎…
朴幸子	（堅定）她「無法」再回來了。
朱里	（無法…？）

#26　沒關係病院，護理站｜白天
　　　朱里正在電腦桌前輸入資料，有人叩叩輕敲桌面，她抬頭望去。

鋼太	早。（對著朱里笑）
朱里	（眼前的他…有著說不上的陌生感）啊…！那個…！
鋼太	（轉身）
朱里	朴玉蘭患者的床位要麻煩你整理。
鋼太	這麼快嗎？
朱里	護理長說要接候補的病患…
鋼太	（…？）

　　沒關係病院，女子病房｜白天

鋼太將朴玉蘭的個人物品一一裝箱，幾樣化妝品、睡眠襪、糖果、眼鏡、破舊的筆記本[6]等等…劉宣海在一旁探頭探腦。

劉宣海　　她是不回來了…還是回不來了…

鋼太　　　（專心整理）

劉宣海　　就算是家中小狗離家出走，也會找個幾天，沒想到護理長這麼冷酷無情？

鋼太　　　警方會繼續追查的。（抱起箱子）

劉宣海　　（將床尾的名條，放進箱子內）

鋼太　　　（開朗地笑著）謝謝。

劉宣海　　（呆望）怎麼變了？

鋼太　　　甚麼？

劉宣海　　你的笑容，變好看了。（走回自己床位）

鋼太　　　（笑容…變好看…？）

#28　　　沒關係病院，院長室｜白天

吳院長跟簡畢翁下著象棋。

簡畢翁　　聽說朴玉蘭以前是無名的話劇演員，還做過很多次整形手術…

吳院長　　（不回答，專注在象棋之上）

簡畢翁　　跟她住同一個病房的劉宣海說，從一兩個月前，她開始變

_____

6　沒有線圈的筆記本。

得很奇怪。

吳院長　　（挑起興趣）

簡畢翁　　動不動就說要練習演技，還看著鏡子自言自語，晚上喃喃
　　　　　自語些甚麼…大概以為自己還是演員。

吳院長　　…！練習演技…（沉思）

#29　　　沒關係病院，護工室｜白天
　　　　　鋼太打開裝有玉蘭個人物品的箱子，翻開筆記本，上面寫
　　　　　著許多令人不解的句子（話劇用語、台詞、舞台動線等
　　　　　等…雜亂無章的標記）箱子內還有一本《西方魔女謀殺
　　　　　案》第9冊，都熙才著…他將視線停留在名字上…片刻後
　　　　　翻開內頁，裡面卻掉出許多小紙條[7]，但上頭的字句皆被紅
　　　　　筆塗劃，令人無法辨識…？！！！鋼太困惑地看著。

#30　　　城堡，書房｜白天
　　　　　文英拿起桌上的鋼筆。

文英　　　昨天有忍住真是太好了。（回想起）

　　　　　#INS）腦海浮現昨晚火熱又激情的吻！邊想著嘴角也不自
　　　　　覺上揚，她將一旁尚泰的畫鋪平在桌面上，瞬間閃過一個
　　　　　想法，將畫摺好放進信封，從椅子上起身。

7　與10集29幕中尚泰所拿到的紙條一樣的紙張與大小。

鋼太專注研究著被紅筆塗畫的小紙條和筆記的內容…他的
身後晃過一個身影。

鋼太　　　（剛好轉頭）

吳院長　　（冒出頭）

鋼太　　　…！！該死…！（嚇到）

吳院長　　該死？你現在漸漸露出本性了喔？

鋼太　　　（慌張）很抱歉。

吳院長　　（敏銳）晚上在哪過夜了？

鋼太　　　甚麼？

吳院長　　原本愁眉苦臉的，經過一晚都眉開眼笑，看來是換了地方
　　　　　過夜～？

鋼太　　　（竟然！）

吳院長　　是不是說要找病患，結果跑去談戀愛了？

鋼太　　　（…！！）不，不是的…（迴避視線）

吳院長　　（坐下）可是為什麼會去那裡呢？

鋼太　　　（尷尬但老實）因為…有些擔心…

吳院長　　（活在自己世界）去祝她生日快樂嗎？

鋼太　　　…！不是的，我不是真的要去找她的…

吳院長　　（講甚麼）不是你，是朴玉蘭患者，她為什麼要去那裡
　　　　　呢…

鋼太　　　（茫然…）

吳院長　　（因誠實的告白而笑…）但她若只是單純要去慶生，有需
　　　　　要逃院嗎…

鋼太	（帶著不安）希望僅此而已…
吳院長	（？抬頭望向鋼太）
鋼太	希望她真的只是去祝她生日快樂…不要再發生任何事情…
吳院長	（笑著）
鋼太	（看著院長）所以院長…（用堅定的眼神看著）

#32 　　披薩店｜白天
　　　尚泰不斷窺探著某一桌，視線的彼方是高傲地看著菜單的
　　　文英，文英身旁站著一臉不悅的載洙。

文英	（指著菜單的頭跟尾）從這裡～到這裡，都幫我外帶一份。
載洙	（甚麼！！！）這些，全部嗎？您是說本店所有的披薩嗎？（尊敬）
文英	在等候時我有事想跟打工生聊聊…
載洙	（敬禮！）哥！作家有話想跟你說！趕緊過來！

　　Cut to. 尚泰與文英相視而坐。

文英	回來家裡吧，我們該開始寫作了。
尚泰	（別過頭）
文英	（將尚泰的畫放在桌上）哥所給的這幅畫…
尚泰	沒有給你，是丟掉的。
文英	好，你丟掉的這幅畫，讓我產生了下一部作品的靈感！很棒吧！

尚泰	（無反應）
文英	（嘖…保持開心的語氣）我的想法是…這三個人為了尋找遺失的東西，而踏上旅程的故事…
尚泰	（突然）真有趣。
文英	對吧？！我們不愧是最佳拍檔…（察覺尚泰的視線在別處？！）

…？？文英望向尚泰所看的方向，原來是一個小男孩正玩著新奇的玩具，並和母親吃著披薩，發現事實的她，埋怨地看著尚泰。

尚泰	（看得入迷）好像很好玩…真想要…

#33 　　沒關係病院，大廳｜白天

鋼太和吳院長站在近乎完成的壁畫前，院長已經知道關於尚泰的創傷。

吳院長	當他堅決不畫蝴蝶時，就大概有些預感…但卻沒想到是如此嚴重的創傷…可是你怎麼會突然想跟我說呢？
鋼太	因為您說不應該躲避創傷，而是要勇敢面對（看著吳院長）我希望哥也可以面對創傷…請院長幫助他吧。
吳院長	你相信我嗎？外面都在說，吳智往不是天才，只是個冒牌。
鋼太	如果是冒牌的話一定會被我哥哥揭穿的。（笑）

#34 披薩店｜白天

文英將契約書放在尚泰面前。

文英 （這次換威脅的方式）若是單方面毀約，需要支付三倍的
違約金，你知道嗎？

尚泰 （看著契約）違約金…？這上面沒有寫…

文英 （堅定）看到的並非全部（快速地講著困難詞彙）違約條
款…是以雙方的互信作為基礎，透過口頭協議就足以成立
的不成文規定，理解嗎？

尚泰 ？？？？？？？

文英 看來你已經充分理解。

尚泰 但我甚麼也沒有拿到，露營車也沒有…

文英 以長住作為條件，這段期間在我家的吃喝拉撒睡所累積的
費用，你要付三倍賠償還是畫插畫，選一個。

尚泰 ！

文英 還要加上鋼太的份，所以六倍！（堅決）

尚泰 六、六倍…？

#35 沒關係病院，治療室＋披薩店｜白天

鋼太抱著資料走在走廊，手機響起，顯示為載洙。

鋼太 喂。

載洙 （稱讚）高文英作家，真的是一個好人～

鋼太 （…！確認來電的人真的是載洙）…突然在講甚麼？

載洙 你也知道，我喜歡豪爽慷慨的人。

鋼太	所以呢？
載洙	完全是我的菜，當然不是指異性關係的部分，你也知道你是我無條件的第一名，但我對於你來說是第幾順位？
鋼太	第三順位。（掛斷電話）
載洙	！
鋼太	唉…她該不會又做了甚麼吧…

#36　市區內一角｜白天

下班的尚泰走在前方，文英在後面緊追不捨。

文英	你不肯畫插畫，也不付違約金，打算要賴嗎？
尚泰	（唱著歌，假裝沒聽到）開在山林間的是花…開在田野間的也是花…
文英	不管合約的話，你不是我的最佳拍檔嗎，還是我的書迷，怎麼可以變心呢？
尚泰	（摀住耳朵，繼續唱歌）
文英	（激動）尚泰哥，承諾不是擤過鼻涕的衛生紙～
尚泰	（不想回應）
文英	可惡，文尚泰！（站在原地）
尚泰	（突然回答）不會把鋼太讓給你。
文英	（…！！）
尚泰	不可以，絕對不會把鋼太讓給你…
文英	（沉住氣）鋼太…不是物品。
尚泰	當然不是物品，是我的弟弟。
文英	對，是你的弟弟。

尚泰	不是作家的。
文英	但也不是你的。
尚泰	我的弟弟就是我的！
文英	文鋼太是文鋼太的！
尚泰	是我的！我是他的哥哥！
文英	該死的哥！哥！哥！哥！
尚泰	作家是陌生人！陌生人！陌生人！陌生人！陌生人！

兩個人在路邊，幼稚地大呼小叫，路過的幼稚園生與老師紛紛說：「大人們就是這樣…」

#37　**沒關係病院，員工餐廳旁休息室｜白天**
文英將十個披薩放在桌上，嘴巴不停地碎碎唸，鋼太像是早就預料事情發展，靜靜地笑著。

文英	我真的盡全力了。
鋼太	怎樣的盡力？
文英	好聲好氣地請求他，還冷靜分析地說服他。
鋼太	應該不是請求或說服，而是恐嚇威脅吧。
文英	（！）你們通過電話了嗎？
鋼太	難道我還不了解你嗎？
文英	那你可以了解我現在的心情嗎？
鋼太	甚麼心情。
文英	請把女兒嫁給我吧！就像徵求許可的女婿。
鋼太	是喔？

文英	是啊！
鋼太	可是…（抬起下巴…誘惑的姿態…）如果得不到許可的話…我們…最後…還是無法在一起…（點燃文英的勝負欲！）
文英	（甚麼！）
鋼太	載洙差不多…花了十年的時間…才跟哥變親近的…？
文英	十、十年？！！
鋼太	你先等等。（站起身）
文英	要我等十年？你瘋了嗎？！
鋼太	（餘裕）不是，等我把披薩拿去護理室。
文英	！
鋼太	（笑著走出）
文英	（被玩弄…）可惡…臭傢伙…

#38　　沒關係病院，停車場前｜白天

文英和鋼太走在小路中。

文英	真的花了十年嗎？不是吧？你騙我的吧？
鋼太	十年怎麼可能呢…
文英	對吧？
鋼太	你被哥討厭，可能要更久。
文英	…！！我等不了！不可以！怎麼等！（剛說完）
鋼太	（牽起文英到一旁的涼椅坐下）
文英	！
鋼太	（跪坐在文英面前，雙眼平視）

文英	（突然緊張）
鋼太	（沉著冷靜）對於哥而言…我是唯一的家人。他怕我被你搶走後，就會獨自一人。
文英	那該怎麼做？
鋼太	我們要讓他相信。
文英	相信甚麼？
鋼太	你不是將我搶走，而是多了一個可以陪伴他的人，你不是陌生人…而是成為我們的一員…我們要讓他明白這個事實。
文英	（看著真摯的鋼太）
鋼太	…可以做得到嗎？
文英	…就照你說的做吧。
鋼太	（站起身）還有自己在家的時候，把門鎖好，不要替陌生人開門…知道嗎？
文英	…就聽你的吧。
鋼太	（溫柔地摸摸頭）真乖…
文英	（…！開心）

變得更加親近也更加溫柔的兩人。

#39	沒關係病院，護理站｜白天
	醫護人員們齊聚一桌，帶著沉重的氛圍，辦公室一角是文英帶來的披薩。

| 吳車勇 | （後腦勺貼有紗布，穿著便服準備上班，一進門看到披薩，眼睛為之一亮）天哪！怎麼會有披薩？ |

星	（噓！用手勢叫他安靜）
權敏錫	唉…偏偏…腦瘤轉移至前額葉的腦部深層了…

此時與文英道別後的鋼太也走進辦公室。

朴幸子	主治醫師怎麼說？有辦法動手術嗎？
權敏錫	（無奈搖頭）恐怕相當困難。
星	高大煥病患該怎麼辦呢？
朱里	（唉…長嘆一口氣後發現鋼太）
鋼太	（心情沉重）

#40	沒關係病院，男子病房｜白天

大煥躺在病床上，呆望著天花板，一旁的簡畢翁與朱正泰也帶著凝重的神情…

#41	沒關係病院，走廊｜白天

朱里換上便服，快速穿越走廊，另一頭走來剛送完餐的順德，揉著痠痛的肩膀。

順德	你要去哪裡？
朱里	我有約了，正要下班。
順德	跟誰的約需要休半天假？
朱里	相仁，我走了。（快步）
順德	…！！等一下，等一下！
朱里	（停下）

順德	（從口袋裡拿出俗氣的芭比粉口紅，往女兒嘴唇上擦）
朱里	（厭惡）這甚麼！不要，我不要擦這個。
順德	站好！不要動（固執）要去約會擦點東西在臉上才是禮貌，你怎麼有臉素顏去見人？
朱里	哪是約會…（不再掙扎…）
順德	（擦完口紅後，示意要她抿嘴唇）
朱里	（抿）如何？
順德	很～漂亮，春神都灑花在嘴唇上了。
朱里	（討厭…）不會太晚回去的。
順德	（看著背影）晚點回來啊。（疼愛的笑容）

#42　咖啡店（PPL）｜白天

朱里擦著粉色唇膏吸著飲料，相仁坐在對面笑臉盈盈地看著，一旁擺的櫻桃糕點[8]。

相仁	化…了妝呢？
朱里	每天都有化。
相仁	（順應）無論有沒有化粧，都一樣漂亮。
朱里	（尷尬…不熟…想了又想）那個…文英…
相仁	？！
朱里	文英的爸爸，還有其他的家人嗎？親戚之類的…
相仁	如果小時候有其他的大人可以照顧她的話，應該會跟現在很不一樣吧？

8　主打菜單。

朱里	啊…（也是…）
相仁	怎麼了嗎？高教授檢查結果很不樂觀嗎？該不會腦瘤又復發？
朱里	看來…已經很難再進行手術治療了。
相仁	（唉…）這也是沒辦法的事，我會找機會告訴文英的。
朱里	好…對了，鋼太他…
相仁	朱里。
朱里	怎麼了？
相仁	（成熟的微笑）我們要不要將文鋼太、高文英先放在一邊，只講李相仁、南朱里的事呢？
朱里	（…！因為害羞開始臉紅）
相仁	就讓他們自己去玩，我對於南朱里這個人相當好奇，就像從甚麼時候開始擦起了粉色唇膏，或是為什麼只要喝了酒，就會有另一個人格浮現，還有到底從哪裡學的髒話，可以如此流利又變化多端…
朱里	（噗哧…經過一笑，開始敞開心房）我嗎…？其實我是從國中的時候開始跟爸爸學喝酒的…（持續講著）

#43　頂樓｜夜晚

尚泰躲在衣櫥裡，將口袋摺得皺巴巴的三萬元放進鐵盒中，並清算著金額。

尚泰	（默唸）三倍的違約金，加上鋼太，共是六倍，那我總共有多少…
鋼太（E）	天氣這麼熱，待在裡面做甚麼。

| 尚泰 | （…！趕緊將鐵盒蓋上） |

鋼太用毛巾擦拭著頭髮，看著從衣櫃出來的哥哥。

鋼太	（試探）今天在店裡有甚麼特別的事嗎？
尚泰	載洙說今天賺了很多錢，所以給我小費，小費，三萬元。
	（打開筆記型電腦）
鋼太	客人給的叫做小費，社長給的叫做獎金。（鋪著棉被）
尚泰	給了三萬元的獎金。
鋼太	看來有人…買了很多披薩囉？
尚泰	是高文英作家，她是有錢人，很有錢。（用電腦看著多利
	的卡通）
鋼太	（不停止動作，假裝不知情）是喔…作家為什麼要去那裡？
尚泰	（趴著看卡通）
鋼太	沒有說…為什麼要去嗎？
尚泰	去披薩店當然是買披薩，不可能去披薩店買馬鈴薯，怎麼
	問這種問題呢。
鋼太	（若有所思的微笑）

#44	**城堡，書房｜夜晚**
	文英將手交叉在胸前，對面是縮著身子的丞梓，身上背著
	大包小包…

| 文英 | 你為什麼在這裡？ |
| 丞梓 | 因為擔心作家自己一個人，所以叫我過來的… |

文英	李代表嗎？
丞梓	不是，是文鋼太。
文英	！（笑著）那不要站在那裡，過來這裡坐吧。
丞梓	（坐著）鋼太打給代表，詢問他可不可以讓我外派到這裡上班。
文英	（嘴角上揚）他…這樣說嗎？
丞梓	李代表聽說作家有靈感了也很開心…所以派我來協助你…
文英	這樣子嗎…？
丞梓	有事隨時可以吩咐我…
文英	目前沒甚麼事，但我想問你一件事。
丞梓	請說。
文英	昨天有人來找我，還說是我媽的書迷…
丞梓	？！
文英	而且還知道是我的生日…很奇怪吧？
丞梓	我覺得不會奇怪耶？
文英	為什麼？
丞梓	其實，我以前是 HOT 裡 Tony 的歌迷，就連 Tony 哥的家人生日，我也都會慶祝，還會送禮物到公司，也有被經紀人罵過，解散後還到處去 Tony 哥有去過的地方。
文英	是喔…？（突然領悟）可是…HOT 的話…你幾歲啊？
丞梓	（裝可愛）作家晚安～！（逃跑）
文英	你真的比我小嗎？！

#45 　　　頂樓｜夜晚

尚泰專心地看著卡通，跟著複誦台詞，鋼太則躺在一旁看著哥哥…（卡通播映著多利、多拿、多奇讓高吉童檢查日記的故事）

尚泰　　（高吉童朗讀著多利的日記）我吃了早餐，也吃了午餐，晚餐只有吃一點點，晚上有點肚子餓？（對著多利生氣）怎麼都沒有提到我！

鋼太　　（看著卡通）哥…高吉童每天都對他們生氣，為什麼還是住在一起呢？

尚泰　　因為他是監護人，是大人。

鋼太　　但他們不是真的一家人不是嗎。

尚泰　　他們姓氏不一樣，戶籍不一樣，也沒有血緣關係，是陌生人，陌生人。

鋼太　　那為什麼要把陌生人帶進家裡呢？

尚泰　　因為他是監護人，是大人。

鋼太　　（看著哥哥）那哥…也是大人對吧？

尚泰　　（呆望著電視）…

鋼太　　（等著回答）…

尚泰　　文尚泰，37歲，84年生，屬鼠，外表比較年輕，但不是小孩了。

鋼太　　對，哥是大人了，可以接受陌生人成為家人…像高吉童一樣的大人…

尚泰　　（看著弟弟）…

鋼太　　（將雙眼閉上）…

畫面中，高吉童與多利是一家人，即使彼此討厭或吵架，
也還是一家人…

#46　　　沒關係病院，大廳｜（其他天）白天
　　　　尚泰的壁畫即將完成，吳院長走上前。

吳院長　　看來下禮拜可以完成喔？

尚泰　　　對，上面的天空畫完，就完成了，結束。

吳院長　　嗯…（看似在思考甚麼，摸著下巴）

尚泰　　　你要給我多少？可以在畫完的那天給我嗎…

吳院長　　可是你看，花園裡沒有一隻蝴蝶啊？

尚泰　　　（皺眉）…蝴蝶，我不畫蝴蝶。

吳院長　　我當初就說要把我們的庭院，原封不動地搬來這裡，外面
　　　　　那麼多飛舞的蝴蝶，但這裡卻一隻也不見蹤影，這像話
　　　　　嗎？這樣就是未完成的畫作，半途而廢～

尚泰　　　（不知所措，有些著急）我討厭…蝴蝶…我不想畫蝴蝶…

吳院長　　討厭那就不要畫，也別想拿錢，我也討厭未完成的東西。
　　　　　（裝做氣呼呼地走開）

尚泰　　　（放空…）甚麼…怎麼辦…

#47　　　沒關係病院，庭院的雞舍｜白天
　　　　鋼太下班後跑過來「哥！！」

尚泰　　　（嘟著嘴，看著雞舍裡的鴨子自言自語）吳智往是詐欺
　　　　　犯，大騙子。

| 鋼太 | （跑來）等很久了吧？我們走吧。 |

語畢後看到尚泰裝成一包的水彩畫具與顏料。

鋼太	…？！怎麼把畫具都裝起來了？不是還沒畫完嗎。
尚泰	現在不畫了。
鋼太	為什麼？
尚泰	不想畫所以不畫了。
鋼太	所以說為什麼不畫了，不是都要完成了嗎。
尚泰	我不畫了！不畫！我才不要畫蝴蝶！（站起身）
鋼太	（嘆氣，拿起地上的包包）哥，等等我，不要走那麼快！

#48　頂樓｜白天

尚泰將包包丟在地上，拿起枕頭躺在地上，鋼太跟在後頭。

鋼太	（深呼吸）起來。
尚泰	（背對著）
鋼太	起來，我們聊聊，哥…（拉起）
尚泰	（甩開手，面向牆壁）
鋼太	（呼…忍住）現在不畫畫，也不去醫院，也不想見院長，你說說看理由啊。
尚泰	（依然固執）
鋼太	（漸漸生氣）你要一句話也不說，只生悶氣到甚麼時候？哥不是大人嗎。

尚泰	（咬著嘴唇）
鋼太	起來，快點，我要數到三喔，一、二、三。
尚泰	（起身）院長是詐欺犯，是騙子，比詐騙集團還壞！他說畫完就要給我錢，但為什麼不遵守！為什麼！（正要躲進衣櫃）
鋼太	（上前阻擋）不可以，不要逃避，現在不能再逃跑。
尚泰	（想要躲進去）讓開，我要過去，讓開！
鋼太	（強力阻擋）不要一味逃避，跟我聊聊吧，拜託你了，哥！

「讓開！」「不可以」「用講的」「放手」兩人持續僵持著。

尚泰	（咬著鋼太的手臂）
鋼太	啊！！（因為疼痛，動手打哥哥的背）
尚泰	啊…！（因驚訝而張大雙眼）
鋼太	（生氣）會痛吧？被打會痛吧？！我會痛！我也會痛！（將咬痕的手臂伸出）你看看，你留下的齒痕！
尚泰	你，你打我？你打哥哥？弟弟竟然打哥哥？
鋼太	（開始吵架）哥也打了我不是嗎！以前哥拿鉛筆刺我的後腦勺時，那時候也很痛，因為哥推我，害我撞到桌角，腰受了傷，到現在都無法側睡！你以為我喜歡被打所以才忍著嗎？我現在不會忍了！不要再忍受了！
尚泰	（混亂、受驚）忍的時候，要數到三，一、二、三。
鋼太	不要！哥你自己數！

11　　　醜小鴨

尚泰	（激動）你要聽話，我是你哥。
鋼太	要當哥哥，就要像個哥哥！
尚泰	（衝擊）
鋼太	（呼…！我…剛剛…說了…甚麼…）
尚泰	（思考迴路重新連接中…）
鋼太	（嗯…看著哥哥）我是說，那個…（尚未說完）
尚泰	你敢大聲？對哥哥大小聲？你竟然敢？！！！！

尚泰像鬥牛一樣衝上前，頂著鋼太的腹部，但鋼太也不甘示弱，用手臂使出鎖頭技，兩人就這樣你一來一往，又咬又打，開始人生第一場兄弟肉搏戰！

#49　　**朱里的家，頂樓外｜白天**
鋼太的嘴角帶著傷，用手擦去鼻血，一旁的載洙愣得說不出話。

鋼太	（雖然傷痕累累，但莫名開心）
載洙	你…是不是得了絕症？所以才開始不受控？
鋼太	被哥哥打的時候，會比較不那麼自責…現在兩個一起打架…
載洙	反而更心痛了吧？
鋼太	不。
載洙	！
鋼太	更開心了。（語畢向後躺）
載洙	精神病毒看來真的很厲害，可以讓你變成另一個人。
鋼太	載洙…

載洙	我認識你嗎？
鋼太	（看著蔚藍的天空）我…本來就是這樣的人。
載洙	！
鋼太	文鋼太是…文鋼太的…

載洙感受到摯友的內心變化，心中也不自覺受到感動…兩人就這樣…靜靜地看著天空…

鋼太	雖然難受但也希望你能夠理解，我跟哥哥…兩人相依為命太久…現在…應該要學習跟他人相處的方法了…
載洙	但，那個他人…一定要是高文英嗎…？
鋼太	她是我看過最孤獨的人…因此想與她一同努力…（露出微笑）

#50　　**順德的房間｜白天**

到處都是傷疤，脖子上還有抓痕，尚泰帶著一臉委屈…順德在一旁安撫，朱里則是幫他擦著藥。

尚泰	文鋼太才不是我的弟弟…他不是弟弟…
順德	就是說啊，用指甲就是犯規，鋼太怎麼狠得下心呢。
朱里	（將藥擦在脖子）可是鋼太好像傷得更…
順德	（叫你閉嘴！）
朱里	（嘖…）
尚泰	不是弟弟了，是陌生人，陌生人。
朱里	（故意）陌生人嗎？媽那你可以收養鋼太當兒子了耶。

尚泰	（一皺）
順德	（順應）我當～然好啊，尚泰啊，謝謝你，現在鋼太可以當我兒子了～
尚泰	（混亂的表情）

#51   頂樓｜夜晚

兄弟倆各自睡在房間的兩頭，背對著彼此，片刻後…鋼太坐起身望向熟睡中的哥哥…並用愧疚的眼神看著脖子上的傷疤，此時手機震動，是文英的訊息，聲音與訊息一同浮現…「睡了嗎？」鋼太沒有回覆，將急救箱內的 OK 繃拿出，小心地貼在哥哥的傷口，手機卻不斷傳來震動聲。

#52   城堡，文英的房間｜夜晚

文英看著視窗，一個個訊息皆被已讀「睡了嗎？」「打給我」「好無聊」「肚子餓」

文英	…要已讀不回，還不如都不要看（將手機丟出…）網太…不應該還回去的…（縮起身子，毫無睡意…）

此時，大門傳來叩叩叩的敲門聲！會是誰呢…？文英低聲問「丞梓…？」

#53   城堡，書房｜夜晚

丞梓在沙發的睡袋裡睡得正香。

#54 **城堡，二樓走廊｜夜晚**

    文英膽戰心驚地走出房間⋯隨手抓了支可以當武器的工具，走下樓梯。

#55 **城堡，玄關內至外｜夜晚**

    敲門聲在空曠的大廳中迴響著⋯文英打開細小的門縫，拿著武器察看，但外頭只有漆黑⋯空無一人⋯？？？她看了一陣子之後，正準備進屋內時，有人抓住門板！當她正要揮出武器時！那個人也阻止了她⋯眼前竟然是鋼太！

文英 ！！！

鋼太 （早就預料到的模樣，輕微地嘆氣）我不是說過不能幫陌生人開門嗎。

文英 ⋯

鋼太 還說會聽話！（看著武器）為什麼拿著它出來。

文英 （見到鋼太感到開心）⋯為什麼來了？

鋼太 不是說肚子餓嗎，走吧。（笑）

#56 **潛艇堡專賣店（PPL）｜夜晚**

    桌上擺放潛艇堡與飲料。

鋼太 （臉上帶著傷，開心地吃著）

文英 （邊吃）你不跟我說嗎？臉為什麼變成這樣。

鋼太 （平靜）⋯打架了。

文英 跟患者嗎？

鋼太	那一定會被解雇的吧。
文英	那是跟誰？
鋼太	知道又怎樣。
文英	去幫你打他。
鋼太	跟我哥。
文英	…！！
鋼太	（笑）
文英	尚泰哥？你打他了？
鋼太	不是打，是打架，我還被打得更慘。
文英	要讓他相信我不是陌生人，而是一員，然後現在打成這樣？（不吃了）以後要怎麼辦。
鋼太	還在想。
文英	你還說衝動前要想三秒。
鋼太	你也說依靠本能行動不是罪。
文英	（嘖…）就直接了當的說吧。
鋼太	甚麼？
文英	我喜歡高文英，沒有她就活不下去，哥你想看我死嗎，這樣多簡潔有力？
鋼太	（抬起下巴）我…喜歡高文英…
文英	（心動…！）
鋼太	這樣講的話…
文英	（心跳加速…）
鋼太	哥會說甚麼呢…？（還無法直接地說，帶點悲傷的眼神…）

#57　　　　頂樓｜夜晚

　　　　　熄燈的房間裡，尚泰抱著玩偶熟睡中，一旁鋼太的床位則
　　　　　是空著…

#58　　　　潛艇堡專賣店｜夜晚

文英　　　你甚麼時候…可以不在乎你哥，只在乎我呢？

鋼太　　　（略帶悲傷地笑）

文英　　　你沒有夢想嗎？想做的事。

鋼太　　　有三個夢想，其中兩個已經實現了。

文英　　　那兩個是甚麼？

鋼太　　　去真正的旅行，而不是搬家。

文英　　　（嘻…）還有呢？

鋼太　　　跟哥哥打架。

文英　　　（我的天…）

鋼太　　　很平凡吧，可是我…正是喜歡如此，現在總算可以像個普
　　　　　通人了。

文英　　　（感受到鋼太一直以來所承擔的重量…）那還有一個是甚
　　　　　麼？

鋼太　　　（望向另一方）

文英　　　看在你今天來找我，讓我幫你實現吧。

鋼太　　　（凝視某處）不可能，已經太遲了。

文英　　　太遲？（…？望向鋼太的視線彼方）

　　　　　鋼太望向餐廳一角的學生們，他們看起來相當快樂，有人

趴在桌上睡覺、有人玩著手機遊戲,嘻笑地談天。

鋼太（E）　穿著制服去學校上課[9]。

一位原先趴著的學生從桌上爬起,還一邊擦著口水,是鋼太!!鋼太帶著半夢半醒的朦朧眼神環顧四周,看到(與鋼太和文英相同的座位)不遠處有個長相清秀的女學生,她正翻閱著厚實的書籍(《土地》、《南漢山城》等古典文學)…而她正是文英!文英的身後彷彿閃爍著光芒,照亮夜空。

高中生鋼太　…(發呆)
高中生文英　(讀到一半,揹起包包走出店外)
高中生鋼太　(追上去)

身旁的朋友紛紛「文鋼太!」「你要去哪!」「他是有夢遊嗎?」

#59　幻想｜漂亮的街道｜白天
文英邊讀著書,走在街道上,鋼太跟在身後,不時地整理頭髮,清清喉嚨。

高中生鋼太　不…不好意思…(僵硬)那…那個…

─────────
9　以下為鋼太的夢想。

高中生文英	（…？轉身）

此時鋼太身後出現穿著襯衫打領帶的男子，向他使出鎖頭技！！抬頭一看，是提著公事包，就像平常人般的尚泰！

高中生鋼太	哥！放手！！（掙扎）
尚泰	這小子我從剛剛叫你到現在，耳朵聾了嗎？想死嗎？看我怎麼…（逗弄著弟弟）
高中生文英	（在做甚麼…轉身離開）
高中生鋼太	（看著文英離去的身影，開始焦急）叫你放手，真是討厭…！（終於掙脫）
尚泰	（來回看著文英與弟弟，領悟！）哈囉！前面的短髮女孩！
高中生文英	（轉頭）
高中生鋼太	（急忙搗住哥哥的嘴）文尚泰，你瘋了嗎。
尚泰	（把手移走）我弟弟有話想跟你說！
高中生文英	（…？走向鋼太）
高中生鋼太	（僵硬…！天哪…）
尚泰	（笑）說啊，你不是有話要說。
高中生鋼太	（呆望著美麗的文英）
尚泰	（看著弟弟害羞的樣子而開心）快點…
高中生鋼太	（露出微笑）哥…

#60　　**頂樓｜夜晚**

已經入睡的鋼太依然面帶微笑，就像繼續做著美夢般，露出少年般的燦爛笑容。

11　　醜小鴨

鋼太	（含糊）哥…
尚泰	（原本躺著…？？起身望向鋼太）
鋼太	（在夢裡對著哥哥說）我…
尚泰	（看著）
鋼太	我喜歡她…很喜歡…（靦腆地笑）
尚泰	（看著弟弟陌生的表情）
鋼太	很喜歡…（嘻嘻嘻…天真地笑）
尚泰	（弟弟的表情…）幸…福…

溫柔的月光灑進房內，尚泰看著弟弟臉上第一次流露出「真正地」笑容…

尚泰	幸福…鋼太…很幸福…我的弟弟…很幸福…
	（隨著尚泰的聲音，逐漸轉小 F.O）

#61　城堡，大廳｜隔天｜白天
F.I. 丞梓打了個疲憊的哈欠，前來迎接相仁。

相仁	黑眼圈怎麼這麼重？
丞梓	（揉揉）我跟這棟房子好像很不合，整夜都做著惡夢，一覺醒來全身痠痛。
相仁	（不在乎）是喔，文英呢？
丞梓	（可惡…）在書房。

文英坐在電腦前，相仁走進房內伴隨著歡呼聲。

相仁　　偉大的高作家坐在電腦前的光景，真是太久違了（拍手）
　　　　這一次是甚麼故事情節呢，昨天我興奮到整晚睡不著，想
　　　　必一定又是一次大作對吧？等等！等等…！（壓住胸口）
　　　　讓我做一下心理準備。

文英　　（吵死…）

相仁　　呼…來吧，告訴我，是甚麼？

文英　　（拿起圖畫）這個。

相仁　　（拿起來端詳…嗯？這是？搔頭）這是甚麼…《萬能寶貝
　　　　車》之類的故事嗎？

文英　　我還在架構故事內容。

相仁　　名稱呢？

文英　　還沒決定。

相仁　　傳達的寓意呢？

文英　　還不知道。

相仁　　交稿日呢？

文英　　某一天。

相仁　　哈哈哈哈，那代表甚麼都還沒有了嗎？

文英　　差不多？

相仁　　（沉住氣）那…插畫誰來負責…

文英　　我的最佳拍檔。

#63 　　頂樓｜白天

　　　　尚泰看著裝有錢的信封袋，似乎下定決心後撥通電話。

#64 　　沒關係病院，走廊｜白天

　　　　鋼太在醫院推著急診的病患「請讓出道路！」口袋中的電
　　　　話響起。

#65 　　沒關係病院，庭院＋頂樓｜白天

　　　　終於有餘裕喘口氣的鋼太，坐在涼椅上休息。一邊喝著咖
　　　　啡，手機再度響起，來電顯示為哥，接起電話。

尚泰（F）　吃飯了嗎？

鋼太　　　？！

尚泰　　　吃飯了嗎？

鋼太　　　（感到一陣鼻酸，遲疑片刻後）剛剛送進一位急診病患，
　　　　　還沒有時間吃。

尚泰　　　肚子很餓吧？

鋼太　　　很餓…

尚泰　　　今天晚上6點在我們是一家人餐廳見，我們是一家人餐
　　　　　廳。（掛斷！）

鋼太　　　（拿著電話…呆愣了許久）

#66 　　城堡，書房｜白天

相仁　　　（支支吾吾…）文英…

文英	我不會換故事的。
相仁	不是這件事⋯（不知該如何開口）是關於你父親。
文英	（表情僵硬）
相仁	他腦瘤復發了⋯是在無法進行手術的部位。
文英	（停頓片刻）我爸⋯已經死了，我 12 歲的時候就已經死了，現在是只剩軀殼的人。
相仁	（像大人般安撫）文英⋯你的爸爸大腦生病了，所以記憶相當混亂，身體與心理都處於分裂狀態，而他⋯也是你唯一的家人。
文英	（⋯！尖銳）家人？（真可笑）我本來就是孤兒。
相仁	高文英。
文英	你走吧，我累了。（起身走出）
相仁	（心疼⋯）

#67　　城堡，文英的房間｜白天

文英躺在床上看著照片（#INS-1 集 59 幕在旅館曾出現過的照片）一邊已經被撕毀，一邊則是被摺起⋯摺起的那一邊，是年輕的大煥，文英落寞地看著照片，片刻後撥打電話給鋼太。

文英	（接通）我肚子餓⋯一起吃飯吧（突然起身）我也要去！一起去嘛，在哪裡？⋯為什麼不行！

#68　　餐廳｜白天

高級的西餐廳裝潢，鋼太帶著期待的眼神，對面的尚泰專

心地切著炸豬排，遞給弟弟。

鋼太　　（感動地看著）

尚泰　　要等大人開動才可以吃。（換切自己的炸豬排）

鋼太　　好…

Cut to. 兩人開心地享用餐點，尚泰還不時將自己的豬排夾到弟弟的盤中，每次鋼太都露出喜悅的表情，兩人很快地吃光餐點。

尚泰　　好吃嗎？有吃飽嗎？

鋼太　　好吃…吃得好飽…肚子要炸開了。

尚泰　　（從包包內拿出信封袋）肚子不能炸開，會死掉。（從信封袋拿出錢）

鋼太　　（看著哥哥）

尚泰　　（拿出幾張萬元韓幣，放在鋼太前面）這是零用錢，過度消費是萬惡的根源，要好好使用，不夠再跟哥哥說，我會給你。

鋼太　　（泛淚）…謝謝哥，我不會浪費的。（剛說完）

尚泰　　（起身至櫃台結帳）

正要走向櫃檯的尚泰，有人伸手擋在他的面前，搖晃著自己的帳單，原來是享用完牛排的文英！

文英　　也幫我結帳。

鋼太	你…！（驚訝後看著哥哥）
尚泰	（面無表情地擦身而過）
文英	（追上前）也幫我付錢！請我吃飯！聽到沒有！
尚泰	（將餐費與帳單給服務人員後，馬上離開餐廳）
文英	（拿著帳單追出去）
鋼太	（在身後看著兩人，對著服務人員說）那一桌，請幫我結帳。

#69　　**餐廳旁巷弄｜白天**

尚泰與文英步出餐廳。

文英	（抓著手臂）那也給我零用錢。
尚泰	（不發一語）
文英	我沒有可以給我零用錢的人，也沒有可以一起吃飯的人，我現在真的是孤兒了！
鋼太	（追在後面聽著）
尚泰	（對著鋼太）我們走…回家…（轉身離去）
鋼太	哥！
尚泰	（走著）
鋼太	（站在文英旁邊）
文英	（真心）我也想要有像你一樣的哥哥！！
鋼太	（心疼地看著文英）
尚泰	（遲鈍一陣）…快點過來，文鋼太。（走著）
文英	（難過）
鋼太	（無法拋下文英就這樣離去，但此時！）

尚泰（E）　高文英！

鋼太｜文英　！！

尚泰　　　（揮手）快點來，兩個快點。

鋼太｜文英　…！！

鋼太與文英就像孩子般開心地奔向尚泰，就像…當時在市場入口，三個人一同撐傘的時候般…三個人走在一起，鋼太的聲音響起…

鋼太（E）　哥…你知道醜小鴨的故事嗎？

#70　　蒙太奇｜白天
　　　　# 醫院、雞舍。（#47 相同的服裝，那天午餐過後的兄弟倆）
　　　　兩人在雞舍前方發呆。

尚泰　　　我知道…鴨子們都排擠醜小鴨，因為牠跟牠們長得不一樣…所以排擠牠，孤立牠。

鋼太　　　最後牠太過孤獨…就離開了牠們…

　　　　# 城堡，大廳｜夜晚
　　　　兄弟帶著行李，再次回到城堡…開心的文英跑下階梯，迎接兩人，尚泰像哥哥一樣地說：「高文英，不能在樓梯上奔跑，很危險，會跌倒。」

鋼太（E）　如果當時母鴨好好的照顧醜小鴨，故事結局會是甚麼呢？

尚泰（E）　牠就不會離家出走了。

　　　　　# 城堡，文英的房間｜夜晚
　　　　　文英抱著網太，安心地入睡。

鋼太（E）　沒錯…若是大人能夠給予包容，無論是鴨子或是天鵝，都
　　　　　能生活在一起…

　　　　　# 醫院，雞舍前
　　　　　雞舍裡有許多雞隻與鴨子…尚泰好奇地看著他們：「你
　　　　　們…不能吵架喔…」

　　　　　# 城堡，兄弟的房間｜夜晚
　　　　　尚泰抱著多利媽媽的玩偶，正熟睡著…

鋼太　　　哥是…可以接納他人的大人對吧？
尚泰　　　（倦意）我是大人…像高吉童的大人…（閉上雙眼）

　　　　　鋼太替哥哥蓋好棉被，用疼惜的眼神看著哥哥入睡，並回
　　　　　到自己的床位。

#71　　　城堡，外觀｜夜晚
　　　　　漆黑的烏雲逐漸籠罩原本皎潔的明月…

城堡，地下室｜夜晚

一名不知名的女人打開抽屜，看著抽屜裡的寶石與首飾，並將「某物」取出，在檯燈下細細端詳著，透過檯燈的光影照射，它在地下室的牆上顯現出影子…竟然是蝴蝶！！她回來了！在幸福的鋼太與文英的面前，籠罩著巨大的蝴蝶影子。

12

羅密歐與茱麗葉

#1　城堡，兄弟房間｜早晨
太陽溫暖地照亮房間的每個角落，鋼太像是沉睡了很久後醒來，頭髮凌亂，一臉發呆地坐在床上…回過神後發現哥哥的床位已是空的，看了手錶一驚！趕緊跑出去。

#2　城堡，大廳｜早晨
鋼太跑下階梯…看見一旁已經晾好清洗乾淨的棉被與衣物…屋內地板也清掃得乾乾淨淨。

鋼太　　…？？（聽到餐廳傳來聲響，走上前）

#3　城堡，餐廳｜早晨
走進餐廳後，餐桌上是一塊塊烤焦的吐司與碎裂的荷包蛋，桌上擺滿番茄醬、美乃滋、麻油、辣椒醬等奇怪組合

的醬料，文英正與尚泰展開熱烈的討論會議。

鋼太	（這…）
文英	要吃吐司嗎？我烤了幾片，你要甚麼醬？
鋼太	（看著焦黑的表面）不用…我不餓。
尚泰	（開心地吃著）她在烤八片吐司的時候，我打掃家裡還洗衣、晾衣，你就一直睡…
鋼太	（難為情）應該把我叫醒的。
文英	為了叫你，我還打了你一巴掌，但你還是不為所動，還以為是睡美人…
尚泰	（默唸）睡美人…要親吻才能解除魔咒…（畫著畫）
鋼太	（難怪覺得臉頰腫脹）
文英	（嘻嘻）我有啊～？
鋼太	（…！）
尚泰	（看著露營車的圖畫）可是他們三個人…要幫他們取名字。
文英	他是遺失自我的少年，她是沒有情感的公主，他是…
尚泰	那不是名字，文鋼太、文尚泰，這才是名字。
鋼太	我…今天…休假。

文英與尚泰兩個人爭執不休，「沒有名字也可以，那是趨勢」「趨勢？那是甚麼」「反正有那種東西」「在哪裡有？」

| 鋼太 | （無人理睬）…等一下要不要開車去兜風？（有人在 |

嗎…？）

「不要追根究柢」「因為好奇才問的」「那不要好奇」
「怎麼這樣對哥哥講話呢」「工作的時候我可是老闆」
「那也不可以當惡老闆」

鋼太 …（無法插入對話）開完會跟我說…（被忽視）那我…回
房囉…？（依然沒人在乎…嘖…）

#4 城堡，兄弟的房間｜早晨
對於多出許多餘裕的早晨，略顯陌生的鋼太坐在床尾，拿
著手機思考了一陣後…撥通電話。

鋼太 （嘟嚕嚕）…你在幹嘛？

#5 載洙的房間＋城堡，兄弟的房間｜早晨

載洙 （正準備出門）正要去店裡。
鋼太 我今天休假。
載洙 所以呢。
鋼太 …要出去玩嗎？
載洙 （這傢伙，露出微笑）
鋼太 要不要騎著阿爾貝托出去兜風？
載洙 怎樣，第一、二順位不理你，就來找第三順位嗎？
鋼太 又生氣了嗎？

載洙	鋼太，你知道嗎？
鋼太	知道甚麼？
載洙	你就像狡猾的白狐狸。
鋼太	（狐狸？）
載洙	需要人的時候就會用濕潤的雙眼，發出可憐的低鳴聲，尋求同情，然後得到想要的之後，又瞬間躲得不見蹤影，自私的狐狸。
鋼太	（不在乎）所以不跟我玩了嗎？
載洙	你喜歡我還是喜歡哥哥？
鋼太	你。
載洙	你喜歡我還是喜歡高文英？
鋼太	你。
載洙	過來店裡吧（掛斷電話後開心地手舞足蹈）
鋼太	（掛斷電話後…笑…）真是的…

#6　　朱里的家，外觀｜白天

相仁	阿姨～！

#7　　朱里的家，客廳｜白天
　　　相仁將關節保健食品（PPL）放在桌上，送給順德。

相仁	朱里很擔心你需要站一整天，膝蓋會不舒服…
朱里	（從房內走出）我甚麼時候說過了…
相仁	（遞上）為了身體健康，請收下吧。

順德	不用了啦，拿去送給你父母親吧。（推走）
相仁	（又推上前）我已經有準備一箱在後車廂了，今天會拿過去給他們。
順德	這樣嗎？看在你的心意上，那我就收下了，真是比我女兒對我還好。（撕開一包喝）
朱里	（坐下）今天要回首爾嗎？
相仁	對⋯家裡有些事情。
順德	（為了讓兩人能夠自在地談天，趕緊離席）

順德的房間
順德進房後，馬上將耳朵貼在門邊偷聽。

相仁（E）	不是甚麼大事，只是每月例行公事。
朱里	例行公事？
相仁	父親的肋骨斷了三根，所以住院了。
朱里	！！天哪，怎麼會這樣？！情況還好嗎？怎麼會⋯！
相仁	（看見朱里擔心的模樣感到竊喜）
丞梓（E）	那是騙人的～！
朱里	？！
相仁	（可惡！）
丞梓	代表的父親是有名的大騙子～有其父必有其子～血緣真是騙不了人～（揮舞著毛巾走進浴室⋯）
相仁	（氣死）
朱里	真的是騙人的嗎？
相仁	（搔頭）其實⋯每當只要親戚中有人結婚，他就會眼紅，

四處吹牛，所以我必須要回去安撫一下。

朱里　　原來…

相仁　　回去安撫一下他，也盡個孝道。（站起身）

朱里　　（也站起）原來…是回去相親的。

相仁　　一個月一次，所以才說是例行公事，哈哈。

朱里　　路上小心。

相仁　　好的，我會再打給你～（留下意義不明的道別，離開）

朱里　　打給我…？（為什麼要打給我…？滿頭問號）

#8　　披薩店｜白天

女性顧客對著中間一桌議論紛紛，談論著好帥、是否該上前要電話等等地，不停躁動著，令她們為之瘋狂的是坐在一旁的鋼太，而鋼太只是發著呆，望向前方…在櫃檯的載洙看見眼前的光景，偷偷用手機拍下，並快速地打著訊息。（一旁疊著高高的披薩盒）

#9　　道路，行駛中的文英車｜白天

文英憤怒地開著車，一路咒罵，傳來載洙的聲音。

載洙（E）　敬愛的高文英作家，此刻有許多女性的目光就像砂糖旁的蟻群般覷覦著孤獨的鋼太，望您迅速蒞臨敝人的披薩店…

文英　　給我閃邊！敢擋我的路？！（不斷按著喇叭，拍打方向盤）我要去殺了那些螞蟻女！讓開！！！！！

　　　披薩店｜白天
　　　　　　載洙將烤好的八種口味披薩（PPL）[10] 放在鋼太面前。

載洙　　任你挑選口味的披薩，來一口像你一樣香甜的南瓜披薩，
　　　　張開嘴～（餵鋼太吃一口）

鋼太　　（吃著）真好吃…

　　　　附近女性的關注眼神依然火熱。

載洙　　（坐在對面）你知道嗎？人類在戀愛時候，腦內會分泌維
　　　　他命，使自己散發吸引力？

鋼太　　（咀嚼）是多巴胺，不是維他命。

載洙　　…！在醫院工作了不起嗎？你跟我一樣也沒唸過多少書，
　　　　根本半斤六兩好嗎！

鋼太　　是半斤八兩。（六兩是…）

載洙　　（難為情）你要小心點？

鋼太　　小心甚麼。

載洙　　女人。

鋼太　　？

載洙　　那些覬覦你的女人，更恐怖的是衝著那些女人而來的精神
　　　　病女人。

鋼太　　在講甚麼。

---

10 強打商品。

砰！門大力地被打開，文英氣沖沖地站在門口。

鋼太　　！！

載洙　　歡迎光臨～！（跑向文英）今天事先準備了充足數量的披
　　　　薩盒…要先瀏覽一下菜單嗎？（翻菜單）

文英　　（推開載洙）我已經吃飽了。

載洙　　（失算…）

文英　　（坐在鋼太的對面）

鋼太　　你怎麼知道我在這裡？

文英　　（拿起刀子揮舞，並眼帶殺氣地望向周邊的女性）

因為文英不尋常的殺氣，讓看著鋼太的視線們都別過頭去。

鋼太　　（拿走刀子）不是跟哥在開會嗎？

文英　　會議還重要嗎？覷覷你的螞蟻都要衝過來了。

鋼太　　（嘆氣，望向載洙）

載洙　　（逃進廚房…）看來盒子白摺了…

文英　　快點吃吧，趕緊從螞蟻窩逃走。

鋼太　　我才剛吃一口，等一下。

文英　　（也開始吃起）

鋼太　　唉…

Cut to. 鄰近的一張餐桌，父母與孩子一同用餐，孩子們開
心地玩耍著。

文英	（瞪）我最討厭那種小孩跟動物了。
鋼太	為什麼。
文英	因為無法溝通，又愛耍賴，每天討人關注。
鋼太	（平靜）正因為這樣所以我喜歡。
文英	…？！
鋼太	因為無法溝通所以更用心讓他理解，耍賴的模樣也相當可愛，因為他需要關注，所以更想疼惜他…像你一樣。
文英	（…！！被突如其來的浪漫而心動）
鋼太	（笑著…喝上一口飲料）
文英	（突然）但我…不要生小孩。
鋼太	（嗆到）
文英	不要對我有期待。
鋼太	（哈…）
文英	我不想忌妒自己的孩子。
鋼太	你過來一點。
文英	？（湊上前）
鋼太	再過來一點…
文英	（再湊上前）
鋼太	（用手指彈文英的額頭）你以為誰都可以當媽媽嗎？（笑著起身）
文英	喂！站住！（雖然生氣，但看見母親餵孩子吃披薩的畫面）

#11	沒關係病院，庭院｜白天

尚泰背著包包，走向醫院，一路上只要見到病患皆會大聲問好，並蹲在雞舍前，看著鴨子與雞隻相處的模樣。

尚泰　　即使你們長得不一樣，但都是鳥類，所以不可以吵架～真可愛…好乖…（給飼料…拿起手機拍照）

#12	沒關係病院，院長室｜白天

吳院長在窗邊嘻嘻笑著…（背影）

吳院長　來了呢？還以為會生我的氣，所以不來了…

此時，一陣敲門聲，幸子走進院長室。

朴幸子　您有事找我嗎？

吳院長　（坐在沙發）我有事想問你。

朴幸子　（坐下）

吳院長　朴玉蘭患者…她的床位怎麼這麼快就清空了？

朴幸子　反正她已經回不來了。

吳院長　…回不來？

朴幸子　逃院的患者會再自己回來的機率相當低…再者，等候遞補的患者數量也很多。

吳院長　了解…那高大煥患者的床位還是幫他保留，不要聯絡安寧療養醫院，就讓他安穩地住在我們醫院。

朴幸子　好的…已經這樣吩咐了。

吳院長	動作真迅速呢。
朴幸子	可是院長…那天,您覺得高大煥患者為什麼會對朴玉蘭患者發作呢?
吳院長	很有可能是出現妄想症狀,將她聯想成自己的妻子…
朴幸子	都熙才作家嗎?
吳院長	對…他很厭惡妻子…同時也很懼怕她。
朴幸子	為甚麼呢?
吳院長	聽說她妻子殺了人。
朴幸子	(…!!)殺了…誰呢?
吳院長	(看著幸子)
尚泰（E）	院長好!

幸子和吳院長抬頭…尚泰走進辦公室,並問候「護理長好!」

#13　　行駛中的文英的車｜白天
　　　　鋼太開著車,一旁坐著文英。

鋼太	下一部作品的題材…是哥畫的那張圖嗎?搭著露營車出遊的。
文英	就是我們的故事,我們三個。(笑)
鋼太	遺失自我的少年是我…沒有情感的空罐頭公主是你?
文英	對。
鋼太	那哥呢?
文英	被困在箱子裡的大叔。
鋼太	(噗…)那三個人去旅行的時候,發生了甚麼事?
文英	他們在旅途中遇見許多擁有更多缺陷的人。

鋼太	然後呢？
文英	再說就是暴雷了，不可以。
鋼太	好像很有趣…
文英	當然，這可是高文英寫的書。
鋼太	（真摯地期許）希望這次…可以是快樂的結局…
文英	（看著鋼太）…我也希望。（真摯）
鋼太	（兩人相視露出微笑）
文英	可是我們要去哪裡？
鋼太	去買被你一個早上全部烤完的麵包。

#14　沒關係病院，院長室｜白天

吳院長與尚泰兩人坐在沙發上。

吳院長	（帶著微笑，看著尚泰）…
尚泰	（帶著一如往常的表情）…

兩人就這樣不發一語地過了許久，尚泰忍不住站起身。

吳院長	還在生氣嗎？
尚泰	（停頓）
吳院長	因為我說不畫蝴蝶，就不給你錢的事？
尚泰	承諾不是擤過的衛生紙…承諾要遵守…這樣才是禮儀。
吳院長	（笑著，讓尚泰再次坐下，靠上前）我希望尚泰不要再躲避蝴蝶了～？
尚泰	…

吳院長	當哥哥每次要逃跑的時候，都要帶著弟弟受苦。
尚泰	蝴蝶…很可怕…我討厭…蝴蝶…
吳院長	想不想聽一件有趣的事情？
尚泰	？
吳院長	蝴蝶在古希臘文裡，你知道象徵甚麼嗎？
尚泰	？
吳院長	（笑著）象徵治癒…
尚泰	治癒…？
吳院長	（緊緊握住尚泰的手）在這個世界裡，比起令人恐懼的蝴蝶…還有更～多象徵治癒的蝴蝶…所以不要著急，讓我們一起努力好嗎？
尚泰	治癒…
吳院長	這樣的話，相信尚泰的壁畫也會有蝴蝶飛舞的一天。
尚泰	治癒…治癒…

#15　　沒關係病院，護理站｜白天

朱里正埋首於工作中，卻一直留心手機。

星	（坐在椅子，靠上前）前輩，前輩。
朱里	怎麼了？
星	你有聽說了嗎？權醫師要結婚了。
朱里	可是他不是沒有女朋友嗎。
星	聽說要跟上次相親的對象結婚。
朱里	這麼快嗎…？
星	都到了那個年紀，兩人的條件若是相符，很快就會步入禮

堂了。

權敏錫 （突然出現）現在在討論我對吧？看來也無須多加說明，
來～（遞上請帖）

朱里 （看著請帖若有所思）

星（E） 真是速戰速決～

權敏錫（E） 剛好對方就是我的理想型～就這樣決定了～

朱里 （不知為何…內心有些複雜）

#16 **朱里的家，廚房｜白天**
順德用手撕著泡菜，放在丞梓的飯碗中。

丞梓 （大口大口吃著）

順德 我們朱里…雖然是精神科護理師，但一點也搞不清楚那孩
子在想些甚麼，真的的。

丞梓 好辣，好辣。

順德 （將水拿來）很辣嗎？來喝點水。

丞梓 （灌水）

順德 像她這種把話悶在心裡的人，就是需要有人在一旁稍微搧
風點火，才可以把她逼得雞飛狗跳…（暗示丞梓）

丞梓 （專心吃飯）

順德 我覺得李代表性情溫和，也很幽默，也相當老實…

丞梓 可是有點油膩…

順德 （…！）那也是魅力之一啊，做人就是要能夠圓滑，就算
有些不足的地方，那也是人之常情。

丞梓 （放下筷子）阿姨是希望能夠促成李代表和朱里姐姐兩人

的關係，要我在旁邊用力揮個扇子對吧？

順德　就算你不會說話，但還是聽得懂人話呢～哈哈…

丞梓　那這個月的寄宿費用可以只收 10 萬韓幣嗎。

順德　（…！）這，這，當然可以，吃吧，多吃一點。（真會算…）

#17　　小超市｜白天

鋼太將吐司放進購物車，文英開心地把各種喜歡的物品掃進購物車中，鋼太則在後面又將物品一一放回。

文英　這裡甚麼都有，我第一次來這種地方。

鋼太　你從來沒有買過菜嗎？

文英　都是李代表買來，或是在外面吃，不然就餓著。

鋼太　（有些不捨…）

文英　我要這個。（將五個一入的優格放進車內）

鋼太　買一個就好。

文英　好！（把包裝拆開，將一個放進車內）

鋼太　喂！那是包裝好的！

文英　你不是說只要買一個嗎。

鋼太　唉…（把其他四個也放進車內）像這種包裝都是一起販售的。

文英　是組合的意思吧？就像我跟你？（勾著手）

遠方一個小孩吃著巧克力冰淇淋奔跑過來，結果正好撞上文英。

文英	…！（衣服沾上巧克力）可惡…這莽撞的臭猴子。
鋼太	（將小孩扶起）還好嗎？有沒有受傷？（笑著幫他拍拍身子）
文英	（看著鋼太）

孩子跑向他處。

鋼太	（拿出手帕）擦一擦。
文英	幫我擦。
鋼太	（將手帕放在文英手上，繼續推著車）
文英	（跟上）我想了想，如果生個像你的兒子好像不錯。
鋼太	？！
文英	我有自信不忌妒他，我們生一個吧。
鋼太	拜託你不要想這麼久遠以後的事情。（往前走）
文英	（在後面大叫）為什麼！我們生一個啊！我想生一個孩子！為什麼不配合！趕快配合我！你說啊！

旁人聽聞開始竊竊私語，「老公好像不配合耶…」

鋼太	（上前搗住嘴巴）嘴巴還不閉上？！
文英	（嘻嘻）
鋼太	不要再鬧了，去拿瓶牛奶來。（走向別處）
文英	哼…（乖乖聽話往乳製品區）

架上的「獐子牛奶」只剩下唯一一罐，當文英伸出手拿取

時，另一個阿姨以微小的時間差距也抓住牛奶，兩個女人眼中的戰火一觸即發。

文英　（緊緊抓著）我先拿到的，大嬸還不放手嗎！

阿姨　（緊抓不放）年輕人怎麼講話這麼不禮貌，是我先拿到的！

文英　要調閱監視器嗎？要嗎？敢不敢啊？

阿姨　就說這瓶是我的了！放手！給我放開！

此時一個巨大的手抓住牛奶，讓兩個女人停止動作…是鋼太。

鋼太　（看著文英，低聲）放手。

文英　（…！難過鋼太不替自己出氣）不要，是我先拿到的！

鋼太　（再說一次）放手，快點。

文英　（可惡…雖然生氣但還是放開）

鋼太　（用強烈的眼神看著阿姨）

阿姨　（被眼神嚇到也放開手）

鋼太　（將牛奶放入車內）走吧。（講完就牽著文英的手離開）

阿姨　（傻眼）天哪，怎麼會有這種人…

文英　（…！！開心地跟著鋼太）

#18　城堡，餐廳｜白天

鋼太整理著買回來的食材…（還有另外買的美術用具）文英坐在餐廳，凝望著鋼太。

文英	剛剛你站在我這邊，替我出氣，真像個稱職的老公。
鋼太	（不在乎）甚麼時候會開始畫插畫？
文英	（也不在乎地繼續講著）怎麼這麼帥氣。
鋼太	哥的美術用具放在書房就可以了吧？
文英	就像成熟男子一樣，你長大了呢。
鋼太	（…！停下動作，看著）
文英	（嘻）該聽的還是都有聽到呢。
鋼太	…那你甚麼時候要長大？（繼續整理）
文英	我不要長大。
鋼太	為什麼？
文英	我喜歡被疼愛。（從後面抱緊鋼太）
鋼太	（…緊張）放手…
文英	我們甚麼時候要共用一個房間？
鋼太	（…！真是要瘋）趕快放手…（奮力掙扎）快點…鬆開…
尚泰（E）	我回來了！！
鋼太	（可惡…小聲）聽話，快點！
文英	（不放）尚泰哥～我們在這裡！！
鋼太	（竟然…！）好我知道了，等一下陪你玩。
文英	到我的房間嗎？
鋼太	（敷衍）對，你的房間。
文英	（鬆手）等你喔～

#19　　城堡，兄弟的房間｜夜晚

　　　　尚泰看著新買的美術用具，鋼太正要準備洗澡…（整理衣服）

尚泰	（一個個攤開來）蝴蝶又稱賽姬，象徵治癒，治癒是好的蝴蝶…
鋼太	院長說的嗎？
尚泰	對…他叫我不要逃避，要面對蝴蝶，這樣弟弟才不會跟著我吃苦。
鋼太	你有辦法面對嗎？
尚泰	（還沒有相當的自信，搔搔頭）這個…多少錢…？很貴嗎？
鋼太	（笑…）等你的書大賣之後再還我吧，我先洗澡囉。（拿著衣服走出房間）
尚泰	（將美術用品歸位）賽姬，治癒，有很多好蝴蝶，很多…

#20　　朱里的房間｜夜晚

朱里翻著文英的童話書，視線卻飄往一旁的手機，沒有任何的來電或是訊息…靜悄悄地，腦裡卻不斷浮現他的聲音，「我會打給你喔～」「打給你」「打給你」

朱里	（啊！我到底在想些甚麼，搖搖頭笑著，繼續看著書）
丞梓（E）	是的，代表。（邊講電話走進房間）
朱里	（豎起耳朵！）
丞梓	故事內容大概已經擬定了，插畫的細節我明天會跟文插畫家討論。
朱里	（假裝翻著書…但心思卻在後方）
丞梓	已經列好可以前往觀摩的地點清單了，大多是美術館及圖書館，是…好的！（講完掛斷電話，但其實是假的！）

朱里	（裝作沒事）代表嗎？
丞梓	（將手機充電）對。
朱里	有說甚麼其他的事嗎？
丞梓	其他的甚麼事？
朱里	喔，沒事。（繼續翻著書）
丞梓	啊！
朱里	（嚇到）
丞梓	他說今天相親的對象很像宋慧喬，代表的理想型就是宋慧喬呢。
朱里	（稍微停頓後繼續翻書）
丞梓	這個容易心動的大叔真的走運了。（嘻嘻笑）
朱里	（容易心動…）

#21　　城堡，文英的房間｜夜晚

文英開心地哼唱著歌…挑選喜歡的睡衣…在桌上放了紅酒與下酒菜…還點著香氛蠟燭…最後走到床邊…

文英	手臂就是最好的枕頭…（將一顆枕頭丟到角落）

叩叩…鋼太帶著還未乾的頭髮走進房間，整間房間洋溢著迷人的香味，還有以誘人的姿勢躺在床上的文英。

文英	著急到頭髮還沒吹乾就跑來了嗎？（拍拍床，示意他過來）
鋼太	（走向小桌子，坐在椅子上）過來吧。（打開紅酒）

文英	（哼…坐下）也是，太順利就不好玩了。
鋼太	（將紅酒倒進杯中）
文英	（緊盯著鋼太）
鋼太	（這氣氛太讓人窒息，開始找話題）今天…哥跟院長進行諮商…
文英	（將手指放在嘴邊）噓。
鋼太	！！
文英	現在不要再提哥，講一次喝一杯。
鋼太	（將手指移走）那你現在不講髒話，講一次喝一杯。
文英	（自信滿滿）一言為定！

清脆的乾杯聲響起…

Cut to. 見底的紅酒瓶東倒西歪，文英倒在椅子上，滿臉通紅，搖頭晃腦。

鋼太	（真可愛…）
文英	可惡…媽的，頭也太痛了吧…為什麼那麼暈…該死的…
鋼太	嘴巴要鑽出蛇了。
文英	呼…（迷茫的張開眼）
鋼太	早點睡吧…（收拾）
文英	（緊握著鋼太的手，嘻嘻笑著）真…好…
鋼太	…！！！
文英	你跟尚泰哥住進來，真的太～好了～
鋼太	（疼惜地看著）

文英	（將頭靠在肩上）我…本來很討厭這棟房子…
鋼太	為什麼…
文英	（含糊）爸爸在這裡罹患精神病…媽媽也在這裡死掉…
鋼太	（…！）
文英	（酒後吐真言）…媽媽的頭…流了好多…好多血…
鋼太	（靜靜聽著）
文英	爸爸把流血的她…關在地下室…那裡的地板…都還留有血跡…
鋼太	（震驚）
文英	可是…媽媽…卻消失了…
鋼太	消失了…？
文英	究竟是生…是死…大概只有爸爸知道…
鋼太	…（若有所思＃大煥說：「那個女人明明死了…可是卻在這裡…」）
文英	（閉上眼睛）
鋼太	如果…你媽媽再次回來的話…你會怎麼樣？
文英	（停頓一陣）我會很害怕…像要窒息吧…
鋼太	…
文英	但…她終究是媽媽…
鋼太	（「終究是媽媽…」一直在腦海揮之不去…）

Cut to. 鋼太將文英抱上床，並凝視許久…給予輕輕地一吻。

鋼太	…晚安。（將網太放在文英手中）

#22　　城堡，書房｜夜晚

鋼太打開燈，將新買的美術用具擺放在哥哥的桌上⋯此時看到一旁的文件中有個突起物⋯？？鋼太把它抽起，是一封未曾看過的信封！上面沒有寫任何的收發人資料，裡面似乎裝著甚麼，他小心地打開⋯鋼太瞬間瞪大眼睛！！

鋼太　　！！！！！

信封裡裝著⋯一隻「標本蝴蝶」！！！鋼太心跳加快，臉上失去血色⋯信封內還有一張小紙條，上面用紅色的鋼筆寫著「我會去找你⋯」

鋼太　　！！！！！

#INS）11 集 31 幕

鋼太想起吳院長說：「如果只是單純要慶生，應該沒有必要逃院⋯」鋼太回想起朴玉蘭當晚的動線，難道她是為了這個嗎？

書房（11 集片段）

朴玉蘭在書房裡四處張望後⋯將信封放在素描本之間，一聽到文英走近的聲響，趕緊若無其事地說：「這裡真棒⋯舊書的香氣⋯」

鋼太　　（看著蝴蝶即將歸來的預告⋯消失的玉蘭⋯還有文英的母

親…腦子一片混亂的他，不知所措）

#23　　城堡，文英的房間｜夜晚
　　　　文英甚麼事都不知道，安穩地睡著。

#24　　城堡，兄弟的房間｜夜晚
　　　　在熄燈的房內，鋼太坐在窗邊，看著哥哥熟睡的模樣。

　　　　#「蝴蝶，蝴蝶，蝴蝶會來殺我，他會追上來殺我！！！」
　　　　鋼太緊握著手中蝴蝶，蝴蝶被捏碎成片…他的眼神冰冷無
　　　　比。

#25　　沒關係病院，玻璃門｜（隔天）早晨
　　　　簡畢翁換上便服…與朱正泰還有吳院長一同走出。

吳院長　　拜託你好好玩吧，不要不到半天又跑回來了。

簡畢翁　　（嘻嘻笑著，揮手）那我走囉～

朱正泰　　多吃些美食再回來喔～

　　　　簡畢翁愉快地踏出醫院。

朱正泰　　（看著背影）看來他又會搭著公車，繞個幾圈就回來了
　　　　吧？

吳院長　　我想也是。

朱正泰　　可是連一隻螞蟻都不忍心殺生的人…怎麼可能做那種事情

呢？

吳院長	（假裝不知情）甚麼事？
朱正泰	畢翁叔叔說他以前殺了很多人，因為這樣才生病的嗎？
吳院長	…因為那不是善良的人可以承擔的事情。

#26　　沒關係病院，公車站｜早晨

簡畢翁坐在公車站看著海面發呆…

| 簡畢翁 | （凝視…）閃閃亮亮的…真是漂亮… |

公車靠站後，上了車。

#27　　城堡，餐廳｜早晨

鋼太用熱水壺煮著水，但若有所思的他卻沒注意開水已經沸騰許久，此時有人伸手將它關上！

鋼太	（…！看向）
尚泰	要節約用電，才能省錢，不可以浪費。
鋼太	（收起嚴肅的表情…用熱開水沖了一杯咖啡）
尚泰	（看著鋼太）你沒睡好嗎？眼睛怎麼紅紅的？跟兔子一樣？
鋼太	沒事…我有睡好。（擠出笑容）
尚泰	又再說謊…
鋼太	（喝著咖啡轉移話題）今天也有諮商嗎？
尚泰	對…蝴蝶是賽姬，賽姬是治癒…可是…還是很可怕…

鋼太	…
尚泰	如果又出現怎麼辦？我們要搬家嗎？
鋼太	哥…我們不要再逃跑了。
尚泰	（不安）
鋼太	（笑著）你不是知道我很會打架嗎？
尚泰	你很會打架，有跆拳道紅帶，每次都會打欺負我的人。
鋼太	所以不要害怕，躲在我的身後吧。
尚泰	可是我是你的哥哥，哥哥是大人，躲在弟弟後面，很丟臉。
鋼太	（笑）不會的…我一直以來都躲在哥哥身後啊。（笑容帶著悲傷）

#28　**城堡，文英的房間｜白天**

呼…呼…因為宿醉文英還在沉睡當中，鋼太替她蓋好棉被，凝視許久後出門。

#29　**行駛中的鋼太的車｜白天**

鋼太神情凝重地開往沒關係病院。

#30　**沒關係病院，護理站｜白天**

朱里喝著咖啡…聽到護理站有手機聲響起，趕緊衝上前接聽。

| 星 | （通話）喂？吃烤肉嗎…？好啊～今天晚餐嗎？（笑嘻嘻地走出護理站） |

朱里	（難為情…尷尬地放下手機…）到底…為什麼說要打給 我…讓人家在意呢…
朴幸子	南護理師。
朴幸子	高大煥患者的認知能力正在恢復，等會帶他去散步吧。
朱里	好的。
朴幸子	對了，今天文護工是上早班嗎？
朱里	是的…已經到醫院了。

#31　沒關係病院，護工室｜白天

　　鋼太尚未換上制服，他拿起朴玉蘭曾留下的小紙條，並從口袋裡拿出從家裡帶來的紙條，比對之下發現…紅色墨水、格式、紙張大小都相符。

鋼太	（表情凝重）
朴幸子	（開門）文護工？
鋼太	（急忙收拾）是的。
朴幸子	（好奇地偷看）看你這樣，還以為收到情書呢？
鋼太	…不是的…怎麼了嗎…？
朴幸子	我早上在巡房的時候，在201號房發現危險物品（拿出刮鬍刀）吳車勇護工在檢查的時候，還真是粗心呢。
鋼太	很抱歉，我會再好好教導他的。
朴幸子	好吧，那二樓你可以再仔細地檢查一次嗎？
鋼太	好的。
朴幸子	（正要走出，突然回頭偷看）
鋼太	（迅速藏起）

朴幸子	喔…手腳挺迅速喔…（捉弄地笑著）
鋼太	（表情轉為嚴肅）

#32　城堡，文英的房間｜白天

急忙地將頭上的髮捲拆下…火速衝向梳妝台。（遲到）

文英	該死的…沒有人叫我，都給我出門是怎樣！（手機響起，來電的是沒關係病院，接起）我會去！會去！已經快到了！（掛斷電話，立即奔出房間）

#33　沒關係病院，庭院｜白天

朱里與大煥在庭院散步。

朱里	有些累了吧，要不要休息一下？（攙扶至涼椅）
高大煥	（坐下後緩緩閉上雙眼）我…是不是要死了…？
朱里	（不知該說甚麼）…
高大煥	（悲傷的微笑）我的報應…終於要還完了嗎…？
朱里	（只能靜靜地看著大煥）

#34　通往沒關係病院的公車｜白天

尚泰朗讀著文英的童話書…此時有人坐在他的身旁。

尚泰	（抬頭）
簡畢翁	（笑）要去醫院嗎？
尚泰	你好！今天穿別的衣服，好看的衣服。

簡畢翁	早上我外出，現在要回醫院了。（從包包拿出羊羹或紅豆麵包）要吃嗎？
尚泰	（收下）謝謝。
簡畢翁	你的壁畫真的很漂亮。
尚泰	雖然漂亮，但因為沒有蝴蝶，院長不給我錢，是個言行不一致的人。
簡畢翁	蝴蝶嗎，那你就給他畫個幾隻不就得了。
尚泰	蝴蝶…很可怕…
簡畢翁	為什麼，以前對於蝴蝶有不好的回憶嗎？
尚泰	（不回答）
簡畢翁	（看出心思…露出溫暖的笑容）不可以一直被困在過去…會變得像我一樣…現在的我，無法踏入外面的世界，只能待在醫院裡。
尚泰	困在過去…？（＃想起以往躲在衣櫃的模樣）被困住的話…將門打開，不就能出去了嗎？
簡畢翁	開不了，已經看不到門了。
尚泰	！！？
簡畢翁	（凝視遠方，自言自語）被困在過去的話，就出不來了…不要像我一樣…

#35　沒關係病院，男子病房｜白天

鋼太仔細翻找著每個角落，從窗沿、枕頭套、床墊下…迅速確實地翻找有無危險物品，他在病房裡找到了筷子、長棍、打火機、塑膠袋…等等，而來到大煥的置物櫃時，他將手伸進去翻找，發現有東西藏在雜物裡…是大煥的全家

福相片 [11]！有著年幼的文英與都熙才，還有年輕時期的大煥。

鋼太　…（將視線停留在都熙才的臉孔上）

#36　沒關係病院，治療室前走廊｜白天
鋼太經過走廊…望向門內正在上課的文英，朱正泰在朗讀著故事。

鋼太　…

文英與鋼太對眼…她開心地笑著對他揮揮手…鋼太則是用慣性地擠出笑容…爾後轉身離開。

文英　…？（察覺有些奇怪）

鋼太愈走愈遠。

#37　行駛中的公車＋公車站｜白天
公車停靠在中途的公車站，尚泰與畢翁一起讀著童話書…附近的工地卻傳來巨大的鑽地聲…畢翁額頭開始冒起斗大的汗珠，並摀住耳朵相當痛苦。啊…！

---

11 鋼太將手指放在都熙才的臉上，讓人看不清…

尚泰	怎麼了？叔叔，你還好嗎？哪裡不舒服嗎？耳朵痛嗎？
簡畢翁	呃…那個聲音…那聲音…
尚泰	聲音？甚麼聲音？（不知如何是好，因此將窗戶關上）

搗住雙耳的畢翁痛苦萬分，自己的脖子上彷彿掛著鐵牌（幻視）施工的聲響轉為戰場上掃射的子彈聲（幻聽）噠噠噠！！還聽到女人與小孩的哀嚎聲！（越語）眼前場景開始扭曲，一步步逼近他，周圍的乘客不知所措地大喊…「他怎麼了！」「爺爺你沒事嗎？」「先生！」眾人雖擔憂，但只是旁觀，不敢靠近…尚泰將外套脫下蓋住畢翁的頭部，並輕拍他的背安撫他。（像鋼太以前曾做的保護動作）

| 尚泰 | 沒事了，沒事了，不要怕，慢慢來，沒事的… |

畢翁在尚泰的懷中逐漸冷靜。

| 尚泰 | （對著乘客）請趕快打給沒關係病院，號碼是… |

#38　　沒關係病院，外觀｜白天

#39　　沒關係病院，男子病房｜白天
　　　　吳院長與權敏錫還有朴幸子圍繞在床邊，畢翁發著呆看向天花板。

吳院長	（緊緊握住畢翁的手）
簡畢翁	（雙眼無神）吳院長…拜託你…殺了我吧…
吳院整	放心吧，你會死的…
幸子｜敏錫	！！
吳院長	我也會死…這裡的每個人有一天都會死…不要太心急。 （看向門外）

尚泰在門外透過玻璃，看著畢翁…

#40　　沒關係病院，男子病房前走廊｜白天
　　　　尚泰將《啃食惡夢長大的少年》遞給院長。

尚泰	我想把這本書借給大叔…不是給他…是借他，因為花錢買 的，這是我的書。
吳院長	（笑）好，我會叫他看，然後還你的。

#41　　沒關係病院，通往院長室的走廊｜白天
　　　　鋼太焦急地走向院長室，敲門後進入。

#42　　沒關係病院，院長室｜白天
　　　　鋼太衝進辦公室…只見尚泰與吳院長坐在沙發上。

吳院長	不愧是護工的哥哥，今天若是沒有尚泰，簡畢翁患者恐怕 會更不樂觀。
鋼太	（看向哥哥）

尚泰	（滿足的笑容）我是哥哥。
吳院長	過來坐著吧。
鋼太	（對著哥哥笑）做得好。
吳院長	把你剛剛跟我說的話，再跟弟弟說一次吧。
鋼太	（…？看著尚泰）甚麼話？
尚泰	那個大叔…叫我不要變成他。
鋼太	？
尚泰	倘若困在過去就永遠走不出來了…看不見脫逃的門。
鋼太	（看不見…門…？）

#43　沒關係病院，2樓護理站｜白天
朴幸子與吳車勇坐在護理站。

吳車勇	創傷嗎？
朴幸子	當年的他不過20歲，就被派遣到越戰現場，才會遭遇我們 無法想像的經歷…
吳車勇	啊…掃射…民眾…那種事嗎…
朴幸子	（點頭）

#44　沒關係病院，男子病房｜白天
簡畢翁側身躺著…朱正泰在一旁安撫他。

簡畢翁	那裡有許多小朋友…眼睛都閃閃發光…很可愛的孩子們… 但我不忍心看他們…所以就閉上眼睛，然後…（喀嚓嚓嚓 嚓！槍聲響起，伴隨著孩童的淒厲悲鳴…直到現在依然無

法抹去，淚流不止）我就這樣奪走無辜人民的性命…我為什麼還可以活到現在呢…

朱正泰	因為是上頭所下的指令…你只是遵守…
簡畢翁	正泰…只會遵守指令的是禽獸…不是人…
朱正泰	…
簡畢翁	（留下自責的眼淚）才不是人…
朱正泰	（心疼地流下淚水）

簡畢翁的床頭櫃上…放著《啖食惡夢長大的少年》。

#45　　　　沒關係病院，院長室｜白天

尚泰	不要忘記…要克服…若是無法克服…你的靈魂將成為永遠長不大的小孩…
吳院長	（帶著微笑看著鋼太）
鋼太	（內心激動）
尚泰	我…不是小孩，是大人了。
鋼太	（澎湃）哥…
尚泰	我不會再逃跑了…不逃跑了…
吳院長	哇…尚泰真是勇敢…（給予稱讚後，冷靜地）那麼…你願意…跟我們分享那天你所記得的事情嗎？
鋼太	（精神緊繃）
尚泰	（努力回想）那天…那天我…

#46　　　　過往｜蒙太奇｜夜晚（片段）

尚泰與母親走在無人的小徑，「媽媽以後會工作到很晚…要乖乖的跟鋼太在家喔，知道了嗎？」尚泰因為看到貓咪追上前，跑進樹林間「蝴蝶…是蝴蝶！」「那裡有蛇，趕快過來，文尚泰！媽媽要走了喔？」

片刻後，尚泰從樹林間抱著貓咪走出來，只看見媽媽倒臥在血泊！一旁站了一位身穿高跟鞋的女人，此時貓咪從他的懷中一躍而下，那個殺死媽媽的女人，聽到聲音後走向尚泰。

尚泰害怕地蜷曲起身子，不敢抬頭…恐懼的他只看得到胸前的蝴蝶別針閃爍著駭人的光亮。

尚泰（E）　　是蝴蝶殺的，那個阿姨的衣服上…有一隻蝴蝶…

女人的指尖擦著鮮紅色的指甲油，輕撫著尚泰的後腦，她冰冷地說：「你要乖乖的…不可以告訴任何人…不然…我會找到你…把你殺了…知道了嗎？」（摸著頭）

尚泰（E）　　她的衣服上有蝴蝶…

#47　　　　沒關係病院，院長室｜白天

鋼太　　　　！！！衣服…？！
吳院長　　　（用手示意鋼太先冷靜，雖然緊張卻冷靜地問）那個蝴

蝶…你記得長怎樣嗎…？

尚泰　　　（點頭）

鋼太　　　（心臟劇烈跳動）

尚泰　　　（內心深處的痛苦記憶，不安地摳著手部皮膚）

鋼太　　　（望向哥哥的手）

尚泰　　　有媽媽蝴蝶…媽媽蝴蝶的背上揹著小隻的蝴蝶。

吳院長　　揹著…？

鋼太　　　（臉上已經失去血色）

尚泰　　　有兩隻蝴蝶…媽媽跟小孩，總共兩隻。

鋼太　　　（…！！！大腦一片混亂，整個人陷入僵硬）

吳院長　　（注意到鋼太的異樣）

鋼太　　　（雙眼無神）

#48　　　沒關係病院，庭院｜白天
　　　　　對比鋼太此刻的心情，文英坐在庭院裡，享受著風和日麗
　　　　　的天氣…朱里走上前。

#49　　　沒關係病院，無人的一角 [12] ｜白天
　　　　　鋼太搖晃身軀，整個人失去重心地跌坐在椅子上。

鋼太　　　（內心備受煎熬，不自覺發出悲鳴）呃…

　　　　　#INS）沒關係病院，男子病房（#35 幕接續）

———————
12 沒有患者的走廊至備品室。

從大煥的置物櫃中所發現的文英全家福相片！他將手指慢慢從都熙才的臉部移開…胸口位置能清楚看見蝴蝶形狀的別針，蝴蝶有著三雙翅膀的獨特設計 13 ！！

尚泰（E）　有一隻蝴蝶媽媽…背上…揹著一個小隻的蝴蝶，有兩隻…

鋼太艱難地站起身，一臉蒼白…在走廊的盡頭（或備品室附近）扶著牆壁走著，每走一步，都閃過與文英曾說過的對話與場景。

文英（E）　所以說我們是命中注定…（#INS-8 集 46 幕）

怎麼會有這種痛不欲生的命運呢…！鋼太臉上帶著絕望。

鋼太（E）　在需要的時候出現在我面前，那就是命運…而我…需要你。（#INS-11 集 23 幕）

還以為這就是幸福的開端…一輩子最渴望的幸福…

鋼太（E）　希望這次…可以是快樂的結局…（#INS-12 集 13 幕）

深陷命運之神所開的玩笑，憤怒的鋼太一拳一拳地打在牆上，砰！砰！砰！拳頭滲出血，他癱坐在地上…憤怒與絕

---

13 乍看就像是一大一小的蝴蝶重疊在一起。

望的眼淚，像血滴般無法停止…

#50　　　沒關係病院，庭院｜白天
　　　　　文英與朱里坐在涼椅上。

文英　　剛剛…你要走過來時，我還有點緊張。

朱里　　為什麼…？

文英　　怕你又要打我的頭。

朱里　　（…！＃在城堡時因為酒醉用力揮向文英的後腦勺）…抱
　　　　歉。

文英　　你是第一個，打了我兩次還活著的人。

朱里　　！

文英　　（笑）

朱里　　（受不了…也跟著笑）真是榮幸。

文英　　（開心）

朱里　　你的書很有意思。

文英　　我知道。

朱里　　（嗯…）

文英　　（望向遠方）

朱里　　（小心翼翼）有聽說…關於你爸爸的事情了吧？

文英　　還可以活多久？不…是甚麼時候會死？

朱里　　就算明天過世也不奇怪。

文英　　我已經厭倦醫生的陳腔濫調了。

朱里　　你知道的…如果你願意…隨時都可以跟我還有你父親一起
　　　　散步…

文英	朱里。
朱里	嗯…？
文英	我…（看著朱里）不想要…
朱里	（明白）好…知道了…

兩個人不再交談，只是靜靜地望向遠方…這份沉默…顯得相當安穩自在。

#51 　**沒關係病院，員工餐廳｜白天**
順德擦著餐桌，尚泰在一旁不斷說著話，忙碌的順德不時出個聲回應。

尚泰	所以我就像鋼太一樣把外套脫下，包著大叔的頭部，然後慢慢地他就冷靜下來。
順德	尚泰真的好厲害，好勇敢，真的…
尚泰	（接電話）我在餐廳（講完隨即掛斷）我講到哪裡？對了，然後沒關係病院的車子就來了，我跟他一起搭上車，來到這裡…我還把《啖食惡夢長大的少年》借給他…不是送他，是借的。

文英走進餐廳。

文英	我們等鋼太下班後一起回家吧。
尚泰	（嚴格）見到長輩要問好。
順德	！

文英	（僵硬）你好。
順德	！！喔…來了啊…
文英	我們三個一起出去吃飯吧？
尚泰	不要，我要在家裡吃，不能常常外食，要省錢。
順德	（笑）三個人和樂融融的，就像真的家人一樣呢，看得我好羨慕～
尚泰	嚴格來說不是家人，她姓高，我跟鋼太姓文，姓氏不同、戶籍也不同，雖然不是家人，但卻像家人。
文英	（反駁）一定要同一個戶籍才算是家人嗎？
順德	不然呢？
文英	家人是…！
順德	（家人是？）
文英	家，家人是…（是甚麼？）要一起拍全家福相片！
順德	（啥！）
尚泰	相片？？
文英	沒錯，要證明是一家人是透過全家福相片，而不是戶籍。
順德	（真可愛…）你們兩個還真像…（語畢離去）
尚泰｜文英	（兩人的表情？？）

#52　沒關係病院，護工室｜白天

鋼太神色凝重地包紮著手部，文英開心地走進。

文英	甚麼時候下班？
鋼太	…
文英	（看到繃帶）你的手怎麼了！（抓起）

鋼太	（將手拿開）沒甚麼…小傷而已。
文英	誰讓你受傷的！
鋼太	（不說話，整理著醫藥箱）
文英	我問你是誰！
鋼太	（將醫藥箱放進櫃子）
文英	（察覺到異樣）你…在生氣嗎？
鋼太	（怕被文英發現，不敢直視她…）
文英	我就是無法掌握你現在情緒的空罐頭，你要告訴我啊？
鋼太	（直到現在才看著文英）有點累了，昨天沒有睡好。
文英	（看著他）
鋼太	（迴避視線）你跟哥先回去吧，我還要值夜班。
文英	真的嗎？這麼說你明天休假囉？太好了！我們明天三個人去拍全家福相片吧。
鋼太	（…！）

#INS）腦海浮現蝴蝶胸針…與文英全家福相片里的都熙才。

鋼太	（壓抑內心）
文英	（獨自開心）我已經預約了附近很不錯的攝影棚，去的路上可以用一下妝髮，再買西裝…
鋼太	下次吧。
文英	甚麼？
鋼太	下次再拍…不要明天…
文英	我都預約好了耶。

鋼太	取消。
文英	不要，我要明天拍，我們三個一起正式的拍照，這樣才能算真正的家人…（還沒說完）
鋼太	（轉身大吼）拜託你！！
文英	（…！！嚇到）
鋼太	（誓死掩飾情緒）先回家吧…
文英	…！
鋼太	求你了…
文英	…
鋼太	我還要工作。

無法控制情緒的鋼太，身後傳來巨大的關門聲響，砰！！！他痛苦地抱著頭…

#53　　　沒關係病院，護工室前走廊｜白天
文英的臉上比起氣憤，是更多的難受。

#54　　　城堡，兄弟的房間｜夜晚
尚泰開心地在鏡子前面練習帥氣的表情，他拿著文英買的西裝開心地試穿著。

尚泰	相片…相片…帥氣的表情…一、二、三！（擺姿勢）一、二、三！（持續變換著姿勢…雖然不知道帥氣的表情怎麼擺，但在鏡子前玩得很開心）

#55　　　城堡，餐廳｜夜晚
　　　　　文英帶著煩躁的神情，坐在餐廳。

文英　　　到底又是哪裡不開心？因為什麼理由不開心了？這幾天都
　　　　　還好好的⋯在超市也幫我出氣，昨天還一起喝了酒⋯（到
　　　　　底！！）為什麼！！

　　　　　她轉過頭⋯看見載洙坐在一旁，旁邊疊了十個披薩。

載洙　　　我不太清楚⋯你是在自問自答⋯還是在問誰⋯但你是想知
　　　　　道鋼太為什麼為生氣⋯所以才在這個時間訂十個披薩，讓
　　　　　我來給你問的吧？
文英　　　不然我有可能單純因為在這個時間想吃十個披薩嗎？
載洙　　　（嘖⋯）
文英　　　他到底為什麼會生氣，你是他的摯友一定知道吧。
載洙　　　你知道我為什麼可以跟在銅牆鐵壁旁那麼久嗎？
文英　　　（搖頭）
載洙　　　因為我⋯完全～不瞭解他。
文英　　　！！
載洙　　　鋼太將自己的內心藏得很深，因此當你刻意想要去挖掘的
　　　　　話，他只會跑走。
文英　　　⋯！
載洙　　　在一旁守護著他⋯就是我唯一能做的事。
文英　　　⋯

#56　　　　　沒關係病院，治療室｜夜晚
　　　　　　　呆坐在椅子上的鋼太 [14]。

載洙（E）　他從小哪有機會對父母耍賴或是撒嬌⋯自小就習慣將內心
　　　　　　　隱藏起來的他，長大後依然如此⋯

#57　　　　　城堡，文英的房間｜夜晚
　　　　　　　文英看著全家福相片，都熙才的臉孔與胸前的蝴蝶別針已
　　　　　　　被撕去，高大煥則是被摺起⋯中間坐著的是年幼的自己。

載洙（E）　以這種方式長大的傢伙⋯我們要怎麼理解呢⋯父母都不瞭
　　　　　　　解自己的孩子了⋯
文英　　　　（看著相片中的自己）

#58　　　　　沒關係病院，治療室｜夜晚
　　　　　　　鋼太呆望著黑板⋯上頭有著尚未擦去的文英字跡，寫著
　　　　　　　《羅密歐與茱麗葉》⋯

鋼太　　　　（雙眼無神地看著⋯今天的主題偏偏剛好是這個故事⋯）

　　　　　　　#5 集結尾
　　　　　　　兩人就像羅密歐與茱麗葉般，在露臺上看著彼此，傳來兩
　　　　　　　人的聲音。（INS-5 集 18 幕）

────────────

14 穿著便服，實際上今天並非輪值夜班。

文英（E）	我們就像羅密歐與茱麗葉一樣。
鋼太（E）	是冤家死對頭，不能相遇的孽緣。
文英（E）	是姻緣，是命運…
鋼太（E）	是悲慘的命運吧…

鋼太	…（緊緊握住拳頭…獨自痛苦）

#59　沒關係病院，治療室外走廊｜夜晚

正要下班的吳院長，經過治療室…看到裡面蜷曲身子的鋼太，果然不出所料…他安靜地開門走進。

#60　沒關係病院，治療室｜夜晚

吳院長安靜地坐在鋼太身旁，望向他的手…

吳院長	身體有甚麼罪呢…折磨你的是內心…
鋼太	（有氣無力）院長…
吳院長	怎麼了？
鋼太	殺死我媽媽的蝴蝶…（痛苦）…好像是文英的媽媽。
吳院長	…！你確定嗎？
鋼太	我害怕是真的…多希望自己是錯的…倒不如，甚麼都不知道最好…
吳院長	（蝴蝶…原來真的是都熙才）
鋼太	不是太殘忍了嗎？我…好不容易才能夠…喘口氣…可以開始像別人一樣生活…
吳院長	…

鋼太	（咬牙切齒）因為那該死的**蝴蝶**⋯我這一生吃了多少的苦⋯
吳院長	（安靜聽著）
鋼太	怎麼可以⋯蝴蝶怎麼可以是她的媽媽⋯本來希望見到兇手的話⋯真的想要殺死她的⋯但現在沒有辦法了⋯
吳院長	（也明白鋼太有多愛文英⋯）
鋼太	對於媽媽跟哥哥⋯（釋放一直以來壓抑的眼淚！！）⋯感到太愧疚了，我該怎麼辦？我還答應哥哥要挺身而出⋯不能逃跑⋯但我真想從這殘酷的現實中⋯拋下一切逃走⋯

鋼太嚎啕大哭，將所壓抑在心的委屈與痛苦皆一次宣洩⋯吳院長不發一語在旁陪伴著他⋯鋼太一直哭著⋯彷彿將所有的眼淚都要哭光似地⋯

鋼太	我希望⋯文英不要知道這一切⋯不要像我一樣痛苦，不要受任何一點傷⋯也不要因他人的情緒而受影響⋯還不如真的像空罐頭一樣⋯沒有任何的孤單、自責⋯也不會有後悔，甚麼都沒有⋯

鋼太失神地望向前方。

#61　　城堡，外觀｜凌晨

#62　　城堡，大廳｜凌晨

破曉之前的凌晨，鋼太無力地走上樓梯。

#63　　　　城堡，文英的房間｜凌晨
　　　　　他輕輕撫摸熟睡的文英…深情地看著她，一旁的桌上擺
　　　　　著…被撕毀的全家福相片，他耳邊響起文英所說…

文英（E）　她仍是…我的媽媽。
鋼太　　　　…

#64　　　　城堡，兄弟的房間｜凌晨
　　　　　尚泰已經熟睡…（牆上掛著西裝）鋼太拿起桌上的全家福
　　　　　相片，用指尖輕撫哥哥和…死去母親的臉龐…

#65　　　　城堡，書房｜（隔天）白天
　　　　　文英坐在書桌前，略帶焦慮地用手指敲打書桌…尚泰穿著
　　　　　帥氣的西裝走進。

文英　　　（站起身）他說要去了嗎？
尚泰　　　沒有，他不起來。
文英　　　（失望地垂下肩膀）
尚泰　　　哥哥叫他都不回應，掀開棉被也不起來，瞌睡蟲。
文英　　　（難受）可能太累了…還是我們下次再…
尚泰　　　（很失望的神情）我…都穿了漂亮的衣服…早上還用了髮
　　　　　蠟…昨天還練習很久帥氣的表情…（可惜地左右踱步）
文英　　　（雖然笑著但不是真的在笑）

#66　　城堡，兄弟的房間│白天
　　　　鋼太坐在床邊，呆望著牆面，他的面前是筆挺的西裝與攝
　　　　影棚位置，而他只是一動也不動。

#67　　攝影棚│白天
　　　　尚泰新奇地看著攝影棚內的道具和佈景，不斷發出驚嘆
　　　　聲！文英溫柔地看著尚泰開心的樣子…但想到鋼太不在身
　　　　邊，又感到一陣心酸（不放棄希望等待著，一直拿著手
　　　　機…）

　　　　Cut to. 相關的前置作業都已經完成…照明燈開啟…攝影師
　　　　將相機調整好角度，「兩位請到這邊」文英與尚泰走進鏡
　　　　頭前…文英顯得得心應手，尚泰則是有些不知所措…當攝
　　　　影師說：「來，看鏡頭…一、二…」

尚泰　　等等！等一下！
文英　　？？？

　　　　眾人回頭…一名男子走進攝影棚…身穿西裝，全身上下都
　　　　煥然一新的鋼太！！他緩緩走進，文英感到眼眶一陣溫
　　　　熱。

文英　　（天哪…！）
尚泰　　我的弟弟，他是我的弟弟，親生弟弟…

穿著西裝鋼太走上前，站在雙眼出神的文英前。

鋼太　　　還…來得及嗎…？

悲傷不再…在燈光下的鋼太露出燦爛的笑容…文英看著這
樣的鋼太，感動的笑著…尚泰可以跟帥氣的弟弟以及最佳
拍檔拍照，更是不亦樂乎…三個人就這樣拍攝全家福相
片。

13

薔花與紅蓮之父

#1　　　　城堡前＋車內｜凌晨（12集60幕）

即將破曉前的黎明，迷濛的白霧籠罩城堡，鋼太坐在駕駛座，將頭趴在方向盤上，手上還纏著繃帶…他緩緩抬起頭…彷彿全身被掏空般的疲倦神情，回想起昨晚。

鋼太（E）　不是太殘忍了嗎…？

拿出口袋中的紙條，那張蝴蝶的警告…「我很快就會去找你…」用盡全身的力氣將紙揉成團…

鋼太（E）　因為那該死的蝴蝶…你知道我這輩子都活在怎樣的地獄嗎？

看著眼前的城堡，這棟受詛咒的城堡…

#2 　　　城堡，大廳｜凌晨（#12集62幕）
　　　　　鋼太帶著沉重的步伐，踏上樓梯，回想起（#文英全家福
　　　　　相片裡都熙才所別的蝴蝶胸針）

尚泰（E）　有蝴蝶媽媽…上面揹了一隻小蝴蝶。

　　　　　鋼太的內心就像千刀萬剮的痛苦…

鋼太（E）　蝴蝶…怎麼可以是她的媽媽…怎麼可以…

#3 　　　城堡，文英的房間｜凌晨（#12集63幕）

　　　　　文英的身旁…有著都熙才被撕去的全家福相片…

鋼太（E）　我希望…文英不要承受像我一樣的痛苦…

　　　　　面對深愛的女人…但她的母親卻是自己畢生最想殺死的女
　　　　　人…內心的拉扯撕裂著鋼太…

鋼太（E）　無論是孤獨、自責，還是後悔…我寧願她是個空罐頭…

#4 　　　城堡，兄弟的房間｜凌晨（#12集64幕）
　　　　　尚泰正在沉睡中，鋼太用指尖輕輕劃過全家福相片裡母親
　　　　　的臉龐…

13　　　薔花與紅蓮之父

鋼太（E）	我太對不起…媽媽跟哥哥…
鋼太	（對著母親默唸）對不起…

筆挺帥氣的西裝，諷刺地掛在牆上，白霧逐漸散去，萬物甦醒。

#5　城堡，二樓走廊｜白天
文英站在兄弟倆的房門前。（已著正式服裝）

文英	（想要轉動門把…但停止動作）我們要出發了…（門內依然寂靜…）遲到也沒關係，如果你改變心意的話，就過來…

文英無法說出「我會等你。」

#6　城堡，兄弟的房間｜白天（#12集66幕接續）
鋼太望著牆上所掛的西裝發呆…西裝上還貼有攝影棚的詳細位置，他站起身…發現口袋裡裝著某物…是網太，網太的網子裡裝著小紙條，打開後是文英的字跡，響起文英的聲音。

文英（E）	託了網太的福，我現在已經不再做惡夢。

#INS 城堡，餐廳｜昨晚

載洙離去後（披薩盒堆在一角）文英專心在紙條上寫字，並將字條捲起，放進網太的小網子裡。

文英（E）　你、尚泰哥，還有網太…能夠有你們作為我的家人，真的太好了…PS. 網太要記得還我，這是我的！

鋼太　　…

「家人」二字，讓鋼太久久無法轉移視線，他站在原地許久…手中緊緊握住文英珍貴的真心。

#7　　　攝影棚｜白天（#12 集 67 幕接續）

尚泰新奇地看著攝影棚內的道具和佈景，不斷發出驚嘆聲！文英溫柔地看著尚泰開心的樣子…但想到鋼太不在身邊，又感到一陣心酸，不放棄希望等待著，一直拿著手機…

尚泰　　（走向神情凝重的文英）怎麼了？心情不好嗎？

文英　　我心情沒有一天好過，別在意。

尚泰　　我的照片真的會放在書裡面嗎？

文英　　（幫忙調整領帶）當然，哥哥是插畫家啊。

尚泰　　我練習帥氣的表情好久。

文英　　讓我看看。

尚泰　　（擺出帥氣表情）

文英　　（看著）…

尚泰	（擺出另一個帥氣表情）
文英	（面無表情）…尚泰哥。
尚泰	如何？
文英	看起來都是刻意的。
尚泰	！
文英	試試看不要刻意，用最自然的神情，那才是真正的文尚泰。（走向別處）
尚泰	…真正的…文尚泰…真正的文尚泰…

一旁的玻璃（或是鏡子）映照出尚泰的臉孔。

#8　**城堡，兄弟的房間｜白天**
鋼太將牆上的西裝拿起（包著繃帶的手）將白色襯衫上的扣子一顆顆扣上，熟練地繫上領帶，穿上西裝後，整個人煥然一新。

#9　**城堡，大廳，階梯｜白天**
著裝完畢的鋼太，走下樓梯。

#10　**攝影棚｜白天（#12 集 67 幕接續）**
攝影師調整好鏡頭角度後說：「兩位請到這裡」文英與尚泰走至鏡頭前…攝影師隨即準備拍照：「請看著鏡頭…一、二…」正要數至三時…

尚泰	等等！等一下！

文英	？？？

鋼太身著乾淨整齊的西裝走進攝影棚，經過打扮，整個人彷彿脫胎換骨⋯

文英	！
尚泰	我的弟弟，他是我的弟弟，親生弟弟⋯
鋼太	（站在文英面前）還⋯來得及嗎⋯？（將沉重的心情藏起，露出笑容）
文英	（感動寫在臉上）⋯如果你真的不來，我還打算要合成照片。
鋼太	就是有預感你會如此，所以來的。
尚泰	（走上前）好帥氣⋯（摸著衣服）真帥，這多少錢？十萬嗎？
鋼太	（笑）哥你也很帥。
文英	（無法將視線從鋼太身上移開）
攝影師	三位要一同拍攝的話，請站在正中央！

鋼太、尚泰、文英準備拍照⋯鋼太看著略帶緊張所以有些僵硬的哥哥⋯再望向已經擺好姿勢的文英，從現在開始，他們就是我要守護的家人⋯他深吸一口氣，看向鏡頭，「一⋯二⋯三⋯」三個人面對鏡頭，露出此刻最幸福的笑容。

#11　　**朱里的家，客廳｜白天**
「我回來了～」相仁雙手提滿大包小包，恰好遇上正要外出的丞梓。

丞梓	您回來了，代表。
相仁	你要去哪裡？（將行李放在一角）
丞梓	我有傳訊息給你不是嗎，今天跟作家還有插畫家一起約在美術圖書館做資料收集。
相仁	我要怎麼看訊息！你不是叫我關機…（話尚未說完…）
丞梓	（用力一打）
相仁	（喔！）
丞梓	（噓！）朱里姐姐在房間！
相仁	（原來…）
丞梓	（拉到遠處，小聲）我們的戰略開始奏效了。
相仁	真的嗎？
丞梓	姐姐…在主動問你相親的情況前，絕對，絕對不可以先說，知道嗎？
相仁	為什麼？不是還騙她相親對象長得像宋慧喬。
丞梓	反正聽我的就對了。
相仁	沒問題！（在嘴巴上拉起拉鍊的手勢）

#12　**朱里的房間｜白天**

朱里坐在書桌前，翻閱著醫學資料…相仁敲門進來…「朱里，方便打擾一下嗎？」

朱里	（坐挺）請進…
相仁	（進房）想說回來了跟你告知一聲，哈哈。
朱里	（笑）應該很累吧，早點休息。
相仁	看來今天休假呢？

朱里	對…（看書）
相仁	（搔頭）我帶了些母親炒的桑葉跟苦菜泡菜回來…如果還沒吃飯的話，要不要一起吃…
朱里	不用，我吃飽了，你吃吧。
相仁	（嘖…）這樣子啊…
朱里	（專心於書…）
相仁	（不知所措…踏出房門又走回來…豁出去吧）我有去相親！
朱里	（連看也不看）我知道。
相仁	對方長得很像宋慧喬，根本就是我的理想型，第一次聊天也相當愉快…
朱里	（轉頭）代表。
相仁	是？
朱里	我明天要去受訓，所以今天要看完這些資料…（請你出去）
相仁	（毀了…）好的，那，請加油，哈哈…（後退）

#13　　**朱里的家，客廳｜白天**

相仁小心翼翼地關上房門後，用力打自己的嘴巴。

相仁	我這張嘴真的是，該死…毀了…（抱頭）

#14　　**朱里的房間｜白天**

朱里習慣性地在便條紙上抄寫重點…回神一看「宋慧喬又怎樣…」就像另一個自我所寫的一樣，嚇得將筆丟掉。

美術圖書館（PPL）大廳｜白天

丞梓不斷看著手錶，自言自語。

丞梓　　　高文英是把承諾當成屎了嗎！（正好轉身）

文英　　　（站在身後）

丞梓　　　（啊！）

文英　　　沒關係的，說人家壞話才不會悶出病，萬壽無疆吧你～

　　　　　（皮笑肉不笑）

丞梓　　　（可怕到想哭）

尚泰　　　（走上前）你好，藝術總監劉丞梓小姐。

鋼太　　　（跟在哥哥身後）

丞梓　　　（問候後驚呼）穿了西裝嗎？真是帥…

文英　　　（下一秒要殺人的眼神！）

丞梓　　　（馬上閉嘴！）

鋼太　　　（環繞四周）哥想要來的地方就是這裡嗎？

尚泰　　　對，這裡有很多很多繪本。

丞梓　　　請跟我來～（跟尚泰走向別處）

文英與鋼太走在後方。

文英　　　你以後不准穿西裝。

鋼太　　　為什麼。

文英　　　不適合你，護工的制服更好看。

鋼太　　　（故意）真的嗎？本來還打算多買幾套，西裝比想像中的

　　　　　舒適許多…

文英	（…！）但看起來很不舒服，不准穿。
鋼太	好，那你以後也不准穿這種衣服，看起來很不舒服。（走向別處）
文英	（可惡！）站住！！不准穿就是不准！！穿了我就會撕破它！

#16　　美術圖書館內部（PPL）｜白天

尚泰看著館內豐富的藏書相當開心，隨手就挑了一本坐在地上看起，丞梓拿著一本繪本走到旁邊…開始跟他說明…

丞梓	（翻開姜山的書）像這位插畫家在插畫界相當知名，最近這樣的畫風在兒童間大受歡迎。（尚未說完…）
尚泰	（不想聽，轉身）在圖書館要保持肅靜，這是禮儀。
丞梓	（鍥而不捨）你也知道，高文英作家的文字風格屬於殘酷現實…所以我希望文尚泰插畫家，可以運用你溫暖的筆觸，就像春日早晨白霧靄靄氛圍。
尚泰	？？？？？
丞梓	用溫柔療癒的畫風中和高作家的文字…
尚泰	（堅定）我拒絕，婉拒。
丞梓	！為什麼？
尚泰	中和的話，就沒有高作家的風格，也沒有我的風格，就是沒有味道的湯，那個誰要喝，狗都不喝。（講完拿著書走向別處）
丞梓	！！

鋼太走在圖書館內，拿起一本文英的《春日之犬》⋯

| 文英 | （走近）聽說你就是春日之犬？ |

文英　（走近）聽說你就是春日之犬？

鋼太　我？為什麼？

文英　你的朋友載順還是載旻說的，你絕對不會隨意展露內心，只會獨自哭泣，就像春日之犬。

鋼太　（放下書）你們見面了嗎？

文英　因為太想知道你為何生氣，因此叫他來家裡，我點了十盒披薩他送的比子彈還快。

鋼太　那⋯他怎麼說。

文英　他要我不要追根究柢，強行撬開你的內心，對誰都不好，所以我也下定決心，不會再過問。（走往別處）

鋼太　（⋯看著）高文英。

文英　（轉身）

鋼太　我已經厭倦守護與照顧他人了⋯

文英　⋯

鋼太　因為是我生來被賦予責任⋯也是我的職業⋯這一切都是我被迫所做的選擇。

文英　（凝視）⋯所以呢？

鋼太　（走靠近）但現在這已不是我被強迫的事⋯而是我未來人生的目標。

文英　！

鋼太　拼命守護家人⋯比想像中更帥氣也相當不錯。

文英　⋯

| 鋼太 | （對於某天會出現的蝴蝶…就像是對未來所下定的決心）如果有人要傷害我的家人，我到死也不會放過他，絕對會守護到底… |

雖然無法將事實告訴她，但卻能向她坦承自己的決心與意志。

| 文英 | …那所謂的家人…有我嗎？ |
| 鋼太 | …拍了全家福相片，就是家人。（對著文英笑） |

下定決心接納一切的鋼太…以及深受感動的文英，兩人堅定的望向彼此。

#18　　沒關係病院，護理站｜白天

星、權敏錫、吳車勇在護理站忙碌著…劉宣海則講著電話，情緒卻逐漸激動。

| 劉宣海 | 以後不要再打給我！（受不了）你有甚麼資格來找我！你敢來試試看，看我怎麼殺掉你！！（掛斷電話）以後若是這個人再打來，就說我死了！（憤怒地離開） |
| 權敏錫 | （跟在身後）劉宣海小姐？要不要跟我去散個步？ |

兩人消失在畫面，幸子走進護理站。

| 朴幸子 | 是誰打來的？ |
| 星 | 就是那個人…劉宣海的爸爸… |

吳車勇	真是沒有良心的人，覺得女兒被鬼附身就丟到女巫家，而且還是在她很小的時候…
星	如果是那種爸爸，我也不想見他，一直以來漠不關心，現在才來…
朴幸子	善星護理師。
星	是…
朴幸子	在不了解患者的家庭背景的情況下，隨意亂評論是專業的表現嗎？
星	（閉緊嘴巴）
朴幸子	事情不能單方面推測，父母或許有自己的苦衷吧…（拿著資料離去）

#19　**載洙的房間｜夜晚**
相仁看著堆疊成山的童話書（其他作家）…傳來敲門聲。

順德	（端著馬鈴薯煎餅走進）你怎麼沒吃晚餐呢…
相仁	（難為情）沒甚麼…只是…比較忙…請進～
順德	肚子餓的話，睡也睡不著的，吃點東西吧。
相仁	那我開動了。
順德	（坐下，看著堆成山的童話書）一個成年男子在看童話書，真是純真～又帥氣呢～
相仁	（害羞）畢竟這是我的工作（邊吃）真是太好吃了！（豎起大拇指）其實…我真的肚子很餓…可是沒有臉去吃飯。
順德	為什麼？

Cut to. 哈哈哈⋯順德開朗的笑聲傳來，旁邊擺放幾個啤酒罐。

順德	宋慧喬？為什麼要撒那種謊呢。
相仁	（自責）就是說⋯我也想把自己的嘴給縫起來⋯
順德	要我給你一些提示嗎？
相仁	（豎起耳朵）提示？！
順德	朱里她⋯比起我更喜歡爸爸，也相當依賴他⋯而當爸爸過世之後⋯她就一肩扛起所有責任，根本不懂得如何依靠他人。
相仁	⋯
順德	如果可以依賴的爸爸還活著，她就可以隨心所欲地說想說的話，也可以做想做的事，不會封閉自己⋯
相仁	（點點頭聽著）
順德	所以如果是一個當她疲憊時可以依靠的人，應該就可以讓她敞開心胸吧？（眨眼）
相仁	（！！！）是⋯好的⋯！（得到開示）

明白吧？兩人乾杯，飲下一口啤酒⋯

#20	城堡，大廳｜夜晚
	三人回到家，尚泰走上樓梯說：「我要看多利～」

鋼太	哥，我把繪本放在書房喔～（走向書房）
文英	（跟在身後）

鋼太將買回來的繪本放在桌上，文英坐在沙發上…

文英　等全家福相片洗好後…就掛在那邊[15]，讓屋子不再死氣沉沉…要不要也一起重新裝潢？你們兩個人共用一間房似乎也太窄了…

鋼太　（將物品整理好後坐在文英身邊）所以要換房間嗎？

文英　何必麻煩，你搬來我房間就可以了，我們合房吧。

鋼太　（堅決）不要。

文英　為什麼。

鋼太　（表情凝重）…因為是你爸媽曾經使用過的房間不是嗎。

文英　所以呢？

鋼太　…高文英。

文英　怎麼了？

鋼太　如果我說…以後要搬去別的地方去…你願意嗎？

文英　（…！）為什麼？

鋼太　願意嗎？

文英　（激動）又要逃亡了嗎？尚泰哥又夢到蝴蝶了嗎？是嗎？

鋼太　（疼惜地看著她）

文英　不要擔心，如果蝴蝶出現我一定會把他撕爛，你也知道吧？我是蝴蝶殺手。

鋼太　（溫柔地將她擁入懷中）不是的…

文英　？！！

---

15 書房內的明顯位置。

鋼太	（抱緊）如果…蝴蝶真的出現…答應我不要殺他，好嗎？
文英	（緩緩從懷裡探出頭）…為什麼？
鋼太	（雖然悲傷但依然開著玩笑）我又被你嚇跑怎麼辦？
文英	當然要追上去，把腿折斷。
鋼太	（笑著）
文英	好，我答應你，打勾勾。（豎起小拇指）
鋼太	（勾住）
文英	還要蓋印章。
鋼太	（豎起大拇指）
文英	不是那個印章。
鋼太	？
文英	（拉緊鋼太的領帶靠近自己，往嘴上一親！）
鋼太	！！

#21-1　城堡，兄弟的房間｜夜晚
尚泰抱著多利媽媽的玩偶看著卡通。（多利與多拿吵架的場景）

尚泰	你憑甚麼！為什麼生氣！你的牙齒更糟糕！憑甚麼看我的牙齒！不要噴泡沫！

鋼太洗完澡後走進房間，坐在哥哥身邊。

尚泰	（看著弟弟泛紅的雙頰）你怎麼臉上紅紅的？
鋼太	有嗎？（躲避眼神）因為洗熱水澡吧…

尚泰	你在害羞嗎？
鋼太	！！
尚泰	臉頰泛紅、眼神左右飄忽不定、嘴角上揚，又躲避他人視線，就是害羞，你做了甚麼害羞的事嗎？
鋼太	沒有！（知道無法騙過哥哥）…一點…吧…？
尚泰	（直球式）親親了嗎？
鋼太	（衝擊！！！）我…一…點？（等待哥哥的回應）
尚泰	（轉頭看電視）親親比吵架好，不可以吵架喔，我會生氣。
鋼太	（…！笑…靠著哥哥的肩膀）那哥哥喜歡我？還是喜歡文英？
尚泰	我…
鋼太	（期待地看著）
尚泰	我…喜歡高吉童。
鋼太	（！！！被哥哥逗笑，一起看著卡通）

「可是他們為什麼很愛吵架…？」「不要在看卡通的時候跟我說話，這是禮貌。」「那高吉童為什麼每天生氣？」「大人本來就容易生氣。」

#22　沒關係病院｜（隔天）白天
　　壁畫已近乎完成（95% 左右）畢翁走向正在繪畫的尚泰。

簡畢翁	看來快要完成了呢？
尚泰	你好！有好一點了嗎？耳朵還會痛嗎？

簡畢翁	托你的福，現在好很多了（拿出童話書）這本書還你。
尚泰	（接下）很好看吧？
簡畢翁	對，所以我把內容都背起來了。
尚泰	你最喜歡哪個部分？
簡畢翁	不要遺忘，要克服創傷，若是無法克服，你將成為靈魂永遠無法長大的小孩！
尚泰	（將書放進包包）我也最喜歡那裡。
簡畢翁	最近有在練習畫蝴蝶嗎？
尚泰	有，我有在素描本上…畫一些…
簡畢翁	（看著壁畫，有感而發）究竟…是尚泰會先繪製蝴蝶？還是我會先從這裡踏出去呢？
尚泰	門…！先找到門的人就是最快的。
簡畢翁	（哈哈笑著）就是說呢…趕緊一起找到門，踏出那一步吧。
尚泰	一言為定！（繼續畫畫）

#24　　　沒關係病院，女子病房｜白天
　　　　　劉宣海冒著冷汗昏睡中，無論朱里怎麼叫喚都沒有回應。

#25　　　沒關係病院，護理站｜白天
　　　　　星與吳車勇在護理站…朱里走進。

朱里	劉宣海狀況有些異常…持續昏睡中，最後一次跟患者對話是甚麼時候？
星	昨天…早上…該不會…！

朱里	看來⋯那位⋯應該快出現了⋯
吳車勇	哪位？哪位？
朱里	上次⋯簡畢翁患者可是因為她，受了不少苦⋯
星	就是說⋯她一定會選中一個人，緊追不放的。
吳車勇	（害怕）到底是誰⋯難道⋯是鬼嗎？
星｜朱里	（不懷好意的笑）

#26　　沒關係病院，院長室｜白天

「我很快會去找你⋯」吳院長研究著紙條，鋼太坐在對面。

吳院長	（嚴肅）「我⋯」這裡的我是指⋯都熙才⋯那這個紙條就是⋯蝴蝶的警告嗎？
鋼太	應該沒錯⋯
吳院長	（看著玉蘭的紙條）那這些紙條都寫著甚麼？
鋼太	和這些相同款式的便條紙已經在市面上找不到了，所以這些並非自己寫的，而是從他人身上得到的。
吳院長	（同意地點著頭）原來這就是醫院這陣子不安的原因嗎⋯既然如此⋯（看著鋼太）不要隨意相信醫院裡的人，包括我也不要相信。
鋼太	！
吳院長	也不要讓尚泰獨自待在醫院⋯
鋼太	（心情沉重）

#27　　　　沒關係病院，員工餐廳｜白天
　　　　　尚泰與鋼太面對面坐著吃飯。

鋼太　　　哥…不用等我下班，結束之後就直接回家。
尚泰　　　（咀嚼）好。
鋼太　　　隨時要帶著手機…如果有陌生人跟你說話…
尚泰　　　我又不是小孩，為什麼突然這樣？
鋼太　　　沒事…我只是擔心…
尚泰　　　我不是膽小鬼（從包包裡拿出素描本，翻開練習蝴蝶的圖
　　　　　畫…）也有練習畫蝴蝶，我會比簡畢翁叔叔更快找到門，
　　　　　不會再逃跑。
鋼太　　　（看著蝴蝶的畫而深受感動）…現在換哥哥守護我們了嗎？
尚泰　　　當然，我可是有兩個弟弟妹妹，作為哥哥的我，當然會守
　　　　　護你們。
鋼太　　　（驕傲地看著哥哥）

#28　　　　沒關係病院，庭院｜白天
　　　　　鋼太撥打著電話。

鋼太　　　（溫柔）…吃飯了嗎？

#29）餐廳＋庭院｜白天
　　　　　文英坐在餐廳，在筆記型電腦上打著字，一旁有著吃完的
　　　　　麻辣蓋飯（PPL）盒子。

文英	吃飽了，你呢？
鋼太	跟哥哥一起吃了。
文英	（繼續打字）
鋼太	你工作的時侯…不能請丞梓或是李代表來陪你嗎？
文英	我寫作的時候討厭有人在旁邊妨礙。
鋼太	（嘖）門有關好嗎？一個人在家的時候，絕對不可以隨便幫人家開門。
文英	（笑）這樣真好。
鋼太	甚麼真好？
文英	有人擔心著我…看來以後我要多做讓你擔心的事情。
鋼太	（開心笑著）

有人拍拍鋼太的肩膀。

女子（E）	哥哥？哥哥？
鋼太	（轉過身…！！）
文英	（聽到聲音，迅速站起）哥哥？哪個臭女人？說話啊？
鋼太（F）	不是…沒事了，繼續寫吧。（掛斷）
文英	（嘟嘟嘟）該死的…我明明聽到年輕女子的聲音…？是哪個不知羞恥的…！

#30	沒關係病院，庭院｜白天
	在鋼太的眼前…是綁著雙馬尾，吃著棒棒糖的劉宣海[16]！！

---

16 戴上假髮，八歲的劉宣海，帶有小孩的聲音。

鋼太	（…！！雖內心訝異但不表露）
劉宣海	哥哥…這裡是哪裡？
鋼太	（保持鎮定）這裡…是沒關係病院。（親切的微笑）
劉宣海	醫院…因為被打又送進醫院了嗎？
鋼太	（…！！）
劉宣海	（看著）可是…哥哥，你長得好像某個人喔？
鋼太	（出示名牌）我是文鋼太護工。
劉宣海	（孩子的自我介紹）我叫～劉宣海～城津國小～一年二班13號～（鞠躬問候）
鋼太	（微笑）一年級的話…今年8歲囉？
劉宣海	是的！！

朱里從不遠處跑過來…

劉宣海	可是哥哥，哪裡有廁所？（踱步）
鋼太	…！
朱里	（跑上前）你在這裡啊～我在找你呢…
劉宣海	我想去廁所…
朱里	姐姐帶你去好嗎。（牽著手）
劉宣海	（邊走）啊！！我想起來了，那個哥哥像朴南政！…真帥。
鋼太	（朴南政？？）

#31　沒關係病院，藥品室｜白天
朱里與鋼太整理著醫藥用品。

朱里	她患有解離性人格障礙。
鋼太	會產生另一個人格的疾病嗎？
朱里	對，因為自小被虐待施暴的衝擊而出現另一個人格…

#32　　　沒關係病院，女子洗手間｜白天
　　　　　劉宣海在洗手台清洗著手臂，兩側皆是被毆打的瘀青，她
　　　　　小聲喊著：「好痛…」鏡中映照的是 8 歲的劉宣海。

| 朱里（E） | 當時的父母就算毆打小孩，也被視為是管教，即使已經到 |
| | 了虐待兒童的地步也不容易被發現… |

#33　　　沒關係病院，女子病房｜白天
　　　　　權敏錫陪著宣海玩洋娃娃…一旁的床頭櫃放著做法的道
　　　　　具…

| 朱里（E） | 結果她的自我防禦機制促使另一個人格誕生…父母認為小 |
| | 孩是被鬼附身…就將她賣給村莊裡的巫婆當養女… |

#34　　　沒關係病院，醫藥室｜白天

鋼太	那麼劉宣海不是真正的女巫嗎？
朱里	（笑）因為她不是真的被附身，算命怎麼可能準呢，院長
	去算命的時候發現了她，才幫她做諮商並安排住院。
鋼太	原來如此…

#35　　沒關係病院，護理站｜白天

緊急音突然響起，權敏錫奔向病房，並吩咐星聯絡院長。

星　　　院長，203 號的高大煥患者出現脈搏不穩！

#36　　沒關係病院，男子病房｜白天

大煥的脈搏相當不穩，吳院長用手電筒確認大煥的瞳孔反應後長嘆一口氣，無力地搖著頭⋯病床旁站著朴幸子、權敏錫、朱里等人，眾人皆神色凝重⋯簡畢翁與朱正泰也擔憂地看著⋯

吳院長　　因為這裡有其他患者出入⋯將他移至靜養室吧。
權敏錫　　是的。

朴幸子　　（惋惜地看著大煥）

#37　　城堡，書房｜白天

文英坐在書桌前，看著尚泰的「工作用素描本」上頭描繪著形形色色的人物，此時尚泰剛好回家，「我回來了！」

文英　　　尚泰哥！！過來一下！
尚泰　　　（進書房）當人家回來的時候要打招呼說，你回來了。
文英　　　（嚴肅地翻著素描本）工作的時候我是老闆。
尚泰　　　今天⋯不是開會的日子⋯（看見）那是我的工作素描本⋯
文英　　　（素描本上的人物臉部漆黑）這個是遺失自我的少年嗎？

尚泰	（點頭）
文英	（翻頁）那她…是沒有情感的罐頭公主？
尚泰	（點頭）
文英	（再翻頁）
尚泰	他是被困在箱子裡的叔叔…（期待）如何？喜歡嗎？
文英	不喜歡，重畫。
尚泰	！為什麼…？為什麼要重畫？
文英	不喜歡他們的模樣。
尚泰	！
文英	你看看，為什麼他們都轉過頭去，都是後腦勺呢？
尚泰	（…）那不是後腦勺…是臉孔…
文英	（不解）這個黑黑一坨是臉？又不是火柴人，那他的眼睛、鼻子、嘴巴呢？也沒有任何的表情，童話的要素有一半是寓意，一半是人物角色，我宛如珍珠般的文字怎麼能夠配上沒有表情的人物呢…
尚泰	（皺眉）很難…
文英	！
尚泰	畫表情…很難…對我來說…很困難…（踱步）
文英	（…！！！思索）你不是有表情卡片，幸福、煩躁、憤怒等等的…可以臨摹那個畫。
尚泰	可是學他…就不是文尚泰的畫了…
文英	…！
尚泰	不是我的作品了…
文英	（再思考）…那你再多學習吧。
尚泰	學習？

文英	你很擅長觀察不是嗎，現在不要只盯著鋼太的表情，學著觀察他人的表情，就可以製作屬於文尚泰的表情卡片了。
尚泰	…！
文英	（起身，將素描本還給尚泰）這是下禮拜前要交的作業。
尚泰	（看著被塗得漆黑的人物）

#38　　沒關係病院，護工室｜白天
　　　　鋼太正準備下班…聽見敲門聲回頭，幸子走進。

朴幸子	要下班了嗎？
鋼太	是的…
朴幸子	關於高大煥患者…他的狀況應該撐不了太久。
鋼太	…
朴幸子	雖然院長會另外跟高作家聯絡…但她跟你也比較熟，可能需要讓她提早做心理準備。
鋼太	（停頓）…好的，我知道了。
朴幸子	原以為…他能再撐些時候的…真是心疼，照護不過幾年的我都難過了，何況女兒呢？希望你也能在她身邊，給予支持…
鋼太	（難以言喻的表情）…好

#39　　公車站｜夜晚
　　　　朱里從公車上走下來，聽到身後有人呼喊她的名字，回頭一望是相仁正對著她揮手。

　　　巷弄｜夜晚

兩個人走在巷弄中。

相仁　　因為沒有開車出門，所以我估算你大概這個時間回來…就
　　　　出來接妳了，哈哈…

朱里　　你有甚麼話要對我說的嗎？

相仁　　沒有耶？

朱里　　那為什麼要出來接我…

相仁　　（難為情）因為天色也暗…這裡有幾處電燈也壞了…擔心
　　　　你一個人回家，所以…

朱里　　（…！！）

相仁　　（認真）相親一事其實是假的！但因為父親的要求每個月
　　　　要相親確實是真的，他們老年得子，父親已經高齡91…還
　　　　是92…反正當我出生的時候就年事已高。

朱里　　理想型真的是宋慧喬嗎？

相仁　　甚麼？當然不是，我的理想型是…該怎麼說呢…在對方辛
　　　　苦的時候，可以依靠我，也可以任性撒嬌，相當惹人憐
　　　　愛…就像女兒般的…

朱里　　女兒？！你是變態嗎？！

相仁　　甚麼？！

朱里　　（生氣地離去）

相仁　　不是…我…我怎麼會…朱里，等等我～（追上前）

#41　　　城堡，文英的房間｜夜晚

文英確認著文稿中…鋼太敲門後進房內。

鋼太	在忙嗎？
文英	再忙也要跟你玩～
鋼太	（坐下）故事架構出來了嗎？
文英	差不多。
鋼太	（出於好奇，看著稿紙）
文英	（迅速抽走）
鋼太	（好奇地問）…那麼…他們三個人最後有找到遺失的東西嗎？
文英	（嚴肅）你是在問我結局嗎？
鋼太	就只是…有點好奇。
文英	我也好奇，剛剛對著你叫哥哥的女人是誰？！
鋼太	一個比你大 13 歲的病患。
文英	（…！！）因為她的聲音聽起來很年輕，真適合唸童話呢…
鋼太	（笑著）
文英	（難為情）咳咳…
鋼太	（看著）…高文英。
文英	怎麼？
鋼太	（小心翼翼）關於你父親…他應該…
文英	我知道，院長有打給我，說希望趁他還有意識的時候去探望…
鋼太	…
文英	（自嘲）真可笑…父母到生死關頭的時候，就像有個特赦令，你的罪都被赦免了…一定要聽到子女說這些話才能閉上眼睛嗎？
鋼太	你有自信以後不會心痛嗎？

文英	（看著）
鋼太	國王有著驢耳朵，不說出心底話是會悶出病的，你第一天上課不是這樣說嗎，以後不會再有對爸爸說話的機會了，即使這樣也沒有關係嗎？
文英	沒有關係，因為沒有要講的話，所以不會後悔。
鋼太	（不逼迫）好⋯我知道了⋯

#42　蒙太奇｜夜晚
＃城堡，兄弟的房間
熄燈的房間，鋼太躺在床上，回想文英的話⋯

文英（E）	當我小的時候，很討厭一部童話⋯

＃沒關係病院，靜養室
大煥雙眼無神地看著天花板。

文英（E）	《薔花與紅蓮》我真的很討厭裡面的爸爸。

＃沒關係病院，女子病房
劉宣海因走廊的腳步聲受驚，害怕地躲進床底，蜷曲起身子發抖⋯模樣轉變為小宣海（8歲）

文英（E）	即便孩子們被繼母虐待得痛不欲生，作為父親的卻只是旁觀。

城堡，文英的房間（41幕接續）

文英　　　比起施暴的人…更可憎的是冷眼旁觀，不聞不問的人…

鋼太　　　…

城堡，兄弟的房間
感受到文英對於父親糾結的情感…鋼太帶著惋惜閉上眼睛。

文英（E）　殺死薔花與紅蓮的人…是爸爸…

#43　　　沒關係病院，大廳｜白天
「先生！請不要這樣！」朱里與星抓著宣海的父親，劉宣海因恐懼而嚎啕大哭，鋼太走上前，讓宣海躲在自己身後。

劉宣海　　（躲在背後哭泣）我討厭爸爸…討厭…

鋼太　　　…！

宣海父親　（追上）宣海…！拜託你…！救爸爸一次吧！

鋼太　　　（保護著宣海）

吳院長（E）（獅子吼）到底在做甚麼！！！！

眾人　　　！！！

吳院長　　（憤怒地瞪著宣海父親）

#45　　　沒關係病院，院長室｜白天
　　　　　怒火直衝的吳院長坐在沙發上⋯一旁是⋯看上去相當憔悴
　　　　　的男子，是宣海的親生父親（60歲）

吳院長　　令嬡本人已經表達強烈的拒絕，但你若還是以這樣的方式
　　　　　要求她移植，我們可是會報警的！
宣海父親　我可是⋯宣海的父親耶，親生父親。
吳院長　　所以把肝臟寄放在她那裡了嗎？
宣海父親　（跪下）請幫我一次吧⋯我⋯這次倘若不動移植手術的
　　　　　話⋯有可能會死⋯
吳院長　　當女兒被繼母打到痛不欲生的時候，你又在哪裡？不是袖
　　　　　手旁觀嗎？最後忽視孩子的病情，當作是鬼附身，將她丟
　　　　　到女巫家。
宣海父親　⋯因為她⋯常常胡言亂語⋯
吳院長　　30年以來不聞不問⋯現在才來擺出一副親生父親的模樣，
　　　　　不要來求我，去跟妳女兒下跪吧！

#46　　　沒關係病院，庭院｜白天
　　　　　劉宣海與鋼太坐在涼椅上，宣海捲起袖子，手臂上都是瘀青。

劉宣海　　好痛⋯肚子好痛⋯背也好痛⋯痛到睡不著⋯
鋼太　　　（在鋼太的眼中並沒有瘀青）有跟爸爸⋯求救過嗎？
劉宣海　　（搖頭）他不幫我⋯每天裝作視而不見⋯
鋼太　　　⋯

此刻，宣海父親靠近兩人，鋼太站起身，宣海則是躲在他身後。

宣海父親	宣海…（走近）
鋼太	（轉過並低下身，雙眼直視宣海）要我幫你趕走爸爸，讓他永遠不來找你嗎？
宣海	（哭泣）
鋼太	還是…要讓我保護著你，讓你把想跟爸爸說的話一次表達？
宣海	（看著爸爸，抓緊鋼太的衣角）…保護我。
宣海父親	宣海…
劉宣海	（在鋼太身後）我討厭…爸爸…
宣海父親	（停下）
劉宣海	（哭）當媽媽打我的時候…你都不理我，儘管我一直叫你…你還是頭也不回的走掉，你沒有保護我…比起打我的媽媽，我更討厭假裝不知情的你…
鋼太	…
劉宣海	（像孩子般大哭）我沒有被鬼附身…但你卻把我丟在巫婆奶奶家…！我一直等你…等你來接我回家！我討厭你！！！最討厭你了！！！
宣海父親	（呆愣一陣，後退幾步，羞愧地離開）

鋼太轉過身…宣海（8歲）正嚎啕大哭，鋼太將孩子抱緊，輕拍後背，宣海邊哭邊看著父親離去的身影。

#47　　城堡，文英的房間｜白天
　　　　文英看著相片中的大煥。

鋼太（E）　你有以後不再心痛的自信嗎？即便以後不再有機會對他訴
　　　　　說？
文英　　　…

#48　　載洙的房間｜白天
　　　　載洙坐著…尚泰將素描本攤開…

尚泰　　　煩躁。
載洙　　　啊！好煩…！（煩躁表情）
尚泰　　　（描繪中 Cut to）覺得倒楣。
載洙　　　真是倒楣…（倒楣表情 Cut to）
尚泰　　　生氣。
載洙　　　啊！好生氣！（生氣表情）
尚泰　　　（畫到一半…停止）…都一樣…都長得一樣…
載洙　　　（按摩臉部）我為了要幫哥的作業，臉都要抽筋。
丞梓　　　（進房）插畫家～你找我嗎～
載洙　　　（趕緊收拾）…你也叫了丞梓嗎？
尚泰　　　我下禮拜要交作業…她要我重新學習畫表情…所以我希望
　　　　　藝術總監劉丞梓小姐可以幫我…
載洙　　　（在後面用手勢示意不要幫忙）
丞梓　　　當然沒問題，要怎麼做呢？
尚泰　　　看著我，請擺出…可愛的表情。（拿起筆準備）

丞梓	這樣嗎？（擺出可愛的表情）
載洙	（張大嘴巴）
尚泰	（快速描繪）

#49　沒關係病院，大廳｜夜晚

朱里正要下班，與護理站的值班人員道別。手機響起，來電顯示的是一個令人意外的名字。

| 朱里 | 喂⋯現在嗎？ |

#50　城堡，廚房｜夜晚

啤酒罐清脆的碰撞聲響起，文英與朱里坐在餐桌兩側，餐桌有朱里所買的下酒菜⋯

朱里	（喝著）真沒想到⋯有天會跟你喝酒。
文英	鋼太要值夜班，沒魚蝦也好。（喝一口）
朱里	（面對幼稚的語氣已經不再討厭，感受到文英的心情）感覺⋯你的心情不太好⋯是因為父親嗎⋯
文英	（將手放在嘴邊）國王的耳朵是驢耳朵！！！！
朱里	啊！嚇死我了！！！
文英	（嘻嘻地笑）就是為了這個才叫你來的，讓我不悶出病。
朱里	（放下啤酒）那我⋯今天可不能喝醉。（笑著）
文英	（停頓）⋯朱里。
朱里	怎麼？
文英	如果⋯你的母親是我的媽媽⋯我的父親是你的爸爸⋯會變

成怎麼樣呢？

朱里　我覺得…你應該會被我媽打死，太沒禮貌了。

文英　（噗哧…！開懷大笑）

朱里　（心疼地看著文英，露出笑容…）

#51　**沒關係病院，3樓走廊＋女子病房｜夜晚**
鋼太與星正在巡邏樓層，鋼太站在走廊守著，星則是進入
女子病房確認病患狀態…鋼太在門外留意著宣海的模樣。

#52　**朱里的家，客廳｜夜晚**
順德與相仁吃著玉米看著電視…

相仁　（時常確認手機）

順德　（視線盯著電視）朱里打電話說今天會晚點回來…說要去
　　　喝酒。

相仁　喝酒？！她可不能隨便喝酒…有說跟誰喝嗎？

順德　跟文英一起喝。

相仁　甚麼？！（跳起）她們兩個可不行啊。

順德　（抓著他坐下）放心吧，朋友之間不用太操心。

相仁　（不安…）

順德　（看著電視）以前當我在做餐廳時…朱里第一個帶回來的
　　　朋友，就是文英。

相仁　！

順德　那時候瘦弱的她，竟然可以吃得下一大碗白飯…就像從沒
　　　有好好吃過一頓飯一樣。

相仁	（心疼…）
順德	（看著相仁）文英他們家…應該也有甚麼苦衷吧？
相仁	其實詳情我也不清楚…只知道…當時的她經歷了幼小年齡難以承受的事…
順德	（嘆氣後繼續看著電視…）

#53　沒關係病院，靜養室｜夜晚
朴幸子以擔憂的神情看著大煥的心脈偵測儀…

高大煥	（緩緩睜開眼睛）
朴幸子	有不舒服的地方嗎？需要喝點水嗎…？
高大煥	我…犯了滔天大罪…卻沒有能贖罪的對象…
朴幸子	（坐在一旁，將手握緊）
高大煥	（痛苦地懺悔）我…殺了妻子…
朴幸子	（驚！）…甚麼…殺了誰…？
高大煥	那個女人…即使殺了人…還可以哼歌… （回想起痛苦的回憶，響起熙才的哼歌聲）

#54　過往｜城堡，夫婦的房間｜夜晚
廣播傳來古典音樂（或是鋼琴演奏）的音樂…熙才哼著歌，擦著紅色指甲油。

#55　過往｜城堡，書房｜夜晚
年輕的大煥獨自一人喝著威士忌，略帶苦悶的神情，此時突然頭痛欲裂，他抱著頭悲鳴，傳來醫生宛如宣判死刑的

聲音：「你罹患了膠質母細胞瘤，是惡性腦瘤，生存率相
當低…隨著腦瘤逐漸變大，會伴隨認知障礙或記憶障礙等
併發症出現…」

#56　　城堡，夫婦的房間｜夜晚
　　　　大煥帶著醉意，打開房門，望向邊哼歌邊擦指甲油的妻
　　　　子…

大煥　　（不喜歡歌聲所以將廣播轉至新聞）
熙才　　（不開心）

　　　　新聞開始播報…

新聞（E）昨日晚間八點左右，城津市奧地郡，發現一名 40 多歲的女
　　　　性被凶器刺進頸部，流血致死，警方已著手展開調查，事
　　　　發當時，被害人的兒子也在現場，據悉當事人心理狀態極
　　　　其不穩定，警方表示很難取得確切的目擊證詞。

熙才　　（嘴角上揚地笑著）
大煥　　（突然一陣不祥的預感）…新來的打掃阿姨，今天怎麼沒
　　　　來上班？
熙才　　不會再來了。
大煥　　！
熙才　　（鄙笑）誰叫她那麼不懂得分寸呢…
大煥　　！！

熙才　　　（走出房門）

#57　　　城堡，2樓走廊至階梯至大廳｜夜晚
　　　　　大煥追上前，將熙才大力地推向走廊牆壁。

大煥　　　是你吧！…是你殺了那個女人！！！
熙才　　　（冷靜）別擔心…不會有人知道的…
大煥　　　（氣憤）如果我死的話…文英…我的女兒…也會像你一樣
　　　　　變成怪物…
熙才　　　（淺淺地笑著）
大煥　　　你去死吧…！你這怪物！！！

　　　　　熙才被大煥推到走廊欄杆，因為重心不穩，就這樣跌落至
　　　　　1樓！！！

#58　　　沒關係病院，靜養室｜夜晚

高大煥　　我明明…殺死她了…
朴幸子　　（看著）

#58-1　　沒關係病院，靜養室外走廊｜夜晚
　　　　　正在巡查的鋼太，望向靜養室…看見大煥與幸子。

鋼太　　　…？

#58-2 沒關係病院，靜養室｜夜晚
幸子看著大煥，身後傳來鋼太的敲門聲。

鋼太 　　　（進門）護理長…怎麼了嗎…（？）

朴幸子 　　沒…沒事…

高大煥 　　（對著鋼太伸出手）文英她…

鋼太 　　　！

高大煥 　　文英…都看到了…

鋼太 　　　（…！！靠上前）

高大煥 　　當我殺她母親時…那麼小的她…都看到了…

鋼太 　　　！！！

#59 過往｜城堡，大廳｜夜晚
妻子以不自然的扭曲姿勢倒臥在階梯下，大煥失神地走向
妻子，熙才頭部所滲出的血跡，猶如蝴蝶模樣擴散，大煥
抱著頭聲嘶力竭地吼叫，文英輕輕地將房門打開…透過隙
縫偷看…然後消失。

#60 城堡，地下室｜夜晚
熙才滿頭是血地倒臥在地下室，大煥用沾染鮮血的手將門
鎖起，而文英…站在樓梯上方，看著大煥…

#61 城堡，大廳｜早晨
玄關門被開啟…大煥帶著疲倦與緊張的神情進門，卻看到
坐在樓梯上的文英…

年幼文英	爸爸⋯你去哪裡了呢？
高大煥	（冷汗）我⋯因為睡不著⋯去水庫釣魚。
年幼文英	⋯
	（＃水中一聲噗通！一個大型的行李袋緩緩下沉）
高大煥（E）	文英⋯她都知道⋯

#62　　　　沒關係病院，靜養室｜夜晚

鋼太	（不敢置信⋯！！）
朴幸子	（看不出內心的表情）
鋼太	（握緊拳頭）所以⋯才想連女兒都一起殺死嗎？
高大煥	不⋯我是怕⋯文英也會變得跟那個女人一樣⋯成為怪物⋯我太害怕了⋯
朴幸子	⋯
高大煥	那個孩子⋯沒有罪⋯我才是罪人⋯
鋼太	（想著文英）

#63　　　　沒關係病院，靜養室前走廊｜夜晚
　　　　　　兩人帶著沉重的神情走出靜養室。

朴幸子	即使經歷了這些事情，「高文英作家⋯還是好好長大了呢⋯」（用奇怪的詞彙講著話，拍拍鋼太的肩膀後，走向護理站）
鋼太	⋯

鋼太坐在長椅上沉思。

#64　城堡，餐廳│夜晚
　　文英所喝完的啤酒罐堆疊在一旁…

文英　　我…很怕我媽媽…所以想成為聽話的女兒…因為這樣才不
　　　　會被討厭，那時，沒有人願意來救我…（笑）除了一個
　　　　人…

朱里　　（…預料到那個人是誰…）

文英　　（＃拿個花束站在門外的年幼鋼太，那時正開心地跑下樓
　　　　去找他，但媽媽卻擋在眼前）我想跟他一起逃跑…但媽媽
　　　　卻阻止我…

朱里　　…那爸爸呢？沒有在你身邊嗎？

文英　　（苦笑）當媽媽用她的方法養育我的時候，爸爸只有唯
　　　　一一次，替我做了一件事…就是唸童話書給我聽…

朱里　　童話書…

文英　　…

朱里　　…

文英　　可是朱里…我…永遠無法忘記那一次的記憶…

　　　　文英將心中長期壓抑的真實情感袒露…即使悲傷但也努力
　　　　強忍著，朱里看在眼裡感到相當心疼…

#65　城堡，書房│早晨
　　結束晚班回家的鋼太，望見在書房睡著的文英…鋼太替她

蓋上毛毯，並深情地看著她⋯此時響起大煥心跳停止的警告聲⋯F.O

#66　　墓園｜白天

F.I. 鋼太穿著西裝，與尚泰、文英站在大煥的遺像前。

文英　　（不發一語地看著大煥⋯）

鋼太　　（望向文英）

尚泰　　（轉頭望向文英）

文英　　不要再看我了。

尚泰　　（想要觀察表情⋯）現在是悲傷的表情嗎？

文英　　是漂亮的表情。

鋼太　　（望向文英）

尚泰　　悲傷不是可恥的事情。

文英　　我不悲傷。

尚泰　　看起來明明就是悲傷。

鋼太　　哥⋯（示意別再說）

尚泰　　（咬嘴唇）明明就⋯

鋼太　　要走了嗎⋯？

三個人逐漸離去。

文英（E）　我餓了。

鋼太（E）　要吃甚麼？

尚泰（E）　炒碼麵！

文英（E）　　不要，我要吃鋼太做的醃鵪鶉蛋。

鋼太（E）　　那個⋯其實是順德阿姨醃製的。

尚泰（E）　　阿姨做的鵪鶉蛋真的很好吃，鋼太很會煮湯，但一點都不會做小菜。

一行人走著，此時文英獨自回過頭，凝望著大煥的相片許久。

過往｜城堡，書房
年幼的文英坐在大煥的腿上，聽著父親朗讀童話[17]。

年輕大煥　　（讀著《睡美人》）在森林深處的城堡⋯誕生一位美麗的公主，深愛公主的國王⋯為了紀念公主誕生而舉辦慶典，並邀請 12 位魔法師前來⋯

年幼文英　　（專心傾聽著父親的朗讀聲）那我也是公主嗎？因為也住在森林裡？

年輕大煥　　（疼愛的笑容）當然～為了我的小公主，爸爸可是建造了這座城堡紀念你誕生～

年幼文英　　（雀躍笑著）

年輕大煥　　（溫柔地抱著女兒，輕撫她的秀髮⋯再次朗誦）

文英靜靜看著大煥的遺照，陷入回憶⋯身後傳來鋼太的呼喊：「文英⋯」轉過頭去，鋼太對她露出微笑，並伸出手

---

17 文英難以忘懷的回憶。

等待著，文英跑向鋼太⋯與大煥道別。

#67　　朱里的家，客廳｜白天
　　　　眾人穿著黑色為主的喪服，齊聚一堂⋯

載洙　病痛了好幾十年，如今能夠解脫，應該算是喜喪吧？

順德　（端上水果）這個世界哪有甚麼喜喪，所有的死亡都是悲傷的。

相仁　但值得慶幸的是⋯文英身邊還有兩兄弟的陪伴，讓我比較放心些⋯

丞梓　就是說⋯比之前代表每次用蜂蜜水的時候好多了。

相仁　（瞪！）

載洙　（將一塊水果塞進丞梓的嘴裡）水果⋯真甜呢⋯

順德　看來醫院會陷入一陣子的低迷了⋯

朱里　畢竟是入院最久的患者過世⋯大家想必都需要時間接受⋯

順德　（接起電話）喂，鋼太嗎，沒問題，過來拿吧。

#68　　沒關係病院，庭院（或休息室）｜白天
　　　　簡畢翁、朱正泰、吳車勇坐在花圃附近。

簡畢翁　果然失去了才知道要珍惜，現在醫院變得空蕩蕩的⋯

吳車勇　院長出差，護理長因為悲傷要休息幾天，所以我，我現在真的，好～開～心～！！（手舞足蹈離開）

朱正泰　（看著背影）我覺得⋯他才是應該要住院的人吧？

簡畢翁　別輕易斷定別人，他也是有傷痛的人吧⋯

朱正泰	他也有不為人知的苦衷嗎？
簡畢翁	就連剛出生的嬰兒也是有原因才哭的…你說呢…

#69　朱里的家｜廚房｜白天

順德將鵪鶉蛋與其他許多小菜裝進盒子內，一旁站著鋼太。

鋼太	（小聲）鵪鶉蛋…可以多一些嗎…
順德	（舀多一些）雖然在今天這樣的日子開玩笑不太妥當…但你真像為了讓老公開心而回來娘家討東西的討人厭女兒。
鋼太	（被逗樂）
順德	（輕輕）你…還好嗎？
鋼太	我嗎？
順德	不知道為什麼，看到你總是想關心你好不好。
鋼太	（思考）…沒事的…會好起來的，雖然時常懷疑自己，這樣努力的追求幸福，真的能被允許嗎…對媽媽也時常感到抱歉…
順德	（整理盒子）又是在講甚麼狗屁不通的話？因為對父母感到抱歉而放棄追尋幸福的子女才是真正的不孝。
鋼太	…
順德	當作是在盡孝道，以後要更幸福的活著，拿去！
鋼太	（微濕的眼眶）…謝謝，會好好享用的。

#70　城堡，書房｜白天

三人所拍的全家福相片高掛在牆，文英靜靜地看著…鋼太走上前。

鋼太	來吃飯吧，我拿了些小菜來。
文英	相片拍得不錯吧。
鋼太	我也很喜歡。
文英	要不要⋯把這間房子賣了？
鋼太	為什麼⋯？
文英	沒甚麼，只是想重新開始。
鋼太	不錯呀。
文英	把房子賣掉後，讓李代表再成立一間出版社，剩下的錢我們可以買露營車，尚泰哥只要在壁畫上畫上蝴蝶後就大功告成，你也可以辭去醫院的工作，我們三個人就可以漫無目的地到處旅行。
鋼太	（就像是夢想中的未來，在幸福的同時又略帶心痛⋯）就照你說的做吧。
文英	（再次望向相片）
鋼太	（開玩笑）那既然要花錢的話，要不要也買幾套西裝給我，再去賽倫蓋提旅行，然後住高級套房，不能就這樣養我一輩子嗎？
文英	（笑）你真不適合當牛郎，（面向鋼太）你認真地告訴我⋯
鋼太	甚麼。
文英	你真的想要做的事情是甚麼，文鋼太的未來志願！
鋼太	嗯⋯（想一想，覺得難以說出口）算了⋯
文英	甚麼算了，是沒有還是說不出口？
鋼太	（害羞）⋯想⋯上學，夜間部也沒關係。
文英	（⋯！）上學⋯（思考片刻後）不可以！

鋼太	為什麼不行？
文英	一定有很多女生覬覦你，要跟你做校園情侶，你還是上空中大學好了。
鋼太	（噗…！）那你為甚麼成為童話作家？
文英	我…？因為我比誰都清楚童話世界的模樣，我住在爸爸所建造的城堡，就像真正的公主般，童話裡的公主…都活得很辛苦，只有結局是幸福美滿，真不公平。
鋼太	（握緊手）只要是美好的結局就好了。

兩個人站在全家福相片前，對望著彼此，露出幸福的微笑。

#71　沒關係病院，玻璃門至大廳｜（隔天）早晨
鋼太、文英、尚泰…走進醫院。

尚泰	我今天一定要畫蝴蝶，一定可以做到。
鋼太	真期待呢。
文英	等我上課結束後，再一起回家吧。

三人走向大廳的壁畫，但那裡卻聚集許多人…？？三人也靠上前。

簡畢翁	（興奮地看向尚泰）尚泰！看來你真的找到那扇門了？！恭喜你！！
尚泰	門…？！

在人群面前的壁畫…三人的視線逐漸往上…有一隻三對翅膀的蝴蝶出現在畫的一角！！！！

鋼太	！！！！！
尚泰	！！！！！
文英	！！！！！
尚泰	那，那，那個，那個不是我畫的，那個是…殺死我媽媽…那個阿姨胸前所別的…蝴蝶…就是那隻蝴蝶！（身體開始顫抖）
文英	（臉色逐漸蒼白）
鋼太	（看向文英，雙腿失去力氣）
文英	（該不會）那…蝴蝶…

 # 城堡，文英的房間｜過往

母親（熙才）坐在梳妝台前，佩戴首飾並唸唸有詞。

母親	蝴蝶在古希臘文中…稱為賽姬，你知道代表甚麼涵義嗎…？（拿出抽屜裡，擁有三對翅膀的蝴蝶胸針）代表精神病！（大笑）這可是世界上唯一的蝴蝶，媽媽漂亮嗎？
尚泰	（陷入混亂）為什麼，為什麼那隻蝴蝶會在那裡？他殺死我媽媽了！
文英	（看著尚泰，露出痛苦的表情）不…怎麼會…
鋼太	（慌張）文英…文英…
文英	不會的…不可能…

| 尚泰 | 那不是我畫的，快點擦掉，快點！！！ |
| 簡畢翁 | 那⋯會是誰畫的呢？ |

 # 濱海道路＋行駛的車｜早晨

一名女人擦上鮮紅色指甲油，穿著華麗的衣服，胸前佩戴
的那支三雙翅膀的蝴蝶胸針，嘴上塗抹鮮紅的唇膏，並輕
輕哼唱《我親愛的克萊門汀》⋯她是朴幸子！！臉上露出
從未見過的冷血笑容⋯

文英	不⋯（看著鋼太）不是吧⋯不會的吧？
鋼太	（抓緊文英）文英⋯拜託你⋯
文英	（留下淚水，渾身顫抖）告訴我不是真的⋯
鋼太	（無法說出口，只能悲痛地流下淚水）拜託你⋯
文英	告訴我不是真的！！！！！
鋼太	（多希望你從不知道⋯但現在連這樣微小的心願也被抹滅）

蝴蝶使所有人陷入混亂的漩渦，更深深折磨著鋼太與文英
才剛迎來的幸福。

14

手，琵琶魚

#1   沒關係病院，玻璃門至大廳｜早晨

         鋼太、文英、尚泰走進醫院

尚泰   我今天一定要畫蝴蝶，一定可以做到的。

鋼太   真期待呢。

文英   等我上課結束後，再一起回家吧。

       三人走向大廳的壁畫，但那裡卻聚集許多人…？？三人也
       靠上前。

簡畢翁   （興奮地看向尚泰）尚泰！看來你真的找到那扇門了？！
         恭喜你！！

尚泰   門…？！

在人群面前的壁畫…三人的視線逐漸往上…有一隻三雙翅膀的蝴蝶出現在畫的一角！！！！

鋼太	！！！！！
尚泰	！！！！！
文英	！！！！！
尚泰	那，那，那個，那個不是我畫的，那個是…殺死我媽媽…那個阿姨胸前所別的…蝴蝶…就是那隻蝴蝶！（身體開始顫抖）
文英	（臉色逐漸蒼白）
鋼太	（看向文英，雙腿失去力氣）
文英	（該不會）那…蝴蝶…

#城堡，文英的房間｜過往
母親（熙才）坐在梳妝台前，佩戴首飾並說。

母親	蝴蝶在古希臘文中…稱為賽姬，你知道代表甚麼涵義嗎…？（拿出抽屜裡，擁有三雙翅膀的蝴蝶胸針）代表精神病！（大笑）這可是世界上唯一的蝴蝶，媽媽漂亮嗎？
尚泰	（陷入混亂）為什麼，為什麼那隻蝴蝶會在那裡？他殺死我媽媽了！
文英	（看著尚泰，露出痛苦的表情）不…怎麼會…
鋼太	（慌張）文英…文英…
文英	不會的…不可能…

尚泰	那不是我畫的，快點擦掉，快點！！！

文英失了神般地走下階梯…鋼太急著追上前，抓住她的手臂。

文英	（看著鋼太）不是吧…不會的吧？
鋼太	（抓緊文英）文英…拜託你…
文英	（留下淚水，渾身顫抖）告訴我不是真的…
鋼太	（無法說出口，只能悲痛地流下淚水）拜託你…
文英	告訴我不是真的！！！！！

站在階梯上的人們紛紛轉頭望向兩人，文英無法接受難以置信的事實奔跑出去，鋼太追在後頭。

#2　　　沒關係病院，庭院｜早晨
文英痛苦萬分地跑出醫院，鋼太再次追上她。

鋼太	高文英！
文英	放手…
鋼太	（抓著肩膀）拜託你…先聽我說…
文英	（失神）三雙翅膀…
鋼太	…！
文英	…那個突變種的蝴蝶…世界絕無僅有的…（看著鋼太）…媽媽親自設計的胸針…
鋼太	（絕無僅有的蝴蝶…）

文英	可是那隻蝴蝶…為什麼在尚泰哥的壁畫上呢…？（陷入混亂）
鋼太	（握緊文英的手）不是的…不是你所想的那樣…
文英	那我剛剛問你的時候…你就要說不是啊。（將手甩掉）
鋼太	…！！
文英	（冰冷）我不會逃跑，所以也不要追過來了，我需要時間靜一靜。（轉身）
鋼太	（打算跟上）
文英	之後再說吧…（不回過頭離去）
鋼太	（無法再伸出手抓住她，心痛地看著）

#3　**沒關係病院，停車場｜白天**
文英一上車後，將頭靠在方向盤上許久…當再次抬起頭時，帶著泛紅的眼眶…與顫抖的手…

#4　**沒關係病院，庭院｜白天**
鋼太站在原地與相仁通話。

鋼太	代表，可以麻煩你現在去找文英嗎，詳細的情況稍後見面時再跟你解釋，拜託你了。

#5　**沒關係病院，員工餐廳｜白天**
鋼太一進門就望見順德在門口等他…

順德	他又躲到流理檯下面了，發生甚麼事了嗎？

鋼太	（沒有過多的回應，跑進廚房）

#6　沒關係病院，廚房｜白天
尚泰將身子蜷曲在流理檯下，不安地看著外頭並不斷自言自語。

尚泰	蝴蝶媽媽跟小蝴蝶為什麼會出現在那裡，為什麼會在我的畫裡面？是誰畫的⋯不可以⋯不可以⋯不行⋯（抱住頭）
鋼太	哥⋯（蹲坐在流理檯旁）趕快出來吧。（伸出手）
尚泰	殺死媽媽的蝴蝶追過來了⋯他來找我了⋯他來這裡了⋯[18]
鋼太	（安撫）那個蝴蝶⋯不是媽媽蝴蝶跟小蝴蝶，只是突變種的三雙翅膀蝴蝶。
尚泰	突變種？
鋼太	雖然是突變種，但還是蠻普遍的，我也有在花園看過幾次。
尚泰	我⋯沒有看過。
鋼太	因為哥哥之前害怕，所以沒有仔細觀察過，因為那是很特別的蝴蝶⋯大概是誰替哥哥畫上去的吧⋯
尚泰	為什麼要擅自畫在人家的圖畫上呢？真是沒禮貌。
鋼太	就是說啊，我會找出罪魁禍首，好好教訓他的！（笑著伸出手）趕緊出來吧。
尚泰	（握緊弟弟的手）
鋼太	（看著哥哥，冷靜地說）哥⋯我們約定好了對不對？如果蝴蝶出現，也不會逃跑。

---

18 未到發作程度，僅是恐懼。

尚泰	對，約定好了，約定不是擤過鼻涕的衛生紙，我不會再逃跑的。
鋼太	（笑著）我的哥哥真是勇敢。

順德走進廚房。

順德	文尚泰，因為你的緣故，弟弟都沒辦法好好工作，我也不能準備午餐，真是添了很多麻煩～（對著鋼太示意）
尚泰	真的很抱歉！（鞠躬）
鋼太	今天…我哥是否可以…
順德	（明白鋼太的意思）道歉就夠了嗎？（圍上圍裙）你今天待在我旁邊幫忙吧。（揮手叫鋼太出去）
鋼太	（走出）
尚泰	會付給我打工費嗎？會有多少？
順德	看你做多少再給你。（擔心地看著鋼太）

#7　　　沒關係病院，大廳｜白天

出差回來的吳院長提著公事包走進大廳，看見壁畫前聚集的患者們，吳院長走上前…看見蝴蝶的圖案…！！

吳院長	…
簡畢翁	這個好像不是尚泰畫的。
朱正泰	他一直說著要擦掉，所以我們打算幫他復原。
吳院長	好…那就幫他擦去吧…（尷尬地笑著，趕緊走上階梯）

　　　　沒關係病院，院長室｜白天

　　　　吳院長將外衣脫下…鋼太在敲門後進入。

吳院長　　（開門見山）我看到了…那隻蝴蝶，看來有人趁我出差時
　　　　來作亂…來確認看看是誰吧。（打開電腦裡的監視器畫面
　　　　檔案）

鋼太　　　（在院長旁一同確認）

　　　　院長點擊壁畫附近的監視器畫面，大約凌晨左右的時段，
　　　　畫面中有名女子看著壁畫許久，然後拿起畫筆慢慢地畫上
　　　　三對翅膀的蝴蝶，放大畫面仔細看…竟然是完全像另外一
　　　　個人的朴幸子，她還轉過頭對監視器露出微笑。

吳院長　　！！！！（不可置信）

鋼太　　　！！！！（瞪大雙眼）

吳院長　　！！！護理長…怎麼會…（看著鋼太）

鋼太　　　（想起與幸子互動的每個畫面）

　　　　#INS-7 集 40 幕：「有空的話，可以翻閱高文英老師的童
　　　　話書」「那不是我喜歡的類型，我喜歡殘忍的恐怖類型」

　　　　#INS-10 集 67 幕：「喜歡…媽媽嗎？多利媽媽，我給你哥
　　　　的禮物…多虧如此，我跟他親近許多～」

　　　　#INS-9 集 67 幕：「三個人搭露營車去玩嗎？」

　　　　#INS-13 集 62 幕：大煥在靜養室裡講著人生最後的懺悔…
　　　　當時幸子的表情…

#INS-13 集 63 幕:「即使經歷了那樣的事情…高文英作家還是…好好地長大了呢…」講了奇怪的話後,拍拍肩膀離去…!!

鋼太一一想起這段時間以來,與幸子的互動和對話…心中的憤怒與被侮辱感湧上,他緊盯著監視器畫面裡的幸子…

#9 城堡,地下室入口｜白天
地下室的門被開啟,裡頭傳來翻箱倒櫃的聲音。

#10 城堡,地下室｜白天
文英瘋狂地翻找著母親的抽屜,嘴上不斷唸著「胸針…胸針呢…」即便翻遍各個角落,也不見蝴蝶胸針的蹤影…!!

文英 (絕望)…到底在哪裡…明明在這裡的…!

無論如何翻找,還是找不到胸針…文英急促地喘著氣,若有所思。

媽媽…真的是怪物嗎…?
#INS-4 集 47 幕:「去死!去死吧,你這個怪物…」朝向自己衝來的父親…
#INS-7 集 64 幕:「你也…會變得跟你媽媽一樣」深信不移的父親…
#INS-11 集 21 幕:「我的媽媽是被殺害的…」鋼太的坦

白…

#INS-13 集 71 幕：「那裡為什麼有蝴蝶？那是殺害我媽媽的蝴蝶」害怕的尚泰如此說著。

文英　　（他們的話語在腦中盤旋）是媽媽她…

#INS-4 集 24 幕：熙才溫柔地幫她梳頭…「女兒，我愛你…」

文英　　（失去靈魂）媽媽…真的是…怪物…

文英雙腿癱軟地坐在地上，並看見一旁熙才的畫像…想起自己的血液也留著怪物的血…被絕望與恐懼包圍。

#11　　沒關係病院，院長室｜白天
　　　　鋼太與吳院長坐在沙發上，因衝擊的事實讓兩人陷入沉默…

吳院長　（無法接受）怎麼會…

鋼太　　（因憤怒與自責握緊拳頭）

吳院長　（看著鋼太）我真的對不起你…沒有臉面對你…真的很抱歉…

鋼太　　她就這樣在我身邊，我也不自知…（甚至…）還把哥哥讓那個女人照顧…（咬牙切齒）甚至還…跟她說謝謝…

吳院長　（深感自責）這一切都是我的責任…你不要自責了，現在

我們知道了都熙才的真面目⋯再來就是要找到她。

鋼太　　　（憤怒）

吳院長　　我會先報警處理，你這幾天先別來醫院，陪在哥哥和高作家的身邊吧。

鋼太　　　⋯

吳院長　　（越想越難以置信）但⋯這四周都是監視器⋯她究竟是⋯怎麼偽裝到現在的呢？

鋼太　　　（皺眉）

#12　　　**濱海道路｜白天**
　　　　　熙才將車子停下，看著海露出微笑。[19]

都熙才　　（沉浸在回憶）⋯本來挺有趣的⋯

 # 沒關係病院，靜養室｜大煥死亡當天凌晨
#13 集 62 幕接續
逼—逼—大煥的脈搏出現不穩，幸子趕緊開門進來查看。

朴幸子　　高大煥先生！（確認脈搏儀器）

高大煥　　（喘不過氣）

朴幸子　　（覺得惋惜⋯握著大煥的手）

高大煥　　我⋯已經⋯沒有遺憾了⋯

朴幸子　　（⋯）沒有⋯遺憾？（表情瞬間轉為冷酷，緊緊抓住大煥

----

19 以下的朴幸子皆為都熙才。

的手！）

高大煥　…！！（恐懼地看著）

朴幸子　（緩慢）這樣可不行，就這樣把我殺死，然後說自己沒有遺憾的話，不行吧，老公。

高大煥　！！！（瞳孔放大，呼吸急促）你…

朴幸子　（奸笑，摸著大煥的臉龐）你知道我為什麼讓你活這麼久嗎…？就是為了讓你好～好的受折磨，然後悽慘地死去（在耳邊細語）真～是太有趣了…哈哈哈…

高大煥　（呼…呼…無法喘過氣）

朴幸子　我忍得好辛苦，這裡四處都是監視器，而且吳智往又跟老狐狸一樣奸詐，我可是藏得很辛苦呢。（呵呵…）

高大煥　不行…不准你動…文…文英…

朴幸子　我們可愛的寶貝女兒…真是長大了…你都不知道，我在她旁邊可是費了多大的心思。

#12-1　鳴盛醫院，監護室（第一集）
　　　　一名穿著護理師的女人出現在監視器畫面中，看著躺在病床的承哲，那個女人就是朴幸子！

朴幸子　聽說你想死…那讓我來幫你吧…

　　　　將手帕包起的刀子（文英的刀）偷偷放進承哲的衣袖內…

朴幸子　證明你…不是膽小鬼吧…（冰冷地笑著）

朴幸子 我這樣辛辛苦苦地養大她，但她最近（眼神突變）真是讓我不滿意。

高太煥 （呼…呼…）

朴幸子 你知道若要讓子女聽父母的話，應當要怎麼做嗎？（湊上耳邊）在子女最幸福的時候，將那份幸福奪走，這樣就會乖乖聽話了。

高大煥 （拼命想抓住幸子的衣袖）不行…不可以…

朴幸子 （輕輕地揮開大煥的手）一路好走～（離去）

高大煥 不可以…！！

＃回到現在

哈哈哈…回想起丈夫臨死前的模樣，讓熙才臉上露出冷酷的微笑。

#13 城堡，大廳｜白天

相仁心急地跑進城堡「文英！文英…！！」快速地跑上階梯。

#14 城堡，文英的房間｜白天

「文英…！」相仁衝進房間…！

文英 （在梳妝台前梳著頭髮）怎麼了…

相仁 （慌張）甚麼？就…來關心一下你的狀況。

文英	（冷靜地梳著頭）本來就沒好過，為了問這個特地跑來嗎？
相仁	（看起來似乎與平常相同）也不是…順便也關心一下你寫作的情況，檢查一下。
文英	（站起身）我有寄原稿過去了，早上的時候。
相仁	這樣子嗎…？這麼快速不愧是高作家，如何？這次的故事？精彩吧？
文英	（笑著）哪一次不精彩了？
相仁	（…）就是說啊。
文英	回去吧，我昨天趕稿沒有睡好覺，我要休息了。（坐在床上）
相仁	好…那…辛苦了，我先走了。（離去後關上門）
文英	（瞬間收起表情）

#15　城堡＋相仁的車子內｜白天
相仁坐在駕駛座，與鋼太通電話。

相仁	（皺眉）非～常的不好，她從沒有對我笑過，剛剛竟然對我笑了…害我雞皮疙瘩都起來…（抖動身軀）

#16　沒關係病院，庭院＋相仁車內｜白天
揹起包包的鋼太與相仁通話中

鋼太	好的，我現在趕過去。
相仁	我在這裡等你，來了之後趕緊告訴我發生甚麼事。

鋼太	好的…（掛上電話，長嘆一口氣）
尚泰（E）	鋼太。
鋼太	（轉頭，哥哥跑向自己）
尚泰	（炫耀）我打工賺了三萬元…來，給你零用錢，你一萬，文英一萬…
鋼太	哥你留著吧。
尚泰	不喜歡零用錢嗎？
鋼太	哥…你可以先待在朱里家幾天嗎？我先載你過去。
尚泰	我一個人嗎？…為什麼？
鋼太	（面有難色）
尚泰	你們吵架了嗎？跟文英吵架了嗎？
鋼太	我做錯事，她很生氣，我要去跟她道歉。
尚泰	哥不是說過不可以吵架，親親比吵架好，我有沒有說過？
鋼太	（停頓）…和好我會再打給你，走吧…（和哥哥一同走向停車場）

尚泰一邊走著，一邊說：「你要誠心誠意地跟文英認錯，知道嗎？」鋼太只是默默點頭…

#17　　沒關係病院，大廳護理站｜白天
　　　　朱里、星、吳車勇、權敏錫三個人喝著三合一咖啡。

朱里	（尋找監視器畫面…）蝴蝶究竟是誰畫的呢…
權敏錫	護理長休假到甚麼時候呢？
吳車勇	我希望她永遠不要來了。

星	休 5 天，大概因為高大煥患者的事…需要冷靜一下吧。
朱里	（自言自語）真奇怪？為什麼大廳樓梯側的監視器畫面都不見了呢？
吳院長	（拿出 USB）我要將這些檔案交出去，所以另外儲存了。
朱里	要交到哪裡呢？
吳院長	反正就是如此，南護理師…可以跟我過來一下嗎？（離去）
朱里	好的…（跟上前）

#18　　沒關係病院，治療室｜白天

吳院長與朱里相視而立。

朱里	甚麼？！！遞辭呈？怎麼會呢？護理長有哪裡不舒服嗎？
吳院長	有甚麼理由以後就會知道了…雖然你會比較辛苦，但這段期間護理方面的事務就會交由最資深的你負責，多注意病患情況，別讓他們有太多的混亂…
朱里	（依然震驚）好…我明白了。
吳院長	那…辛苦了…（拍拍肩膀正要離去）
朱里	（看著院長不曾有過的神情）院長。
吳院長	…嗯？
朱里	如果…有甚麼不如意的事情…有時間不妨可以跟我媽喝點藥酒，像以前那樣…請不要悶在心裡。
吳院長	（苦澀地笑）好，之後失業的時候，一定會喝個痛快的…（出去）
朱里	失業…？難不成要退休了嗎…？（有些心疼）

#19	城堡前＋相仁車內｜白天

相仁盯著城堡看…不久後，鋼太的車駛進，相仁走出車外。

#20	城堡前｜白天

相仁搓揉著臉龐，已經聽完事情原委。

相仁	怎麼可能…怎麼可能有這種孽緣呢…（望向鋼太）
鋼太	這是…孽緣嗎？
相仁	當然是孽緣啊…（看著鋼太的表情）你該不會知道這些後，也依然要跟文英走下去吧？
鋼太	（堅信）對。
相仁	（…！！）
鋼太	文英…對我來說就是高文英而已，不是都熙才的女兒。（堅定無比的眼神）

#21	城堡，階梯｜白天

文英赤著腳走下樓梯…走向地下室。

#22	城堡前｜白天

相仁	都熙才作家…誕生於優秀的醫學世家，但不知道出於甚麼原因…在醫學院三年級的時候突然退學，拿起了筆寫作而放棄手術刀…
鋼太	（第一次聽到關於都熙才的故事…）

相仁	而在結婚後更是與娘家斷了聯繫…就關在這座城堡裡專心寫作…我跟在文英身旁 10 年的時間，卻也知道這些而已。
鋼太	…
相仁	而那些出版業者們根本甚麼都不知道…還每天來煩文英。
鋼太	…？
相仁	他們來向文英要都熙才所寫的《西方魔女謀殺案》最終冊原稿…這些被狗啃了良心的人…
鋼太	那麼，那份原稿呢…
相仁	沒有人知道它的去向，就跟都熙才一起消失了。
鋼太	（沉思）

#23　城堡，文英的房間｜白天

鋼太打開房門，不見文英身影…帶著不安轉往他處。

#24　城堡，地下室階梯｜白天

因為文英曾經的警告…鋼太在走廊上停下腳步，但還是走上前。

#25　城堡，地下室｜白天

鋼太走進陰森漆黑的地下室，看到文英站在全家福相片前。

鋼太	（安靜地靠上前）…高文英。
文英	（不動）真的是我媽媽…殺了…（強忍苦痛）你媽媽嗎？
鋼太	…

文英	（心如刀割）一輩子折磨著尚泰哥…把你的人生弄得一塌糊塗的蝴蝶…就是我媽媽嗎？（看著鋼太）
鋼太	（躊躇）
文英	是我錯了對吧？不可能吧？
鋼太	（只能心疼地看著）
文英	（從鋼太的沉默與表情得到答案）
鋼太	（走上前）
文英	（冰冷）甚麼時候知道的？
鋼太	…不久前。
文英	（聲嘶力竭）很好玩嗎？玩弄恨之入骨的女人的女兒，很開心嗎？
鋼太	（痛苦萬分）…
文英	老實說吧，你不是想殺死我媽媽嗎？
鋼太	…
文英	所以現在也想殺死弒母兇手的女兒吧！！（將全家福相片砸碎）
鋼太	高文英！！（緊緊抓住她，眼神交錯）
文英	趕快報仇啊，現在就是你的機會。
鋼太	（抓緊文英的雙肩）你聽好了，你跟你媽媽不一樣，我到死也不會離開你。
文英	（煎熬）
鋼太	對我而言…你就是我從小所喜歡的人…就是高文英而已。
文英	（拜託你…不要這樣…！）
鋼太	（看著文英）
文英	（冷笑）…偽善者。

鋼太	！！
文英	（推開他走上樓梯）

鋼太獨自一人呆站在原地，看著地上碎成一片的全家福相
片裡的…都熙才與年幼文英。

#26　**城堡，文英的房間｜白天**
文英將房門關上，靠著門癱坐在地，像個小孩般大哭。

#27　**沒關係病院，院長室｜白天**
順德敲門後進入（便服）吳院長無力地縮在沙發一角。

吳院長	怎麼來了？
順德	朱里叫我來關心一下你，說你看起來有心事。（坐下）
吳院長	不愧是資深的精神科護理師…（笑）
順德	怎麼了，真的要退休了嗎？
吳院長	再過不久，就要半自願性離職了吧…被最信任的人從背後捅了一刀，現在真的不知道該怎麼做了…（苦澀地笑）
順德	不是天天嚷嚷著不知該怎麼辦，結果還不是發展得很好…到底怎麼了？
吳院長	（自責）我太自以為是了，無論是對高文英作家或是尚泰，當初以為是對他們好的處方箋，結果卻變成了致命的武器…（長嘆一口氣）順德，我該怎麼做呢，對這些孩子真心的感到愧歉…我這輩子都白活了嗎？（自責地笑）
順德	難道大人就不會犯錯嗎…人註定要跌跌撞撞走過一輩子，

而且做為醫生就一定能救活世人嗎？難不成是耶穌嗎？

吳院長　（聽了聽心情好些）

順德　有關係也沒關係！（看著口號）不是寫在那裡嗎。

吳院長　順德…還是你要當下一任院長？

順德　真是受不了…（起身）

#28　　頂樓｜白天
　　　　載洙在房間裡走來走去，不停撥打電話，卻無人接聽。

載洙　這隻白狐狸又不接我電話。

尚泰　（小桌子上擺放泡麵）載洙趕快來吃。

載洙　（坐下）哥，真的是因為高文英生氣所以要你回來住幾天
　　　嗎？我怎麼覺得事有蹊蹺呢？

尚泰　（分著泡麵裡的雞蛋）半熟蛋是你的…全熟蛋是我的…

載洙　（開始想像）我覺得，他們兩個是不是…趁你不在的時
　　　候…做一些偷雞摸狗的事情…會嗎？會嗎？

尚泰　載洙。

載洙　對吧？哥也是這麼想的吧？

尚泰　悲傷，悲傷的表情。

載洙　甚麼？

尚泰　文英的臉上…（# 早上文英在大廳裡默唸的表情）非常…
　　　悲傷…

載洙　悲傷？？？

尚泰　（思考）為甚麼呢…？為什麼會有那種表情呢…？

#29   城堡，文英的房間｜白天
　　　　　　文英帶著蒼白的臉孔坐在門板旁，回想起鋼太在知道一切
　　　　　　後的行為…

　　　　　　#INS-13 集 10 幕：「應該還來得及吧？」穿著西裝趕來，
　　　　　　一同開心笑著，拍攝全家福相片的模樣。

文英　　　　（他究竟是用甚麼樣的心情拍攝相片的呢，想到此處心痛
　　　　　　萬分）嗚嗚…

　　　　　　#INS-13 集 17 幕：「賭上性命，守護家人，其實是件挺帥
　　　　　　氣的事情」「我到死也不會放棄，一定會守護你…」

文英　　　　我怎麼能…怎麼能夠做為你的家人…我怎麼能…

　　　　　　#INS-13 集 21 幕：「倘若蝴蝶真的出現，絕對不要殺他…
　　　　　　千萬不要。」

　　　　　　文英帶著對於鋼太的憐憫與深深的自責，痛哭失聲…

#30   城堡，文英房外｜白天
　　　　　　鋼太站在文英的房門外。

鋼太　　　　…

雖然想衝進去，將她擁入懷裡⋯但卻甚麼也做不了，只能守在門外，聽著文英虛弱的哭聲。

鋼太　別哭了⋯文英⋯（眼角也流下淚水）

兩人隔著門板，就像緊緊被細綁住的蔓緣，心猶如刀割般疼痛。

#31　**朱里的家，客廳｜夜晚**
　　　朱里、順德、丞梓坐在一塊，一同包著飯糰，相仁進門。

順德　回來了啊，今天就簡單吃個飯糰吧。

相仁　飯糰好啊～（趕緊坐下，看著一旁堆疊的飯糰）可是請問是要去分送飯糰嗎，怎麼這麼多⋯（吃著）

順德　這樣多做一些，可以冰在冷凍庫，肚子餓了就可以微波來吃。

丞梓　明天要送一些去高文英作家那裡。

相仁　（！）那裡，為什麼⋯？

順德　尚泰要回來家裡住幾天，就很明顯了吧？鋼太跟文英之間一定有甚麼事情發生，這樣的他們有可能記得吃飯嗎？

相仁　⋯！

順德　雖然不知道事情原委，但心裡痛苦的時候，能支撐下去的不是靠意志力，而是體力。

相仁　（鼻酸）阿姨，我真的太敬佩您了！（鞠躬）

丞梓　為什麼這樣。

朱里	（看著相仁笑了）
順德	不管你是要笑還是要哭（偷瞄朱里）還是要告白，選一個就好。（邊笑邊捏飯糰）
相仁	（哭著吃飯糰）
朱里	（替相仁倒一杯水）吃飽後…可以跟你聊一下嗎…
相仁	（瞪大雙眼）啊…好的…

#32　　**朱里的房間｜夜晚**
　　　朱里正擦著化妝水、乳液…傳來敲門聲。

朱里	（趕緊塗抹）
相仁	（開門）現在方便嗎？
朱里	請坐…（讓相仁坐在椅子上，自己坐在床上）
相仁	（將手放在胸膛）真緊張…要跟我說甚麼嗎…？
朱里	（問道）真的還好嗎？
相仁	甚麼？
朱里	早上她來醫院後…馬上就回家了，覺得有些奇怪…打電話也不接，讓人有點擔心…想說問你，知不知道發生甚麼事了…
相仁	（變表情）這不是朱里應該要擔心的事情…
朱里	怎麼可能不擔心呢。
相仁	請不要再這樣子了。（嚴肅）
朱里	甚麼？
相仁	還要關心文鋼太到甚麼時候呢？雖然我也擔心他，也感到心疼，但是…

朱里	我是說…文英。
相仁	！！！！
朱里	我擔心她…是不是發生甚麼事了…
相仁	（呆愣一陣，豁出去）我很喜歡！（你）
朱里	（…）我也…很喜歡…文英。
相仁	（欸！）哈哈哈…真棒…兩位的友情…那我就…先出去了…（丟臉地逃跑）

原只想作弄相仁一下，結果他的反應讓朱里不自覺笑了出聲，過了一陣後…朱里拿起手機在對話框打上「怎麼了嗎？無聊的話可以打給我」，左思右想後，把最後一句刪掉後…送出了第一次的訊息！

#33　城堡，文英的房間｜夜晚
文英依然坐在門前…手機傳來朱里的訊息，但她卻沒有餘力起身察看…

鋼太（E）	我也…很痛苦…像你一樣…

#34　城堡，二樓走廊｜夜晚
鋼太靠在門前，傾吐內心。

鋼太	無法相信眼前事實進而否定…這種事情怎麼會發生在自己身上…不停地埋怨自己…
文英	…

鋼太	可是…那又有甚麼用…只要你看著我笑…我就能忘記一切…無論是蝴蝶…還是我媽媽…我的眼中只有你…
文英	（流下淚水）
鋼太	你沒有錯…我們…都沒有錯…
文英	（忍住哭聲，痛苦地哭著…）

#35　沒關係病院，護工室｜夜晚
　　　吳車勇換上便服正要下班…吳院長（便服）打開門進來。

吳車勇	（轉過身）
吳院長	很久沒有一起喝酒了，要喝一杯嗎？
吳車勇	不要，我不跟老人喝酒。
吳院長	怎麼對老爸那麼無情呢。（坐下）
吳車勇	（看著有些異樣的父親）…怎麼了？為什麼突然要喝酒？
吳院長	因為你都不跟我玩…（笑）
吳車勇	（收拾東西）你甚麼時候想跟我玩過了？以前纏著你的時候，你都只顧著患者。
吳院長	（心疼）我就是比較顧不到身邊的人，原諒爸爸好嗎～
吳車勇	（今天怎麼這麼奇怪…）那要燒酒還是啤酒？
吳院長	（笑）馬格利。
吳車勇	都好…
吳院長	（溫柔地笑著）車勇…爸爸對不起你…
吳車勇	（真是的…鼻酸）

父子倆對望而坐，背景音樂傳來（Ｍ）《我有話想跟你說》…

#36　城堡，文英的房內、外｜夜晚
　　　兩個人隔著門板背對背而坐…心中想著對方。

Ｍ　　我想告訴你…我愛你…
　　　在你熟睡時…獨自祈禱…
　　　我想告訴你…我很幸福…
　　　在分離來臨前…我們都在一起…

　　　# 畫面是鋼太與文英每個幸福的時刻…彼此開心笑著、打
　　　鬧的時光，相依相擁的溫熱、輕輕在嘴上的一吻等等的燦
　　　爛時刻…

吳院長（Ｍ）雖然過往已經成為回憶…但卻能在心中閃閃發亮。

　　　我想告訴你…我愛你…
　　　在你熟睡時…獨自祈禱…

　　　# 兩人靠著彼此…迎接早晨 F.O.

#37　朱里的家，外觀｜（隔天）早晨
　　　F.I.

#38　頂樓｜早晨

「載洙打呼好大聲…好吵…」尚泰走出房間，在陽台上打開手機，卻沒有任何的來電或訊息…

尚泰　　為什麼…沒有電話呢，還沒有和好嗎？要和好我才能回家啊…？

#39　沒關係病院，護理站｜白天

朱里看著手機發呆，撥通電話給文英…卻無人接聽。

朱里　　（擔心）還是要去家裡一趟…

星　　　前輩，我要訂咖啡外送，你要喝嗎？

朱里　　好…我要冰美式。

權敏錫　（跑過來）我要拿鐵！

星　　　（打開 EATZ app（PPL）訂餐）沒問題，冰美式、拿鐵！

劉宣海　（走上前，已經脫下假髮）今天文護工沒有來嗎？

朱里　　他這一陣子休假。

星　　　！！這麼突然？

劉宣海　（可惜）這樣子嗎…？

朱里　　怎麼了嗎？

劉宣海　（害羞）沒甚麼，只是之前…因為很感謝他，所以想說買些好吃的給他…

朱里　　等他回來，再買給他吃吧～

劉宣海　那…有…找我的電話嗎？

權敏錫　電話…（該不會）是指父親嗎？

劉宣海	…（點頭）
朱里	如果他打來，你希望我們怎麼做？
劉宣海	…讓我來接吧…
朱里	（微笑）好的。
劉宣海	辛苦了。（轉身）
星	她該不會是改變心意，要捐肝給父親了吧？
朱里	不知道…
權敏錫	但文鋼太護工怎麼會突然休假呢？
朱里	（擔心的表情）

#40　　城堡，文英的房門外｜白天
　　　　鋼太敲著文英的房門。（更衣後）

鋼太　　（叩叩）高文英…開門吧…（等待）

　　　　不久後…門稍稍開啟，門後是臉上毫無血色的文英。

鋼太　　…！

#41　　城堡，文英的房間｜白天
　　　　兩人坐在桌子旁…

鋼太　　你父親周遭一直發生奇怪的事情…所以我才知道…你媽媽
　　　　還活著。

文英　　朴玉蘭…是她嗎？所以你當時才跑來？

鋼太	不是她…
文英	…？
鋼太	是我們醫院的護理長…
文英	…甚麼？
鋼太	朴幸子…
文英	！！
鋼太	她昨天在哥的壁畫裡畫上蝴蝶後…就消失了。
文英	！！！別胡說了，那個女人是我媽？即便過了20年，她把整張臉都換掉，做為女兒的我怎麼可能會認不出來！
鋼太	（冷靜）連你的爸爸…還有院長…在她身邊這麼久都被她騙了…
文英	！！（無法置信）怎麼可能…（開始恐慌）原本在地下室的蝴蝶胸針也不見了…明明在那裡的…代表她來過家裡…她也一直在爸爸身邊…甚至一直在我們身邊…一直觀察著我們…
鋼太	（使她冷靜）高文英…
文英	（突然站起身）快走！快點離開這個家！（將鋼太推開）叫你趕快走！！
鋼太	（緊緊抓著不放）
文英	！
鋼太	我絕對不會丟下你，我哪裡都不會去，我答應要守護你。
文英	不，你守護不了，趕快去保護尚泰哥，拜託你！！！
鋼太	（將文英緊緊抱住）
文英	（在懷裡幾乎昏厥）拜託你…趕快逃…求你了…

#42 **朱里的家，頂樓｜白天**
尚泰不斷撥電話給鋼太…直到他接起。

尚泰 是我，是哥。

鋼太（F） …

尚泰 文英還好嗎？還在生氣嗎？怎麼還沒和好？

#43 **城堡，文英的房間＋頂樓｜白天**
文英帶著蒼白的臉孔躺在床上昏迷著…一旁坐著鋼太…一
聽到哥的聲音就不自覺地流下淚水。

鋼太 文英…她不舒服…

尚泰 （單純）不舒服？哪裡不舒服？身體不舒服會流眼淚…
　　　　心裡不舒服的話，睡覺的時候會像狗一樣嚶嚶叫，她有
　　　　嗎？

文英 （緊緊閉上雙眼，發出低鳴）

鋼太 （痛苦）…有…她有…

尚泰 那怎麼辦？項圈沒有剪斷嗎？你要幫助她剪斷啊？

鋼太 哥…哥…（隱忍不住，開始哭泣）

尚泰 怎麼哭了呢？

鋼太 沒事的…會好的…別擔心。

尚泰 （電話掛斷後不知所措，趕緊跑下階梯）

#44 **朱里的家，廚房｜白天**
順德與載洙將昨天所包的飯糰放進盒子內，一旁還有丞

梓，尚泰匆忙跑進。

尚泰　　我要…一起去外送。

丞梓　　（開心）真的嗎？

載洙　　（受不了）

順德　　可是鋼太不是說先待在家嗎。

載洙　　對呀，哥就在這裡吧，我跟丞梓去就好了。

丞梓　　我有其他的事了。

載洙　　！

尚泰　　我要去，阿姨妳會煮粥嗎？生病時候吃的粥…

順德　　怎麼突然要煮粥？

#46　　沒關係病院，護理站｜白天
　　　　星、朱里、權敏錫三人喝著咖啡。

朱正泰　最近怎麼都沒有看到文護工呢？

星　　　他在休假。

朱正泰　這樣嗎…（將照片拿出）我本來還想跟他炫耀的呢。

朱里　　是雅凜嗎？真漂亮～在美國過得不錯吧？

朱正泰　（點頭）我也要趕快出院去找她～如果護工來了，一定要
　　　　叫我～（開心地離去）

權敏錫　看來文護工在患者們之間人氣很高呢…

星　　　朱里前輩以前也很喜歡他。

朱里　　（嗆到）

此時…兩名警察走上前「請問院長室在哪裡？」大家困惑地看著彼此，吳車勇走上前，帶著警方前往院長室。

星	怎麼回事？警察怎麼來了？是因為朴玉蘭患者嗎？
朱里	（不祥的預感…）

#46　　沒關係病院，院長室外走廊｜白天
透過窗戶，可以看到吳院長與警方坐在沙發上嚴肅地對談，並將 USB 與朴幸子的資料遞給警方。

#46-1　　沒關係病院，院長室｜白天

吳院長	因為是相當危險的人物，請務必盡早找到人。
警察 1	（為難）雖然會先協助尋找下落，但問題是…關於這名女子過去可能犯下的罪行，在沒有確切的證人或證物的情況下，恐怕難以重啟調查…
吳院長	（唉…）那先從失蹤的朴玉蘭開始找起吧，說不定她是唯一的證人…

吳車勇在外頭嘆了口氣…帶著擔憂的神情離去。

#47　　城堡，大門｜白天
尚泰與載洙從阿爾貝托下車，尚泰拿著裝著粥的保溫瓶，快速地衝進家中。「哥，一起走啊！」載洙在身後提著飯糰緊追。

#48　　城堡，餐廳｜白天

鋼太將飯糰整理好，冰進冰箱，載洙坐在餐廳裡看著他。

鋼太　　（無力）哥哥怎麼也一起來了呢⋯不想讓他擔心的⋯

載洙　　一直以來我都睜一隻眼閉一隻眼⋯這次我忍不下去了。

鋼太　　（雖然停頓一下，但繼續整理）甚麼意思⋯

載洙　　來的路上看到外面還有散步的地方，（起身）我們出去
　　　　吧，在這裡我都要喘不過氣了。（走出）

鋼太　　⋯

#49　　城堡附近，小路｜白天

鋼太與載洙緩緩地走著。

載洙　　哥的壁畫上有蝴蝶，高文英看到蝴蝶之後就嚇得逃跑，然
　　　　後你也垂頭喪氣地在她身邊一整夜。

鋼太　　⋯

載洙　　（站直）所以蝴蝶⋯就是高文英的媽媽嗎？

鋼太　　（訝異）

載洙　　我可是想了一整夜⋯看來沒錯。

鋼太　　不要跟哥⋯

載洙　　我才不會說的，腦袋沒那麼小吧。

鋼太　　謝謝你⋯也很抱歉⋯

載洙　　鋼太。

鋼太　　？

載洙　　你就承認吧，這樣比較好過。

鋼太　　甚麼⋯

載洙	你是個脆弱的人。
鋼太	！
載洙	你一點都不堅強，內心是非常懦弱又脆弱的人，你是如此，高文英也是，因為內心脆弱的人都會假裝堅強，因為不想被他人發現。
鋼太	（開始鼻酸…你果然是哥哥…）
載洙	所以脆弱的人們才應該要在一起，才能彼此成長，不是有句話說（用玩笑緩和氣氛）「團結生存…分散則死」金大中總統說的！
鋼太	（笑出來）是李承晚，不是金大中總統。
載洙	（刻意讓鋼太笑，模仿總統語氣）這樣子嗎？我不知情呢。
鋼太	（托知心好友的福，讓心情開朗許多…）

#50　　城堡，文英的房間｜白天

尚泰將粥與鵪鶉蛋放在文英身邊，文英虛弱地張開雙眼…
看見眼前的尚泰…

文英	…！
尚泰	很不舒服嗎？…肚子不餓嗎？
文英	（沒有臉見尚泰，將頭別過去）
尚泰	我帶粥來了…不是買的，是順德阿姨煮的蔬菜粥…
文英	哥…你走吧…（虛弱）
尚泰	要吃粥才會快快好…你喜歡鵪鶉蛋不是嗎，哥夾給你吃…因為你生病，可以餵你吃飯。

文英	（哭著）尚泰哥…
尚泰	怎麼了？
文英	對不起…我錯了…原諒我…（祈求原諒的眼淚）
尚泰	原諒…？
文英	對不起…真的很對不起…
尚泰	道歉要看著人家才是真誠的道歉，如果看別的地方就不禮貌了。
文英	…（慢慢地轉過頭）
尚泰	（趕緊舀起一匙粥與鵪鶉蛋）來，張開口～
文英	（不斷哭著）請原諒我…
尚泰	吃完這個，我就原諒你，來～
文英	（無法控制淚水）
尚泰	我的手好痠呢，張開～
文英	（艱難地張開口）
尚泰	這就對了，很乖（再舀起一口）我們再吃三口好嗎，三口就好？
文英	（邊哭邊咀嚼）
尚泰	跟鋼太不要吵架，兩個人要趕緊和好，親親比吵架好，知道嗎？
文英	（心如刀割）

#51　城堡，文英的房門外｜白天

尚泰從房間出來，與鋼太相遇。

尚泰	她吃了五口粥，我餵她的。

鋼太	謝謝你，哥最棒了…
尚泰	文英做錯甚麼了嗎？
鋼太	？
尚泰	她一直哭，一直道歉，要我原諒她…所以我說如果她把粥吃完就原諒她，所以我原諒她了。
鋼太	（眼眶泛淚）…真的嗎？原諒她了嗎…？
尚泰	對！（看見弟弟的表情）你也不舒服嗎？
鋼太	哥…可以抱我嗎…
尚泰	（帶著困惑的神情，將弟弟擁入懷中）
鋼太	（抱緊哥哥）…也拍拍我的背…
尚泰	（拍拍）
鋼太	我…好害怕…
尚泰	害怕嗎？因為你是弟弟，當然會害怕…
鋼太	哥…會保護我們嗎？
尚泰	當然，我是你們的哥哥…也是監護人…
鋼太	真是太好了…你是我的哥哥…（緊緊抱著哥哥）

兄弟倆就這樣擁抱著彼此。

#52　城堡，大廳至玄關｜白天
　　　鋼太與尚泰以及載洙一同走到門邊

載洙	你不准再不接我的電話，到時候真的生氣喔～？
鋼太	知道了…
尚泰	文英康復了以後要打給我，她還要檢查作業。

鋼太　　　好的，再打給你。

#53　　　城堡，大門前｜白天
　　　　　尚泰與載洙道別後坐上機車離開，鋼太轉身正要進門時！
　　　　　看到一旁有個信封袋！上面沒有寫任何的文字，鋼太的表
　　　　　情轉為凝重，心中有不祥的預感…

#54　　　城堡，書房｜白天
　　　　　鋼太坐在哥的書桌前，用拆信刀小心翼翼地打開…裡面是
　　　　　一本文英的童話書！《手，琵琶魚》…他帶著緊張的神色
　　　　　翻開第一頁。

#55　　　旅館（或某處）｜夜晚
　　　　　（大約是前天晚上）翻開《手，琵琶魚》的幸子，並響起
　　　　　她閱讀的聲音…

朴幸子（E）　很久很久以前，在一個富裕的家中…一個美麗的女娃誕生了。

#56　　　蒙太奇＋插畫｜白天
　　　　　＃文英坐起身，若有所思…

朴幸子（E）　孩子像木蓮花般惹人憐愛，深愛著女兒的母親即使替孩子
　　　　　摘星取月都願意。

書中插畫

朴幸子（E） 當孩子開始吃第一口飯時，母親雀躍不已「孩子，讓媽媽餵你吃飯，來，張開嘴～」

鋼太翻著童話書

朴幸子（E） 當孩子開始走第一步路時，母親趕緊奔向孩子身邊「孩子，讓媽媽背你，趕快爬上我的背。」

這段期間以來，幸子偷偷觀察文英與鋼太的畫面。

朴幸子（E） 滿足孩子一切所需，照顧得無微不至的母親最後說「我親愛的孩子，現在媽媽要休息了，你可以餵我吃飯嗎？」

書中插畫。

朴幸子（E） 但是孩子卻開口說「媽媽，我沒有手，因為不曾用過，所以消失了。」媽媽又說「那我的孩子，你願意背著我嗎？」，孩子回答「媽媽，我也沒有雙腿，我一直被媽媽揹著，雙腳一次都沒有碰到地上，但是我有一雙大嘴。」孩子將巨大的嘴巴張開。

熙才用打火機點火…將有著年幼文英與年輕大煥的全家福相片燒毀…

再次回到插畫。

朴幸子（E）　生氣的母親大吼「原來你才不是最完美的孩子，只是個毫
　　　　　　　無用處的琵琶魚，只會等著人家餵食的失敗品！」
　　　　　　　母親就把像琵琶魚的孩子，丟進海中。

鋼太讀著童話書。

朴幸子（E）　那天以後，每當海上颳起颱風與大雨時，漁船的人都會聽
　　　　　　　見孩子的哭泣聲。

書中文字。

朴幸子（E）　「媽媽，媽媽，我做錯甚麼了嗎…趕緊來帶我走吧…趕緊
　　　　　　　來帶我走吧…」

　　　　　　　書中的最後一頁，有著幸子筆跡。[20]

　　　　　　　雖然這本書是你的失敗作，但卻是媽媽最喜歡的一本…

鋼太　　　　　…！！！

幸子寫著字，並將書裝進信封。

────────

20 與「我很快會去找你」為相同筆跡。

你也是創作者，應該比誰都明白吧？失敗作…必須要處理掉。

鋼太　　…！！！！

鋼太憤怒地闔上書。

#57　　城堡，文英的房間｜夜晚
　　　　文英拿著一個老舊的信封袋，將裡面的資料取出，上頭寫
　　　　著《西方魔女謀殺案─完結篇》正是最後一冊的原稿！文
　　　　英拿起電話，撥給評論王。

文英　　（接通）真是好久不見，之前欠你的債…現在可以還你
　　　　了…可以讓你寫點東西。（意義深遠的眼神）

#58　　載洙的房間｜（隔天）早晨
　　　　相仁呼呼大睡中，書桌上的手機不停地響著，丞梓匆忙地
　　　　跑進房間。

丞梓　　代表！代表！！大事不好了！！1
相仁　　（昏睡）
丞梓　　代表！！李相仁！！相仁！！可惡…（拿起一旁的水，灌
　　　　進嘴中，大力噴在相仁臉上）
相仁　　（在水柱嚇到）甚麼！甚麼東西！

Cut to. 相仁與丞梓用著電腦點擊頭條新聞…臉上帶著不可

　　　　手，琵琶魚

置信的表情，獨家！都熙才作家《西方魔女謀殺案》第 10
冊問世！、《西方魔女謀殺案》第 10 冊！將由超乎想像出
版社發行！、她究竟是生是死？亦或是遺作被揭露？、打
破 18 年的沉寂，都熙才再次浮出水面！

相仁　　（這是…！）這究竟怎麼回事？

丞梓　　（手機不斷響起）怎麼辦？現在都是打來詢問是否真的要
　　　　出版《西方魔女謀殺案》完結篇的電話…

相仁　　第一篇報導是誰發的？

丞梓　　是與評論王簽約的報社。

相仁　　評論王？！！！因為文英摔得不成人形的那個評論家嗎？

丞梓　　（點頭）

相仁　　可惡…（搔頭…不祥的預感）首先那些電話都跟對方說沒
　　　　錯。（急忙地穿衣服）

丞梓　　甚麼？！！（閉上眼睛）可是如果到頭來只是煙霧彈…可
　　　　不是我們可以收拾的…

相仁　　我會承擔責任的，先照我說的做，我要先去文英那裡一
　　　　趟。（跑出房）

丞梓　　天啊…（哀怨地接起電話）你好，我是超乎想像文學出版
　　　　社，劉丞梓～沒錯，就是您說的如此～

#59　　城堡｜白天
　　　　文英就像是準備出征最終之役般…帶著悲壯的神情，在梳
　　　　妝台前打扮自己，比任何時候都還要華麗動人…
　　　　Cut to. 站在全身鏡前，看著自己…

文英	（默唸）快點，來找我吧…媽媽…（冰冷的視線）

#60　城堡，兄弟的房間｜白天

鋼太皺著眉，看著新聞…此時相仁來電。

鋼太	（接通）我有看到新聞…

#61　頂樓｜白天

尚泰在房間內畫著畫…一通電話響起。

尚泰	喂？你好！

#62　朱里的家，家門外｜白天

「你好！」尚泰對著某處打招呼，對方帶著親切的微笑並向他揮揮手…竟是都熙才！

都熙才	過得好嗎？
尚泰	很好！護理長今天好漂亮，就像變身一樣。
都熙才	真的嗎？認不出來吧～（轉圈）
尚泰	對…
都熙才	（嘻嘻）…沒錯，變成另一個人…
尚泰	？？
	（脖子所掛的手機不斷震動，顯示為弟弟的來電）

城堡，階梯｜白天

不斷撥打電話給哥哥的鋼太奔下樓梯，持續未接讓他有不祥的預感…

#64 行駛中的鋼太車｜白天

鋼太持續打著電話，但都無人接聽，他用力踩下油門…

#65 城堡，書房｜白天

「文英！」相仁急忙跑進書房，看見坐在書房裡的文英。

相仁	你到底…（呼）是抱著甚麼想法鬧出新聞的！
文英	（摸著拆信刀）你也懂我，我不會乖乖等死，我比誰都清楚要怎麼刺激媽媽。
相仁	（哭喪著臉）文英…
文英	（自言自語）鋼太無法抓住蝴蝶（悲傷）他…是膽小鬼，必須由我來抓住才行。
相仁	對，你是對的。
文英	？！
相仁	已經來了電話…都熙才作家…
文英	（站起身）
相仁	叫我帶著原稿去找她。
文英	去哪裡找她。
相仁	我自己去，你待在這。
文英	不行！媽媽的最終目的就是我，你們約在哪裡！
相仁	文英…

文英　　　我問你究竟是哪裡！！

#66　　　**頂樓｜白天**
　　　　　「哥！哥！！」鋼太倉皇地連鞋子都未脫就衝進房間，但
　　　　　房間卻空無一人，桌上放著畫筆與素描本，就像突然出門
　　　　　似地…絕望的鋼太在原地踱步，此時手機響起，來電顯示
　　　　　為哥哥！

鋼太　　　（急忙）哥！你現在在哪…（裡）
都熙才（F）（呵呵呵…）
鋼太　　　！！！
都熙才（F）文護工怎麼每天都在找哥哥呢？哥、哥、哥～
鋼太　　　（憤怒）…你敢動我哥…我絕不會原諒你…
都熙才（F）呵…原諒是做錯事的人所祈求的…但我沒有做錯任何事啊？
鋼太　　　…你在哪。
都熙才（F）被詛咒的城堡。（掛斷電話）

　　　　　鋼太全身像被點燃火焰般地憤怒…握緊拳頭怒視前方…望
　　　　　見哥哥素描本上…畫著三雙翅膀的蝴蝶…！

鋼太　　　（灼熱的視線）

#67　　　**外環道路，行駛中的文英車｜白天**
　　　　　相仁開著車，文英坐在一旁看著窗外，相仁不安地偷瞄文
　　　　　英。

相仁　　　…

#68　　　回想｜相仁車內＋兄弟的房間｜白天（#60 幕接續）

相仁　　　你一個人真的沒問題嗎？

鋼太　　　沒問題…麻煩你將文英…送去愈遠的地方愈好。

相仁　　　（內心複雜）好，別擔心她。

鋼太　　　謝謝你。

相仁　　　這也是我應該做的。

鋼太　　　（微笑）…以後若是還有機會…請你喝杯酒吧。

相仁　　　請遵守約定。

鋼太　　　好的…

#69　　　行駛中的文英車｜白天
　　　　　與鋼太做好協議的相仁，更加速行駛在道路中…原先看著
　　　　　窗外的文英，漸漸察覺不對勁。

文英　　　（望著相仁）

相仁　　　（神色緊張）

文英　　　你們約在哪裡？

相仁　　　再前面一點。

文英　　　所以在哪裡。

相仁　　　（不講話，持續加速）

文英　　　（猜中）停車。

相仁　　　…

文英	叫你停車！！
相仁	拜託你這一次就聽我的話，你不能回去那裡。
文英	停車！！快點停車！！（心急地開啟車門，但卻反鎖）
相仁	文英！！！
文英	鋼太自己一個人在那裡！他自己一個人！！（抓住方向盤）

嘎─！！刺耳的剎車聲響起…輪胎在柏油路上留下漆黑痕跡，文英發了瘋似地下車就往反方向跑！「文英！！！」相仁在原地大喊，文英脫下高跟鞋不顧一切地奔向被詛咒的城堡…

#70　　　**城堡，大門｜白天**
鋼太抬頭看著城堡…握緊拳頭，用前所未見的冷酷眼神看著城堡，然後走上前。

#71　　　**城堡，大廳｜白天**
他大力地推開城堡大門，獨自走進漆黑的屋內，朝向蝴蝶走去…

#72　　　**城堡，書房｜白天**
書房內…熙才轉身對著鋼太露出詭異的笑容…鋼太一步步走上前。

15

情誼深厚的兄弟

#1　　　　城堡，書房｜白天

尚泰拿著快要見底的飲料罐（恐龍圖案）坐在沙發上，昏
昏沉沉地⋯熙才帶著微笑走近他的身邊。

熙才　　真是奇怪，高文英作家約了我們到家中作客，怎麼這麼久
　　　　都沒出現呢～？

尚泰　　（倦意湧上，搖搖欲墜）文英？他們⋯和好了嗎⋯跟鋼
　　　　太⋯和好⋯

熙才　　這樣下去⋯計畫都被打亂了，你跟文英要一起在這裡才行
　　　　的⋯

尚泰　　親親⋯了嗎⋯（低著頭）

熙才　　真可愛⋯（將手伸向尚泰的後腦）

尚泰　　親⋯親⋯

熙才　　（輕撫後腦勺）

尚泰	不可以…摸我的…頭…（語畢則倒臥在沙發上，沉沉睡去）

尚泰手上的飲料罐倒在地上，熙才拿起尚泰脖子上的手機，按下快捷鍵1號，螢幕顯示弟弟…

#2　頂樓＋城堡｜白天（#14集66幕）
鋼太站在空無一人的房內著急地思考下一步，此時來電顯示為哥哥。

鋼太	哥！你現在哪…（裡）
熙才（F）	呵呵呵…
鋼太	！！！
熙才（F）	文護工怎麼每天都在找哥哥呢？哥、哥、哥～
尚泰	（沉睡）
鋼太	…你在哪？
熙才（F）	（奸笑）被詛咒的城堡。
鋼太	（憤怒地看著哥哥所畫的蝴蝶）

#3　外環道路｜白天（#14集69幕）
車子在道路上快速行駛，相仁緊緊握住方向盤，一旁的文英大吼大叫。

文英	停車！叫你停車！
相仁	文英！！！

文英	現在給我停車！（抓住方向盤）

#4　城堡，大門前｜白天（#14集70幕）

鋼太握緊拳頭看著城堡，用未曾出現的冷酷眼神直視前方，他邁步朝向城堡走去。

#5　城堡，大廳｜白天（#14集71幕）

鋼太大力將門推開，朝著蝴蝶走去。

#6　城堡，書房｜白天

鋼太走進書房…熙才看著牆上掛著的全家福相片後回過頭，對他笑著，鋼太望見失去意識的哥哥，趕緊上前搖醒他。

鋼太	哥…！哥…！
尚泰	（毫無反應）
熙才	呵呵呵…
鋼太	（眼裡冒出火般，瞪著她）
熙才	這個眼神…好像要把我當場殺了一樣（哈）…我喜歡。
鋼太	你對我哥做了甚麼？！
熙才	別擔心，不會死的，只是喝了一點鎮靜劑，不久後就會醒來，啊…真可惜，應該要讓文英也躺在這裡，看看你會選擇誰…（奸笑）你把文英藏去哪裡了？
鋼太	你究竟為什麼要這樣對我們！！為什麼！
熙才	（不在乎地環視四周）因為你…毀了我的女兒。
鋼太	！！…甚麼？！

熙才	她是我最完美的作品…因為你的出現就變質了。
鋼太	女兒…（雞皮疙瘩）…是作品嗎？
熙才	（哈哈大笑，摸著自己的臉）跟我一點也不像對吧？為了不讓人認出，我可是經歷無數次的整形…
鋼太	…
熙才	但她的臉蛋、四肢、頭髮，甚至靈魂…都是我精心打造出的完美傑作。
鋼太	（…！！！想到文英童年時期因這個恐怖的女人所受的苦，不由自主地感到心疼與憤怒）文英…才不是你的…更不是你的作品…她是人！
熙才	該死的…就是因為你在她身邊說這些狗屁不通的話，才會毀了她！！！失敗的作品果然還是要處理掉…
鋼太	（…！！難不成要殺她？）
熙才	（看著鋼太）我也不想走到這一步，枉費我花在她身上的心血，我給你一個機會吧，帶著你哥遠走高飛，離文英遠遠的。
鋼太	不，我絕對不會離開她。
熙才	（噗哧）我就知道…那你要選擇另一個選項嗎？（走近鋼太）
鋼太	（不退縮）
熙才	殺了我。
鋼太	（…！心頭一驚）
熙才	將我殺了你可以替母親報仇，文英看到我死在你的手裡，就會恢復原本的模樣，你們終究一輩子脫離不了孽緣的捉弄！
鋼太	（不敢置信）這就是…你想要的結局嗎…？

15　　情誼深厚的兄弟

熙才	當然，大家快快樂樂的完美結局。
鋼太	（…！冰冷）…你放棄吧。
熙才	甚麼？
鋼太	你夢想的那種噁心結局，絕對不會實現，我絕對不會拋下文英。
熙才	（笑）就算你媽會死都是因為她，也沒關係嗎？
鋼太	（…！全身僵硬）
熙才	（走向文英的書桌）好奇嗎？告訴你一個有趣的故事…我第一次在這裡遇見你媽…
鋼太	（媽媽…在這裡…？）
熙才	（拿起桌上的鋼筆，回想過往）

#7　　　　過往｜書房｜白天

熙才坐在書桌前拿著筆校稿中，鋼太的母親穿著樸素，敲門後進房。

鋼太母親	（被眼前豪華氣派的書房震懾）你好…我是人力派遣所介紹過來的…
熙才	（不看一眼）去忙吧。
鋼太母親	好的…（鞠躬後離去）

#8　　　　過往｜城堡露臺｜白天

熙才叼著香菸看著外頭…她望向正在晾床單的鋼太母親以及…一旁獨自玩著的文英…

#9   過往｜城堡｜庭院｜白天

晾完床單的鋼太母親擦著汗，望見一旁蹲在地上的文英，走上前。

遠方的視線集中在兩人身上。

鋼太母親   孩子⋯你在做甚麼呢？

地上有著一隻翅膀受傷的小鳥，文英抬起頭。

年幼文英   反正牠翅膀受傷⋯不能飛了。

鋼太母親   嗯？

年幼文英   ⋯要把牠殺了對不對？（笑）

鋼太母親   ⋯！！

#10   過往｜城堡，書房｜白天

鋼太的母親面有難色地與熙才講著話，熙才用鋼筆在原稿上畫著線。

鋼太母親   她說⋯反正不能飛了⋯乾脆結束生命比較好⋯

熙才   （用紅色筆墨的鋼筆畫線，默唸）真聰明⋯

鋼太母親   （沒有聽見，更靠上一步）其實⋯我的大兒子在醫院接受治療。

熙才   （停筆）阿姨⋯

鋼太母親   是的？

熙才	辛苦了。（意義深遠地笑著）

帶著憤怒…熙才用力地將鋼筆點在紙上，鮮紅色的墨水暈染紙張…

#11　　　**過往｜無人小徑｜夜晚**
在無人經過的森林小徑裡，尚泰與母親牽著手走著，尚泰為了追貓咪而跑進森林…

鋼太母親	尚泰，不可以去那裡，會有蛇，文尚泰趕快過來！！

而在黑暗中，有人靠近鋼太母親，正是熙才！！不久後，熙才的手沾滿鮮血…手中的鋼筆不停滴著血滴…尚泰躲在樹林裡看著一切，腳上只穿了一雙拖鞋…鋼太母親不停轉動著眼珠…脖子的傷口血流成河…熙才踩著高跟鞋走上前。

熙才	剛剛…忘了跟你說…
鋼太母親	呃…
熙才	我的小孩…不用你插手管教…
鋼太母親	呃…呃…
熙才	（笑著站起身）

樹林跳出一隻貓咪，隨即消失，熙才看著那個方向，鋼太母親用盡全力緊抓住熙才的腳踝，希望她放過自己的兒

子⋯卻因傷勢無法發出聲音，滾燙的淚水從眼角流下⋯熙才甩開她的手，緩慢地走向前，尚泰恐懼地大口喘著氣⋯高跟鞋的聲音叩叩叩⋯迴響在林木間⋯

森林
熙才走向藏匿著的尚泰，蝴蝶胸針在黑暗中發出刺眼的光芒！

熙才　　（用沾染鮮血的雙手，輕撫著尚泰的頭部）你會乖乖的吧⋯？你剛剛所看到的⋯所聽到的一切⋯不可以跟任何人說⋯只要一說，你也會死⋯無論你逃去哪裡⋯我都不會放過你⋯知道了嗎？

尚泰　　（眼中只看見蝴蝶，渾身顫抖）
熙才　　回答我⋯
尚泰　　（無法思考）
熙才　　（大喊）回答我！
尚泰　　（流下眼淚，蝴蝶在視線裡模糊，點點頭）
熙才　　（笑）真乖巧⋯

#12　　城堡，書房｜白天
熙才帶著與當時一樣的笑容，沉浸在自己的世界裡笑著，而鋼太全身血液因憤怒而沸騰。

鋼太	（眼眶帶淚）只因為…那個理由…所以殺人？因為…一句話…就殺了我媽媽…？
熙才	她可是認為我的女兒是精神病…不知分寸的女人。
鋼太	（忍無可忍，撲上熙才緊緊掐住她的脖子，將她壓制在書桌！）
熙才	（呃…！依然笑著）對…把我殺了…
鋼太	（雙眼充血，當場就能將熙才的脖子扭斷般）
熙才	就是這樣…不要放手…

鋼太氣憤的眼淚滴落在熙才的臉孔上，就在熙才已經滿臉充血，雙眼上吊時…！「但她…依然是我媽媽…」（#INS-12集21幕）文英的聲音在腦海響起，他慢慢鬆手。

熙才	（咳咳…呼吸）該死的…膽小鬼…

語畢的瞬間就拿起包包裡的針筒，往鋼太的腰間刺去。

鋼太	！！！（將針筒拔出）
熙才	（從鋼太的手中掙脫）
鋼太	（企圖抓住熙才，但卻陷入一陣暈眩）
熙才	呼…所以我才討厭懦弱的人。
鋼太	（渾身無力…視線趨於模糊，最後跪倒在地）
熙才	（緩慢）但是，我跟文英與你們這些人不同。
文英（E）	別胡說八道了。
熙才	！！！！

鋼太　　　（抬頭）

文英赤腳衝進書房，帶著紊亂的呼吸。

熙才　　　（看著文英）即便你狡辯也沒有用，你跟我流著相同的血
　　　　　液…
文英　　　（靠近）你錯了！我才不是像你一樣的怪物！！（拿起桌
　　　　　上的鋼筆！）

鋼太衝上前，用手掌擋住文英的鋼筆[21]，鮮血從掌心流下。

文英　　　！！！！！
熙才　　　！！！！！
鋼太　　　（努力用最後的力氣緊緊抓住）不是…答應我了嗎…不要
　　　　　殺他…
文英　　　（…！！難道就是預料到自己會如此，才說那樣的話
　　　　　嗎？？）

鋼太在文英的懷中昏厥，文英緊緊抱住他…

文英　　　（搖晃）你怎麼了…？醒醒啊…文鋼太！文鋼太！！！
熙才　　　（低下身摸著文英的頭）可是你…為什麼把頭髮剪了？
文英　　　你趕快醒醒…文鋼太！！拜託你！！（放聲大哭）

---

21 宛如第一集擋住刀子的畫面…

熙才	所以說⋯為什麼不聽媽媽的話！！（緊緊抓住文英的頭髮）
文英	（整個人向後傾倒）
熙才	（撿起地上的鋼筆，視線望向昏厥的鋼太，並高舉著筆，將尖銳的筆尖大力刺向脖子時！！！）

啊！！！！！巨大的撞擊聲傳來，熙才整個人失去力氣向後倒，身後竟是⋯尚泰！！他手上拿著厚重的童話書[22]，大口喘著氣。

尚泰	不准欺負我的弟弟妹妹！
文英	（尚泰哥⋯！！）
尚泰	絕對⋯不准⋯（大口呼氣）

都熙才痛苦地倒臥在地，鼻孔流出鮮血，門外傳來警車鳴笛聲。

#13　城堡，門前｜白天
吳院長站在庭院，身旁停著幾輛警車，銬上手銬的熙才被警方押送至車上，院長笑著看她。

吳院長	看來你被打得不輕呢⋯（用手帕擦著鼻血）
熙才	（看著）別高興得太早，我還是贏了。
吳院長	⋯

---

22 用童話書大力揮向熙才。

熙才	他們…在我的出現後…絕對無法在一起了…
吳院長	（深呼吸）不到最後誰知道呢…
熙才	人…就是太懦弱，才會生病，就像你的患者一樣。
吳院長	幸子…人正是因為懦弱，才會聚集的…（將幸子戴上手銬的手舉起，擺出人字模樣…）就像這樣依靠著彼此而活…（笑著）你甚麼時候要成為人呢…？
熙才	！

熙才坐上警車，吳院長突然想到甚麼，心急地敲著車窗…車窗搖下…

吳院長	可是，那朴玉蘭患者又是怎麼回事呢？
熙才	那個女人…演技真好…（笑）

治療室
在熄燈的治療室裡，幸子（熙才）[23] 用鮮紅墨水的鋼筆在紙條上寫字。

紙條｜S#1 沒關係病院，病房前走廊｜凌晨
哼著《我親愛的克萊門汀》走著。

玉蘭照著指示哼著歌走過。

---

23 為了不沾上指紋，戴上醫療用手套。

紙條｜ S#27 城堡｜夜晚
替都熙才女兒慶生。

玉蘭　　（笑）生日快樂，可以讓我喝一杯茶嗎？

玉蘭遵照紙條的內容演戲。

紙條｜ S#30 城堡，書房｜夜晚
將裝有蝴蝶的信封，放在書桌一角。

熙才將每個紙條寫好後，夾進《西方魔女謀殺案》書中⋯

熙才　　既然演出已經結束⋯就要從舞台上退場才行，或許她⋯正
　　　　在某處繼續表演著也說不定？
吳院長　（嘖⋯）那你⋯也該退場了～

警車響起警笛，駛離城堡。

#14　　城堡，文英的房間｜白天
　　　　鋼太一動也不動地躺在床上，文英緊緊握住纏上繃帶的
　　　　手，眼角掛著淚水，吳院長將生理食鹽水的點滴掛在一
　　　　旁。

文英　　他真的只是睡著嗎？會醒來吧？
吳院長　怎麼，如果不醒來，要像羅密歐一樣一同死去嗎？

文英	！！會醒不來嗎？
吳院長	（笑）因為他被注射了高劑量的鎮定劑，所以才昏迷的⋯已經幫他吊點滴，幾個小時後就會清醒，別擔心⋯（拿起包包離開）
文英	（將鋼太的手靠在臉頰⋯對不起⋯對不起⋯）

#15   **城堡，文英的房門外｜白天**
       吳院長一走出房，忐忑不安的尚泰立即走上前。

尚泰	我弟弟⋯怎麼了？沒事嗎？
吳院長	沒事⋯只是睡著罷了，別擔心。
尚泰	可是護理長真是大壞蛋，是壞人，竟然要欺負我的弟弟妹妹們，還對我說謊⋯還摸我的後腦勺⋯
吳院長	（溫柔地看著尚泰）你做得很好，是你救了他們兩個⋯真厲害。
尚泰	（開心）是我救了他們，是我⋯

#16   **城堡，文英的房間｜白天**
       文英心疼地看著鋼太⋯

       # 第 1 集徒手接下刀的鋼太⋯
       # 剛剛伸手阻擋自己拿鋼筆刺向媽媽的鋼太⋯

文英	你⋯每次都⋯因為我而受傷⋯
鋼太	（雙眼緊閉）

文英	（靠著鋼太受傷的手）對不起…對不起…

#「就算你狡辯也沒有用，你跟我流著一樣的血液…」熙才的話語像咒語一樣揮之不去…

文英	跟我在一起…你會變得不幸…

文英帶著淚水，親吻鋼太的嘴唇，由於太過深愛與自責，這一吻就像是離別之吻…文英明白因為相愛所以放手的寓意…

#17　**警察局｜白天**
相仁坐在警察局裡，慌張地不斷撥著電話給文英與鋼太。

相仁	真的要瘋了…怎麼沒有人接電話呢，是不是出甚麼事了…天哪…（再次撥通）
警察	（大力拍桌）先生！這是接受偵訊的態度嗎…
相仁	（用手制止）現在有人處在很危急的狀態，再等我一下。（按著手機）
警察	（奪取手機）你都自身難保了，還管別人？？橫跨車道又違規迴轉，竟然還無視取締加速逃逸！差點還撞上路邊的獐子！
相仁	獐子一點都不重要！現在可是攸關某人的生命啊！！
丞梓（E）	代表！！

轉過頭是丞梓與朱里跑進警局…

| 朱里 | 現在是甚麼情況… |
| 相仁 | 朱里…（落淚） |

#18　**警察局，走廊｜白天**
三人走出…

丞梓	違規迴轉又超速還不聽規勸逃逸，根本就是國家情報局的追緝戰吧，代表你在演哪一齣？
相仁	（嘖）…反正你不需要知道（將朱里拉去一角）文英跟鋼太真的平安無事嗎？確定嗎？
朱里	對…載洙有來過電話，說沒有發生甚麼事，叫我們不要擔心。
相仁	（終於安心）
朱里	可是究竟發生甚麼事了呢？
相仁	（無法多說）朱里…
朱里	嗯？
相仁	平凡的生活，對某些人而言是此生最大的奢侈…有時候神就像開玩笑似的，會將一切不幸同時降臨…著實讓人難過又心疼…也無能為力…（悲傷）
朱里	（雖然不清楚原委）不幸總量法則。
相仁	？
朱里	聽說世界上每個人都有既定的幸福和不幸的重量，當不幸一次降臨時…就代表以後只剩幸運了…（對著相仁笑）

相仁	（看著朱里可人的笑容）我也希望⋯那樣就好了⋯（笑著一同走出）

丞梓看著兩人。

丞梓	真是肉麻⋯好想來一瓶碳酸飲料解膩⋯

#19　城堡，兄弟的房間｜夜晚

載洙坐在鋼太的床上⋯尚泰在身邊來回走著，講述上午驚險刺激的過程。

尚泰	我本來在睡覺，睜開眼就看見壞人護理長抓著文英的頭髮⋯另一手拿著筆要刺向鋼太⋯
載洙	（打哈欠，疲憊）要刺向他的脖子，然後你就拿起書朝她的後腦揮去，勇敢的你就成功救出兩人，哥，我已經聽了第八次，都會背了⋯
尚泰	我很厲害吧？
載洙	哥最厲害了！讚！讚！（自言自語）但我那麼擔心地跑來，他卻像睡美人一樣一直睡，到底要睡到何時呢⋯
尚泰	親親⋯
載洙	？
尚泰	睡美人要親親才能醒過來⋯

#20　城堡，文英的房間｜白天

鋼太緩緩張開眼睛，周圍的一切逐漸清晰，坐起身…卻沒有看到文英[24]，不安的他趕緊尋找著。

#21　城堡，兄弟的房間｜夜晚

鋼太打開門…哥哥已經沉沉入睡…一如往常地安穩睡著…[25]鋼太有些混亂，思索剛剛所發生的事。

#22　城堡，兄弟房前的走廊｜夜晚

當他關上房門時，文英站在身後。

鋼太	（！）
文英	睡醒了嗎？
鋼太	（還在釐清狀況）睡太久了…好像做了很長的夢…很可怕的惡夢…夢境很鮮明…
文英	（舉起鋼太纏著繃帶的手，大力壓下）
鋼太	啊！！
文英	…這不是夢。
鋼太	（…！！漸漸有真實感）
文英	下樓吧，我有話跟你說。（走在前方）
鋼太	（看著手心）

24　食鹽水已經滴完，讓吳院長收回。

25　載洙已回家。

#23　　城堡，書房｜夜晚

鋼太與文英相視而坐…鋼太似乎還不敢相信幾個小時前在
這裡發生的事，看著各處…

文英　　（回應鋼太）現在相信了吧？這裡發生的種種…不過才幾
　　　　個小時前…

鋼太　　…！

鋼太模糊的記憶裡，開始浮現朦朧畫面。
文英滿是傷痕的雙腳…
哭喊自己名字的聲音…

鋼太　　（看著文英的腳…似乎已經擦過藥，已經穿上鞋子）

文英　　（冷靜）都結束了…我們活了下來…媽…（停頓）那個女
　　　　人也被警察帶走，很快就會真相大白了。

鋼太　　你的腳沒事嗎？

文英　　你們走吧。

鋼太　　…？

文英　　搬出去。

鋼太　　（聽著）

文英　　（真心）就像你說的，我不是空罐頭，我也有感情，所
　　　　以我絕對無法忘懷，因為我，你跟尚泰哥在這裡身陷危
　　　　險…我一輩子也忘不了…而你每次看到我時，也會想起
　　　　這一切…

鋼太　　不要忘記…要克服。

文英	！
鋼太	這樣…靈魂才會長大成人…我們就當作是從一場惡夢中醒來，我有自信可以克服。
文英	（堅定卻也冷漠）…別再偽裝了。
鋼太	（文英…）
文英	假裝不痛苦、假裝沒關係，現在的你不會在尚泰哥面前偽裝，卻會在我面前戴起面具。
鋼太	（無法反駁）
文英	看著你的面具，我無法不去在意，逐漸地喘不過氣，一分一秒都讓我痛苦…我不想這樣活著…所以請求你，明天跟尚泰哥搬走吧。（站起身）
鋼太	（抓住）你…是認真的嗎？
文英	（看著）…認真的。
鋼太	（看著文英不猶豫的眼神）
文英	我要自己一個人活，像以前那樣。
鋼太	（放開文英的手）
文英	（走出房外）

那並非真心…但文英的話也是事實，鋼太呆站在原地許久…一旁的全家福相片中鋼太與文英的笑，顯得陌生又突兀…

#24　　城堡，文英的房間｜夜晚
　　進房後的文英，無力地癱在床上，就像靈魂被抽乾似地…

文英	（自我催眠）做得好…文英…做得好…

兩個人都將視線望向遠方，若有所思…

#25 朱里的家，外觀｜（隔天）早晨

#26 朱里的家，廚房｜早晨
餐桌上放著簡單的飯菜與湯，大家正準備開動…載洙與相仁頂著黑眼圈，看起來格外憔悴…

順德	你們兩個…臉色怎麼這樣？昨晚沒有睡好嗎？
朱里	（看著兩人）
相仁｜載洙	（找藉口）沒甚麼…在想事情…／晚上…有點工作要忙…
丞梓	是不是高作家跟文鋼太兩個人惹出了甚麼事了？
眾人	（驚訝）
丞梓	（開始推理）因為…昨天代表莫名其妙地進了警局…載洙又早早打烊奔去作家那裡…那代表那裡一定發生甚麼不得了的大事情吧？
朱里	（看著相仁）真的嗎？
順德	（問載洙）是這樣嗎？
相仁	（瞪著丞梓）沒甚麼啦…兩人的確有吵架…
載洙	但…很快就和好了…哈哈…
相仁	文英本來就比較霸道又強勢，難以取悅，鋼太想必也是吃盡苦頭。
載洙	看來你不了解鋼太呢，他可是九尾狐，最擅長魅惑人們，

幫我提醒高作家，可別對他掏心掏肺喔。

順德	（笑）那麼…這兩個人真是天生一對呢…湯要涼了，趕緊吃飯吧。（姑且帶過）
朱里｜丞梓	（起疑心）
相仁｜載洙	（呼呼呼…埋頭喝湯）

#27　　城堡，兄弟的房間｜早晨
「哥…哥…？」鋼太（穿著外出服）搖醒哥哥。

尚泰	（尚未清醒，頭髮凌亂）你沒事了嗎…？有睡飽嗎？（看向鋼太的手）手呢？還會流血嗎？會痛嗎？
鋼太	（看著替自己擔心的哥哥…）
尚泰	…？
鋼太	（無論是身體或心理）很痛…痛得像要死了…
尚泰	那，那我們要去醫院…醫院。（趕緊起身）
鋼太	（緊緊擁抱著哥）謝謝你。
尚泰	？
鋼太	你…救了我們…
尚泰	（片刻後）可是…為甚麼呢…？
鋼太	…？（看著哥哥）
尚泰	護理長本來是善良的人，為什麼變壞了呢？
鋼太	（思索著該怎麼回答）因為她…是假裝善良的壞人。
尚泰	…
鋼太	她討厭看見人家得到幸福。
尚泰	…西方魔女。

15　　情誼深厚的兄弟

鋼太	？！
尚泰	書裡出現的西方魔女，把世界上幸福的人都殺掉的殺人魔，那就是西方魔女…
鋼太	…！哥你…看過那本書嗎…？
尚泰	對…（#幸子將書丟在靜養室裡）之前有人把它丟在病房裡…我就拿起來看了…
鋼太	（知道是幸子）
尚泰	我沒有看完…只看到33頁…很無聊…
鋼太	很無聊就別看了…
尚泰	所以護理長也是像西方魔女一樣壞嗎？
鋼太	對…
尚泰	可是她還給我多利媽媽…（想起）那多利媽媽怎麼辦？
鋼太	（看著玩偶）我出去的時候拿去丟掉吧。（走向玩偶）
尚泰	好…丟掉…（改變想法）不要，不要丟。
鋼太	？？為什麼？是壞人給的，丟掉比較好吧。
尚泰	不行，多利媽媽是無辜的，是給的人才是壞人，多利媽媽不壞。
鋼太	！！
尚泰	（抱著玩偶）牠沒有錯，不要丟。
鋼太	（#想起文英大喊：「我才不是像你一樣的怪物！」）對…她沒有錯…錯的是壞人…
尚泰	（摸著玩偶）不丟你…不丟…
鋼太	（看著哥哥與玩偶）

#28　　　城堡，文英的房間｜早晨

文英整晚未闔眼的坐在床上，母親說的話不斷盤旋在腦海
「你跟我流著相同的血液…相同的血液…相同的…」

鋼太（E）　醒了嗎？

文英　　　…

鋼太（E）　我有煮了熱湯…餓的話就下來吃吧…我去一趟醫院。

文英　　　…（對於鋼太的體貼感到心痛）

#29　　　城堡，餐廳｜早晨

鋼太將文英的早餐再次放回飯鍋裡，尚泰喝著水說「辣辣
的真好吃～」（一旁是吃乾淨的麻辣蓋飯）

鋼太　　　（隨口）哥…如果文英要我們搬出去怎麼辦？

尚泰　　　…？我們是家人，家人就應該要住在一起。

鋼太　　　如果還是要我們搬走呢？

尚泰　　　可以搬走，但帶她一起走。

鋼太　　　（笑）為什麼？

尚泰　　　如果我們走了，就剩她自己一個人，自己一個人…（眨
　　　　　眼）會很無聊…很無聊地要找我們玩…

鋼太　　　那如果她叫我們兩個自己搬走呢？

尚泰　　　耍賴，耍賴就好。（走出餐廳）

鋼太　　　（因為哥哥而笑…暗自在心中下決定）

#30　　　　沒關係病院，庭院｜早晨
　　　　　簡畢翁、朱正泰、劉宣海與幾名患者聚集在一起⋯

簡畢翁　　護理長辭職，警察也每天出入，吳院長也經常發著呆⋯
劉宣海　　院長本來就那樣⋯
簡畢翁　　反正最近醫院的氣氛相當不尋常⋯明明有空病床卻也不收
　　　　　新患者進來。
朱正泰　　（！！）醫院是不是要關門了？那我們該何去何從？
劉宣海　　要不是轉院，就是回到外面的世界。
簡畢翁　　該怎麼辦呢⋯我還沒找到那扇門⋯

　　　　　大家臉上露出擔憂的神情。

朱正泰　　？！！（站起身揮手）哥！！哥！！

　　　　　眾人紛紛抬頭⋯看見走向醫院的鋼太，大家開心地迎接他⋯

#31　　　　沒關係病院，院長室｜白天
　　　　　吳院長面前出現一張辭呈，坐在他面前的是鋼太⋯

吳院長　　（已經料到）怎麼⋯又要去別的醫院了嗎？
鋼太　　　沒有，想休息了。
吳院長　　我們真是有默契，我也要拋下醫院開始玩了，要一起玩嗎？
鋼太　　　（堅定）可是我有玩伴了。
吳院長　　好歹也裝一下再回答～

374 × 375

鋼太	請問是因為這次的事情…才辭職的嗎？
吳院長	做為院長的確是要負起責任，但我連身邊的人都看不清，已經沒有自信能夠做為精神科醫師了。
鋼太	（躊躇）
吳院長	（察覺鋼太似乎有話想說…？）
鋼太	那麼…可以請院長把我當成最後的患者…替我諮商嗎？
吳院長	（笑，坐正）來吧，放馬過來。
鋼太	（做好覺悟的表情）

#32　城堡，餐廳｜白天

文英有氣無力地走進餐廳，看見尚泰，但不想被他發現，而尚泰專心地在畫畫…最後發現文英。

尚泰	文英？趕快來吃飯，鋼太煮了雞蛋湯，很好吃，但我覺得蓋飯更好吃，所以吃蓋飯了。
文英	（不知道尚泰對於事實的真相知道多少，不發一語）
尚泰	你的頭沒事嗎？壞阿姨不是用力地抓你的頭，頭髮有掉很多嗎？
文英	（搖頭）
尚泰	她因為討厭別人幸福所以欺負我們，真是壞人…
文英	（原來還不知道媽媽的事情…）
尚泰	還要檢查作業…我練習畫了好多表情…很多喔。（將素描本拿過來）
文英	哥…那個作業…不用檢查了。
尚泰	甚麼意思…？

文英	不會出童話書了。
尚泰	（…！混亂）甚麼？為什麼？為什麼不出了？
文英	因為我不想出了，等鋼太從醫院回來後，你們就收拾東西離開吧，合約就作廢了。
尚泰	合約作廢…要付三倍的賠償金耶？三倍。
文英	我會付的，今天以內搬出去吧。（轉身離開）
尚泰	耍賴。
文英	（停下！）
尚泰	我要耍賴。（繼續畫畫）
文英	（有些不知所措）

#33　沒關係病院，院長室｜白天

吳院長	（傾聽）
鋼太	（反覆思索後，摸著受傷的手…）老實說…我沒有自信能夠成功克服，都熙才她對我所說的話…她臉上的表情…她的行為…只要想起這些（痛苦）就會令我想到含冤而死的母親…還有獨自承受這一切的哥哥…（抓緊胸口）讓我喘不過氣…
吳院長	…
鋼太	我竟然還對她說大話，說一定可以克服…我對文英撒了謊…但她卻沒有上當…
吳院長	（聽著鋼太真誠的內心話）在一起時痛不欲生…分開時也活不下去…反正都是死路一條的話…在一起死掉不是好一些嗎？

鋼太	（看著院長）…
吳院長	你跟都熙才獨處的時候…想殺死她吧？
鋼太	…（＃掐著都熙才的脖子）…是的…
吳院長	那為什麼沒有殺她呢？
鋼太	（回想）因為…想起文英。
吳院長	就是如此…
鋼太	…？
吳院長	那令你痛苦的根源…卻也是救起你的繩索…
鋼太	（救起我…？）
吳院長	在快要爆發時…讓你鎮靜下來的重要原因…
鋼太	（…！！就像安全插銷一樣嗎…？？）
吳院長	（笑而不語）

#34　　　**城堡，書房｜白天**

文英將白布套在傢俱上，鏡頭拉遠後，幾乎所有家具都已被白布覆蓋…相仁與丞梓匆忙跑來。

相仁	文英，這又是在做甚麼呢？
文英	（一貫地冰冷）還用問嗎，我在電話裡都說清楚了，我不會再寫童話書了。
相仁	（天哪…）…這樣也好！我們已經出版很多童話書，趁這個機會換個體裁吧！（暗示丞梓）
丞梓	其實像作家你也很適合寫犯罪小說或是恐怖小說？懸疑？冒險？還是 18 禁？
文英	封筆。

相仁｜丞梓	！！

相仁｜丞梓　！！

文英　我不會再寫書了，從今以後我要自由自在地玩到死。

相仁　（要瘋）聽我說…文英…（小聲）若你是因為這次事件的衝擊…可以休息個一年之類…

文英　（認真）代表。

相仁　（竟然叫我代表？）

文英　（真心）我…已經沒有想寫的童話了，就是如此。

相仁　…！！

文英　這棟房子我也會賣掉，所以以後也不要出現在我面前，帶著丞梓回首爾吧，你們已經自由了。

相仁　（天大打擊！！）

丞梓　（內心普天同慶）

相仁　（泛淚）我不允許！！沒有高文英的超乎想像出版，我一點都無法想像，沒有高文英的李相仁更是一點都不像人，自由一點用處都沒有！！（哀求）文英，拜託你了，我會對你很好的…拜託你～

文英　不要碎碎唸，昨天沒睡好，我頭很痛，我要補眠了，你們出去吧。（走出書房）

相仁　（失去人生方向，癱軟在地）

丞梓　這次似乎真的要封筆了，還是我們要趁這個機會與其他作家簽約…

相仁　不行！！！你以為我是在苦惱有沒有錢賺嗎？

丞梓　對。（本來就是）

相仁　童話對於文英而言…是與世界溝通的唯一窗口，是她的嘴也是她的呼吸孔，現在將這一切都阻斷的話…就跟死了沒

有兩樣！！（崩潰）

#35　　城堡，大廳｜白天
　　　　文英在大廳角落，靜靜聽著相仁的真心話，心中滿是抱歉
　　　　與感謝⋯但是自己必須獨自一人，或許哪天會變成怪物，
　　　　傷害身邊的人⋯即便孤獨也是必要的代價⋯下定決心的她
　　　　步上樓梯。

#36　　沒關係病院，院長室外走廊｜白天
　　　　吳院長與鋼太走出辦公室。

鋼太　　　院長。
院長　　　甚麼事？
鋼太　　　剛剛說要一起玩的事。
院長　　　你又打甚麼歪主意～（這傢伙）
鋼太　　　我會常陪你玩⋯只是可以讓我在醫院的一處，種一棵樹苗嗎？
吳院長　　樹苗？不錯啊～

　　　　兩人走著⋯「想種甚麼樹？」「胡桃樹或銀杏。」「不要
　　　　種銀杏，會有屎味，蘋果樹如何？」

#37　　沒關係病院，護工室｜白天
　　　　鋼太整理著置物櫃中的物品，吳車勇走進休息室。

吳車勇　　前輩⋯真的要辭職嗎？

15　　　情誼深厚的兄弟

鋼太	（整理）真的。
吳車勇	晚了一步呢，那要開始找可以替代前輩的人了。
鋼太	（轉頭）你也要離職嗎？
吳車勇	反正有一天也會被裁員的，還不如先發制人。
鋼太	（竟然…！）那你之後打算做甚麼？
吳車勇	要去當偶像練習生。（開始跳舞）
鋼太	（噗哧）…不錯啊，至少有找到出路。
吳車勇	前輩呢？該不會…！真的要跟高文英老師結婚了嗎？！
鋼太	（嘖）甚麼結婚…
吳車勇	還是被甩了？
鋼太	（！）
吳車勇	我就知道，老實說前輩你太過分了。
鋼太	我又怎麼了。
吳車勇	高文英老師表現得那麼明顯，就算你一直裝作不在乎，她還是不放棄，若是一般的女生早就不理你了。
鋼太	（大力的關上置物櫃）
吳車勇	（些微害怕）
鋼太	（問）那我…應該怎麼做呢？
吳車勇	甚麼怎麼做，不管三七二十一，把高文英對你投出的直球，一一投回去啊。
鋼太	（就像她對我所做的嗎，嗯…）

#38　城堡，兄弟的房間｜白天

尚泰在素描本上專心地畫著…

#39　　　城堡，文英的房間｜白天

文英躺在床上不自覺地睡著…

你…跟我流著相同的血液…

去死…去死吧，你這個怪物…被父親掐住脖子。

抓緊鋼筆昏厥的鋼太。

熙才要將鋼筆刺向鋼太…

做著惡夢的文英…突然感覺手中有東西，而張開雙眼…手
上拿著網太，而身邊坐著鋼太！

文英　　…！

鋼太　　因為你好像在做惡夢…

文英　　（絕不能動搖，坐起身兇悍地）趕快將行李整理整理搬出
　　　　去，我有網太就夠了，不需要鋼太。

鋼太　　…

文英　　也對，你說過不想成為誰的必需品，真剛好。

鋼太　　你真的要自己一個人生活嗎？

文英　　我一直以來都是自己一個人，無法融入人群，本來就注定
　　　　要這樣過活。

鋼太　　為什麼？

文英　　因為我天生就是如此。

鋼太　　高文英…現在的你無法獨自一人了。

文英　　為什麼？

鋼太　　因為你知道…甚麼是真正的溫暖…甚麼是溫飽…

文英　　！！

＃鋼太的胸膛…手心的溫暖…親吻…

＃順德所做的飯菜…

＃尚泰餵的每一口粥…

＃與朱里一起笑著看海…

＃替患者上課…

＃這段期間以來的幸福時光，閃過腦海。

文英	…！！
鋼太	所以…你就承認吧。
文英	承認甚麼…
鋼太	你想要被疼愛…想要被捧在手心…（溫柔地摸著頭）
文英	…！！！
鋼太	（笑著）
文英	（內心動搖）

文英揮開鋼太的手，鑽進棉被。

文英	（棉被裡）不要再多說廢話，趕緊搬出去！
鋼太	要跟你說一個故事嗎？
文英	不要！
鋼太	（不管）很久很久以前…
文英	閉嘴！
鋼太	有一對感情深厚的兄弟倆。
文英	（咬緊牙根，但還是聽著…）

鋼太（E）　秋收季節來臨，收成了許多稻米⋯哥哥因為擔心弟弟的生計，趁著半夜將一包米放在弟弟的家門口。

鋼太（E）　同一天夜晚，弟弟擔心哥哥家人口眾多，因此也背了一包米，放在哥哥家門口。

鋼太（E）　新的一天來時，兩戶人家門前各自都多了一包米袋，兩人都覺得奇怪⋯到了晚上，又將米搬去對方家中，就這樣過了幾天⋯

鋼太　　　你知道這個童話的寓意嗎？

文英　　　（假裝閉上眼睛）⋯

鋼太　　　情誼深厚的兄弟⋯就應該住在一起，才不會白費力氣。

文英　　　（太無言地在棉被裡笑出⋯！）

鋼太　　　有趣吧？

文英　　　真是胡說八道，哪裡稱得上是寓意⋯

鋼太　　　這是哥做的解釋。

文英　　　（⋯！！）

鋼太　　　你⋯討厭我們兄弟嗎？

文英　　　（無法同意）

鋼太　　　你喜歡我們。

文英　　　（無法否定）

鋼太　　　那我們就別再白費力氣了好嗎。

文英	…
鋼太	（看著一直沒反應的文英，些微不耐煩）高文英…
文英	…
鋼太	（拉著棉被）…說說話吧。
文英	（緊抓著棉被）
鋼太	（用力）出來吧…
文英	（固執）
鋼太	（一氣之下將棉被拉開）不要再固執了！！
文英	（突然坐起身）你現在是在對我發脾氣嗎？
鋼太	（…！）我…的音量本來就比較…大聲…
文英	（睜大雙眼）
鋼太	累…累了就休息吧…（逃走）
文英	（覺得有些可笑…但不斷想著鋼太所說的故事）

#41　　城堡，兄弟的房間｜白天

尚泰	（看著多利卡通）
鋼太	（有氣無力地坐在床上）
尚泰	跟她說了嗎？
鋼太	說了…可是沒有用的樣子。
尚泰	你有照我說的方式嗎？
鋼太	情誼深厚的兄弟，要住在一起才不會受苦，講了啊…
尚泰	那你一定講得很無聊，你不好玩，文鋼太不好玩。
鋼太	（…！受傷）
尚泰	（看著電視，複誦著卡通的台詞）

鋼太	（自責地躺下）真的好難…該怎麼做呢…
尚泰	（繼續看著電視）因為不有趣，所以不受歡迎…
鋼太	（噴…）

#42　城堡，餐廳｜夜晚

鋼太準備著晚餐…桌上有著鵪鶉蛋、海帶湯、雞蛋捲、香腸等等，皆是文英最喜歡的菜色…尚泰走進餐廳發出讚嘆聲…坐在位置上，鋼太盛了一大碗白飯放在文英的位置上。

鋼太	文英呢？哥你有叫她來吃飯嗎？
尚泰	有叫她，但不回答我，不回答哥哥，真是沒有禮貌。（吃飯）

此時，文英走進餐廳。

鋼太	（急忙）來吃飯吧…有你喜歡的鵪鶉蛋跟雞蛋捲…
文英	（從冰箱拿出一瓶水）我不吃。
鋼太	…！
文英	（走出餐廳）你過來一下。
鋼太	（跟上前）

#43　城堡，餐廳前走廊｜夜晚

文英板著臉將雙手交叉在胸前。

文英	到底甚麼時候要搬走？
鋼太	先吃點飯吧，你都一直餓著。

15　情誼深厚的兄弟

文英	現在是要玩田螺姑娘的角色扮演嗎？
鋼太	…
文英	回去你們原本的家吧。
鋼太	（停頓片刻）…回不去了。
文英	為什麼？！
鋼太	（左顧右盼）因為…水管破了。
文英	甚麼？
鋼太	現在那裡都淹水，需要幾天才會退。（趕緊跑回飯桌）
文英	（…！真是受不了）

#44　　**城堡，餐廳｜夜晚**

尚泰正在吃著飯…鋼太拿著手機在廚房一角來回踱步，最後撥打電話給某人。

鋼太	（尷尬…）是我…請問方便通話嗎？（之後持續通話）

#45　　**城堡，兄弟的房間｜夜晚**

熄燈的房間內，鋼太與尚泰躺在床上。

鋼太	哥…我辭職了。
尚泰	（坐起身）
鋼太	（躺著看向哥哥）現在我想休息了…
尚泰	…是不是從以前到現在打太多份工，身體開始不舒服了？哪裡生病了嗎？
鋼太	…那哥會養我嗎？

尚泰	才不要。
鋼太	（什麼？！）
尚泰	你不是家畜，是家人。
鋼太	？？（家畜？家人？）
尚泰	你又不是家畜，為什麼我要養你。
鋼太	（…！！也是有道理…）
尚泰	你賺錢養自己，我賺錢養自己，大家努力賺錢養自己，這樣才是禮儀。
鋼太	（…啊！）說得也是，不為誰活著…而是各自好好地活著。
尚泰	可是哥哥會給你零用錢，院長說壁畫完成後會給我很多酬勞，只要畫上蝴蝶就好。
鋼太	哥…明天我們一起去沒關係病院吧。
尚泰	要去畫蝴蝶嗎？
鋼太	不是…去種樹。（開心笑著）

#46　　沒關係病院，大廳｜白天

吳院長看著壁畫，幸子所畫的蝴蝶已經處理完畢[26]。

吳院長	（與尚泰通話）趕快來畫畫吧，我會付錢的…真的嗎？等一下就要來了？很好～不是…不是在催你，是我的時間也不多了～

朱正泰聽到院長的電話內容，趕緊跑到休息室，那裡有著

---

26 在上面疊上顏料。

許多病患與正在投幣式販賣機前的星。

朱正泰	看來傳聞是真的？
簡畢翁	甚麼傳聞？
朱正泰	傳聞說院長不是得不治之症就是癡呆啊。
簡畢翁	才不是這樣吧…？
劉宣海	（喝著咖啡，看著星的表情）你知道些甚麼吧？你躲不過我的雙眼的，別想矇騙我。
星	要騙你甚麼，明明就不是女巫，別再假裝女巫了～（走向護理站）
劉宣海	你們都看到她剛剛迴避我的眼神了吧？一定有甚麼秘密～

#48　　　沒關係病院，護理站｜白天
　　　　　權敏錫與朱里坐著，星走進。

星	前輩，我們是否應該跟病患告知院長要退休的事情？大家似乎都能看出端倪了。
朱里	大家一個個辭職，整個醫院的氣氛都不對勁了…現在不應該讓病患更加躁動，院長不是這樣說嗎～
權敏錫	但…退休歡送會還是要舉辦吧？
吳院長	（走進）又不是甚麼光榮的退休，是我不夠格才退下的…各位要換班了對吧？一起吃個飯吧…

　　　　　眾人一同站起身走出…交接的醫護人員走進。

| 朱里 | 我打個電話就過去…（拿起手機走進辦公室） |

#49　沒關係病院，護理師辦公室｜白天
　　　朱里撥打電話給媽媽。

| 朱里 | （擔憂）媽，吃飯了嗎？怎麼可以只吃玉米呢，真讓人心疼～！ |

#50　城堡，文英的房間｜白天
　　　文英發著呆躺在床上，肚子咕嚕咕嚕地響…

　　　手機響起，來電顯示為朱里。

文英	…幹嘛。
朱里（F）	文英…真的很不好意思…可以麻煩你一件事嗎？
文英	不可以。（正要掛掉）
朱里（F）	我媽她不舒服！！
文英	（停止動作）
朱里（F）	我媽媽她今天身體不舒服，請假在家休息…但剛剛聽她的聲音好像很嚴重，所以我很擔心…
文英	…
朱里（F）	相仁跟丞梓去參加研討會，所以沒接電話…我今天又值夜班…
文英	那你打給文鋼太不就行了。
朱里（F）	真的很抱歉…你可以去看一下嗎？由女生來照顧總是比較

好⋯可以嗎？

文英　　　（冷漠）不可以，你媽到底關我甚麼事？（掛電話）

#51　　　朱里的家，前方空地｜白天
　　　　　最後，文英從車上走下，帶著不耐煩的神情抬頭。

#52　　　朱里的家，客廳｜白天
　　　　　文英走進客廳，看到順德吃著玉米看著喜劇，哈哈大笑。

文英　　　（被騙了⋯！）
順德　　　（輕鬆自然）來了嗎？
文英　　　你有不舒服嗎？氣色看起來比我還要好。
順德　　　等你到了我這個年紀就知道，每天膝蓋都在痛，腿都在
　　　　　痠，半夜都睡不好。
文英　　　（竟然騙我）可惡，南朱里這個雙面人。
順德　　　（將飯桌上的布掀起，是擺放好的飯菜）別再罵人家的寶
　　　　　貝女兒了，趕緊過來吃飯吧。
文英　　　⋯！！
順德　　　（從鍋爐上舀鍋巴湯）知道你餓了很多天，所以我煮了鍋
　　　　　巴湯。
文英　　　（呆呆望著）
順德　　　坐下吧，通常這個時候都要假裝被騙才行，你知道多少人
　　　　　為了你乾巴巴的肚子而費盡心思嗎？
文英　　　⋯！！！

#53   回想｜城堡，餐廳＋載洙的房間｜夜晚

（#44 幕接續）鋼太與相仁通話中。

鋼太   是我，請問現在方便通話嗎？

相仁   （坐在電腦前看著郵件，接起電話）怎麼了，又發生甚麼
事了嗎？我好緊張～

鋼太   （尷尬笑著）不是那樣的…只是有個難為情的請求…

相仁   難為情？！

#54   回想｜朱里的家｜夜晚

相仁、朱里、順德、丞梓聚集在一起討論。

朱里   那媽妳乾脆明天請半天假吧。

順德   好啊，回來的時候去買點菜，你問問鋼太，文英喜歡吃些
甚麼，我來準備。

朱里   好。（打著訊息）

相仁   她突然吵著說不寫文章，也不吃飯，足不出戶，真是讓人
擔心…真的非常謝謝大家。

順德   才不是因為她呢，而是因為鋼太呢。（開玩笑語氣，走進
廚房）

丞梓   那既然飯菜已經有下落了，我準備其他東西吧。

朱里｜相仁   甚麼？

丞梓   （通話）喂？載洙嗎？我是劉丞梓…明天晚上…有空嗎？

#55　　　現在｜朱里的家，客廳｜白天

　　　　　因著眾人的努力，讓文英能夠坐在一桌飯菜前。

順德　　趕緊吃吧…

文英　　（因為肚子太餓，喝了一大口湯）該死，燙死我了！

順德　　　！

文英　　　！

順德　　那麼漂亮的嘴巴怎麼滿口髒話呢？

文英　　（嘖…）

順德　　要吹一吹再吃，不然上顎都要脫皮了。

文英　　（聽著話，呼呼）

順德　　其實也沒甚麼…（將泡菜撕成小塊，放在碗裡）昨天鋼太
　　　　打電話給李代表，拜託我們讓你吃一頓飯。

文英　　（果然是他…）

順德　　大概是直接打給我不好意思吧～都已經拒絕朱里了，怎麼
　　　　有臉打給我，請我做飯給你吃呢～

文英　　可是阿姨妳還是做飯了。

順德　　就是說啊，我真是傻瓜。（哈哈…將小菜遞上）

文英　　（想著鋼太的心意…朱里母親的心意…每個人的心意…一
　　　　陣鼻酸）

順德　　…？

文英　　…為什麼大家…都對我這麼好？明明沒有任何關係…

順德　　因為漂亮。

文英　　…！

順德　　長得漂亮，吃相也漂亮，還喜歡一無所有的鋼太，那份心

意令人喜愛，怎麼了嗎？

| 文英 | （眼眶已經泛紅） |

順德　　（將小菜夾給文英）

文英　　（呼嚕嚕喝著鍋巴湯）

載洙（E）　肚子好餓～我要吃飯～（撞見文英，露出尷尬的笑容）

#56　　　沒關係病院，庭院｜白天
　　　　　尚泰與鋼太在庭院的一角種下胡桃樹，並在樹上掛著全家
　　　　　福相片。

鋼太　　（百感交集地望著樹苗）

尚泰　　這就是我們媽媽的樹嗎？媽媽之樹？

鋼太　　對…如果想媽媽時就可以來探望這棵樹。

尚泰　　媽…（拿起相片）這是我們新的全家福相片～她是文英…
　　　　　很漂亮吧，本來有著漂亮的長頭髮，但是被鋼太剪了～

鋼太　　（雖然有很多話…想對母親說…但最想讓母親看見自己幸
　　　　　福的模樣）媽…我長大了…

尚泰　　（看著）

鋼太　　（希望哥哥也說些甚麼）

尚泰　　對，弟弟好好地長大了…我也長大了…媽媽現在換你也要
　　　　　快快長大喔。

鋼太　　（笑著對媽媽之樹承諾）我以後會守護哥哥的。

尚泰　　你…不是生來保護我的。

鋼太　　（甚麼？）

尚泰　　你不是生來保護我的。

鋼太	（…！！訝異地看著哥哥）
尚泰	媽媽…不是為了讓你守護我，才生弟弟的，本來就應當是哥哥守護弟弟…所以那天我就打了壞阿姨的頭…是我打的…在你受傷的時候…我保護了你…是我…
鋼太	（感動萬分…我的哥哥…）就是說啊…是哥保護我的…
尚泰	現在你也是大人了，可以保護自己，我很忙，媽媽再見。 （離去）
鋼太	（看著媽媽之樹，隨後趕緊跟上哥哥）一起走吧～

媽媽之樹上…鋼太、文英、尚泰所拍的全家福相片隨風搖曳…

#57　　**朱里的家｜白天**
文英跟載洙喝著酒，竟然聊起天…

載洙	其實…我經常懷疑他到底腦子有沒有問題？真的很可疑，他太冷漠無情了。
文英	沒錯，他那個特有的虛偽表情，太～倒胃口了。
載洙	是吧，而且他真的不太正常。
文英	？
載洙	他有一次來我的店裡，竟然跟我說甚麼你知道嗎？賽倫蓋提！哈哈哈哈，他知道賽倫蓋提在哪裡嗎？我一開始還以為是義大利麵，賽倫蓋提可是遠在非洲耶，一個連護照都沒有的小子去甚麼非洲…真是瘋了吧。
文英	為什麼那是瘋了？（眼神突變）

載洙	甚麼？
文英	為什麼去賽倫蓋提玩就是瘋了！說啊？！（捏爆酒罐）
載洙	（我說錯甚麼了嗎？！）

#58　　城堡，大廳｜夜晚

文英搖搖晃晃地走進大廳…尚泰抱著素描本坐在樓梯間打瞌睡。

文英	（停頓片刻後，坐在身邊）
尚泰	（醒來）你去哪裡了？
文英	（呼呼吹氣）
尚泰	天哪…酒臭味…
文英	哥，你去問鋼太好不好？看他明天又要用甚麼理由賴在這裡，我今天去你們家，水管根本沒壞。
尚泰	耍賴。
文英	（笑）真的要耍賴嗎？
尚泰	檢查作業時間。（攤開素描本）
文英	我說了不用寫作業了不是嗎，我現在不寫童話了，中斷，不是，是封筆。
尚泰	但這份作業要通過，我才能成為插畫家，所以趕快幫我檢查。
文英	真是固執…
尚泰	就算高文英作家不再寫作，我要跟其他的最佳拍檔出書，我會繼續畫畫。
文英	（…！）哥你…真是見風轉舵，貓貓狗狗都可以是最佳拍

　　情誼深厚的兄弟

檔嗎？

尚泰　　跟貓狗怎麼可以是最佳拍檔呢，我是人啊，種類完全不一樣。

文英　　（哈哈…）那我幫你看看，看火柴人進步多少。

尚泰　　（打開）你看！幸福的表情！！

文英　　！！！

尚泰所翻開的一頁…上面畫著輕閉雙眼沉睡的鋼太，但臉上卻滿溢著幸福表情。

文英　　（…！！！內心震盪）

尚泰　　（看著文英…再看著畫）

#「哥…我有喜歡的人了…」

尚泰　　他說有喜歡的人…然後臉上浮現這個表情，還邊講邊笑…那時候的他…很幸福…一點都不虛假…是真正幸福的表情…

文英　　（拿著素描本的手微微顫抖，眼淚滴落在紙上）

尚泰　　是幸福的表情…為什麼要哭呢？

文英　　…太好看了…因為太好看。

尚泰　　…想要嗎？

文英　　…想要…（淚流不止）給我吧。

尚泰　　（將素描紙撕下）給你！

文英　　（無法將視線從畫中幸福的鋼太轉移）

尚泰	我真的很想出一本童話書。
文英	（看著）
尚泰	出版之後想讓媽媽看，跟她說我是插畫家了…
文英	（！）…媽媽？
尚泰	對，媽媽之樹，我們在沒關係病院裡種了一棵小小的媽媽之樹…
文英	（媽媽…之樹？）

#59　城堡，文英的房間｜夜晚

文英看著素描紙上鋼太幸福的表情。

| 文英 | 幸福的…表情…（這就是想起我的表情嗎…溫柔地用指尖觸碰） |

#60　沒關係病院｜（隔天）白天

叩叩叩，一雙停在媽媽樹前的皮鞋，文英穿著簡單正式的服裝。（對於鋼太母親的致意）

| 文英 | （用顫抖的指尖…想要摸著小樹的葉子…但還是將手收回）真的很抱歉…真的很抱歉…（流著淚看見樹上所掛的全家福相片） |

文英的身邊，出現一雙男性皮鞋。

| 文英 | （趕緊擦去眼淚） |

15　　情誼深厚的兄弟

鋼太	（穿著正式）
文英	（抬頭）
鋼太	我跟蹤你了。
文英	…
鋼太	綁架是你的興趣的話，那我就是跟蹤了吧。（笑）
文英	…好玩嗎？
鋼太	不好玩…（真心）但很帥氣。
文英	（不想動搖）
鋼太	（真心誠意）我會不斷努力的，努力克服，努力承擔…所以…不要再將我推開好嗎…（溫柔笑著）
文英	（鼻酸）
鋼太	（認真地看著文英）
文英	…還不夠。
鋼太	（甚麼？還不夠？）
文英	（轉身）
鋼太	（將手掌攤開在文英面前）那這個你打算怎麼賠償我？
文英	（…！！對於手傷…）很抱歉…讓你受傷…
鋼太	用話語安撫有甚麼用。（與第一集結尾文英的台詞相符）
文英	那錢呢？
鋼太	不要。
文英	不要錢那你要甚麼！
鋼太	你。
文英	！！
鋼太	高文英…把你獻給我吧。（與第三集文英的台詞相符）
文英	！！！（臉紅）

鋼太	（笑著）
文英	（只是靜靜看著，再等待些甚麼）
鋼太	（…？嗯？怎麼不說話）
文英	（還差臨門一腳）還是不夠！（轉身就走）
鋼太	（…！詫異，追上前）到底哪裡還不夠！說啊！
文英	不要再說了！我對你沒有期待！
鋼太	（…！！想起某個從前）
文英	（走著）
鋼太	我愛你…
文英	（…！！站直）
鋼太	（認真）我愛你…文英…
文英	（轉過身看，心跳加速）

對於突如其來的告白，患者們紛紛觀望，劉宣海、簡畢翁、朱正泰看得正起勁…

文英	（期待告白後會有甚麼行動）
鋼太	（不明白眼神的暗示）…？我愛你…
文英	（皺眉）
鋼太	（著急）我，我說愛你了啊？
患者們	（要趁勝追擊啊…看得我好鬱悶…）
文英	（轉身離去）
鋼太	（追上）真的真的很愛你！我說愛你為什麼跑走！（大吼）我愛你！高文英！！！

看著鋼太大喊愛的告白的患者們，議論紛紛。

劉宣海　　他是不是應該住院？

簡畢翁　　我們文護工…變真多呢。

朱正泰　　這就是愛情的力量～

#61　　**載洙的房間｜白天**
　　　　丞梓與相仁坐在一角…對面的尚泰抱著素描本…帶著不滿
　　　　的神情。

尚泰　　　代表你要負起責任，當初已經有簽署合約，我也交了作
　　　　　業，甚至還拍了可以放在書內的插畫家照片，現在才說不
　　　　　出版童話書，那要我怎麼辦？

相仁　　　因為…那個…其實還沒有真的確定不出版…（示意丞梓）

丞梓　　　就是說啊，我們優秀的代表一定可以說服高作家出書的！

相仁　　　（你說甚麼！）

尚泰　　　你確定嗎？

相仁　　　（片刻）當然！當然啊！

尚泰　　　那要寫切結書，寫在這裡。（攤開素描本）

相仁　　　…！！（在紙上寫下，我承諾將出版…）

#62　　**城堡，書房｜夜晚**
　　　　文英滿臉通紅地走進書房…身後是追趕上來的鋼太。

鋼太　　　不是我愛你嗎？不然是甚麼？要我說甚麼？

文英	不要再講我愛你了，小心我把你的嘴…（轉身）
鋼太	（摟緊文英的腰，讓她坐在書桌上）
文英	（甚麼！甚麼情況！！）
鋼太	（湊上前）你要把我的嘴…怎樣？
文英	（緊張）
鋼太	這樣嗎？（親吻）
文英	（緊張地全身顫抖）
鋼太	（溫柔地笑著，再輕輕一吻）
文英	（耳邊只聽得見心跳聲）
鋼太	（正要更彎下腰時！）
獐子（E）	呃啊啊啊啊！！！
鋼太	（被嚇到）該死的臭獐子！！
文英	（噗哧大笑）

鋼太看著眼前的文英，已經無法抵擋心中的澎湃…他讓文英躺在書桌上…給她深深地一吻。

16

找尋最真實的臉孔

#1　　　沒關係病院，庭院｜白天（15集60幕）

　　　　　文英板著臉走著，後方追來⋯

鋼太　　　我愛你⋯

文英　　　（⋯！呆愣在原地）⋯

鋼太　　　（認真）我愛你⋯文英⋯

文英　　　（紅著臉轉過身）

鋼太　　　⋯

文英　　　⋯

鋼太　　　（露出微笑）

文英　　　（就這樣？？）

鋼太　　　（沒聽到嗎⋯？）我愛你⋯

文英　　　（所以⋯？）

鋼太　　　（現在是⋯？）

文英	（皺起眉頭）
鋼太	我愛你啊？

周遭開始聚集患者們…焦躁地看著「要再加把勁啊…」「看得我好鬱悶…」

文英	（轉過身離去）
鋼太	（…！！）真的真的很愛你。
文英	（唉…）
鋼太	我說愛你為什麼要逃跑…我愛你…高文英！我愛你！！！

鋼太大喊著愛的告白追趕在後，患者們看得相當開心…

#2　　城堡，書房｜夜晚（15集62幕）
　　　文英不理睬他，走進書房…鋼太緊追在後。

鋼太	不是我愛你嗎？不然是甚麼？要我說甚麼？
文英	不要再講我愛你了，小心我把你的嘴…（轉身）
鋼太	（摟緊文英的腰，讓她坐在書桌上）
文英	（心跳加速！！）
鋼太	（湊上前）你要把我的嘴…怎樣？
文英	！！
鋼太	這樣嗎？（親吻）
文英	（緊張得全身顫抖）
鋼太	（溫柔地笑著，再輕輕一吻）

文英	（耳邊只聽得見心跳聲）
鋼太	（正要更彎下腰時！）
獐子（E）	呃啊啊啊啊！！！
鋼太	（被嚇到）該死的臭獐子！！
文英	（噗哧大笑）

看見文英開懷大笑，鋼太也笑了起來⋯他溫柔地讓文英躺下⋯兩人深情地望向彼此⋯透過嘴唇傳達溫度⋯一旁鋼太送的花束，看起來格外有生氣⋯

#3　　**朱里的家，頂樓｜夜晚**
我，超乎想像出版社代表，李相仁，將承諾會盡最大的努力，出版文尚泰插畫家的童話書。一旁還有相仁的簽名，尚泰開心地看著切結書。

| 尚泰 | （朗誦）超乎想像出版社代表，李相仁，將承諾會盡最大的努力，出版文尚泰插畫家⋯ |

此時門外傳來，「哥～大哥～」載洙的聲音。
Cut to. 載洙看著相仁的簽名發笑。

載洙	竟然讓他簽了切結書，還簽名，大哥真是厲害～可是你應該是為了跟我炫耀，在這裡等我嗎？
尚泰	不是。
載洙	那是因為想我嗎？（眨眨眼）

尚泰	（正經）店長。
載洙	怎麼了？
尚泰	我要辭去打工。
載洙	（衝擊！）…甚麼？
尚泰	以後…不打工了…
載洙	可是…為什麼這麼突然呢？
尚泰	辭職本來就是突然的，沒有事先預告，所以才抱歉…
載洙	（打擊）為什麼…？是因為薪水太少嗎？
尚泰	（為難…）
載洙	那我將時薪調漲…五百，不，讓你加薪一千元！
尚泰	不是因為月薪，而是插畫家。
載洙	甚麼？
尚泰	我想要成為插畫家…真正的插畫家…
載洙	（啊…！明白尚泰的意思…但捨不得）不行！不可以！不行說走就走，不要離開我，那你要找接手的人才行，要像哥一樣能幹，像哥一樣讓我喜歡，還要會畫畫，還要有自己的特色…（哭）我也想瀟瀟帥氣地放手…但是…
尚泰	帥氣的話，還是朴寶劍比較帥…
載洙	（收回眼淚…）

#4　　城堡，書房｜夜晚

在親吻後…鋼太坐在沙發上，文英枕著他的腿而躺。

文英	媽媽之樹上…為什麼將我的照片也掛上了呢？
鋼太	她應該也想認識你。

文英	（我沒有那種資格…）那你怎麼介紹我的…？
鋼太	是媽媽一直以來所期盼的…哥哥最好的朋友…
文英	…
鋼太	還有我所深愛的女人…
文英	…
鋼太	我們有了新的家庭…請她不要擔心…
文英	（內心盡是感謝與愧歉）…但她好像會很討厭我。
鋼太	…
文英	（因鋼太沒有回應而坐起身）
鋼太	（轉換氣氛）老實說…你也不是每個人都喜歡的類型。
文英	…！找死嗎？
鋼太	你也無需討每個人歡心，專注在我身上就行了…（笑）
文英	（看著鋼太）我想睡了。
鋼太	（！）
文英	（靠近耳邊）想睡了…（明白我的暗示嗎？）
鋼太	（…！！吞口水…略帶緊張的神情）

尚泰（E）	我要睡了。

#5　　　頂樓｜夜晚

載洙	（沒聽清楚）要走了嗎？
尚泰	不是要走，是要睡。（整理床鋪）
載洙	！要在這裡睡嗎？我可以載你回去啊。
尚泰	我有跟鋼太說要在這裡過夜。（鋪好床鋪）

載洙	為什麼…？
尚泰	他們兩個要和好，和好就是當事人的事情，有旁人在的話只會造成妨礙，不會和好了。
載洙	！
尚泰	載洙也在這裡睡吧（整理枕頭）但拜託你不要再打呼了，是不是要做鼻竇手術比較好。
載洙	（鼻酸，抱緊尚泰）大哥！
尚泰	？！
載洙	我…甚麼時候可以成為像大哥一樣的哥哥呢？
尚泰	弟弟，父母再生一個的話，你就是哥哥了。
載洙	（…！！噗哈哈…緊緊地抱著尚泰）讓我當大哥的弟弟不行嗎～讓我當個小弟吧～

#6　　　城堡｜（隔天）白天

#7　　　城堡｜文英的房間｜白天

陽光灑進房內，微風將窗簾吹開…房內的地上散落著前一晚激烈（？）的痕跡…衣物披掛在床邊與地板，還有不成雙的鞋子，更有鋼太被撕裂的襯衫…凌亂不堪，床上的兩人緊緊相依在一起，片刻後鋼太睜開雙眼，看著懷中的文英，幸福地露出笑容…他溫柔地輕撫她的臉頰，再緩緩閉上眼睛，享受美好時光…

#8　　　城堡，廚房｜白天

清脆的切菜聲以及熱湯煮沸的氣泡聲響起，鋼太準備著早

飯，雖然雙手忙碌，但心裡卻是幸福又充實，文英走上前，緊緊抱住他。

鋼太　　（沒有多看）小心點，我拿著刀子。

文英　　（依舊不鬆手，像小貓一樣在背後玩耍）

鋼太　　我仔細想想，還沒跟你說過。

文英　　甚麼？

鋼太　　我現在失業了。

文英　　（！驚訝地看著）辭去護工的工作了嗎？

鋼太　　對。

文英　　為什麼？

鋼太　　（停頓）想嘗試別的事情。

文英　　（站直）你真的想上學嗎？

鋼太　　先從…準備入學考開始…

文英　　不行，如果不是空中大學就不行。

鋼太　　我可沒有要徵詢你的同意。

文英　　（氣）你一輩子活得那麼辛苦，現在還要讀書嗎！你就甚麼也不要做，待在我身邊就好，像寄生蟲一樣。

鋼太　　（拿起）我說過我有刀了。

文英　　好，收回，寄生蟲是一時口誤。

鋼太　　（將刀子放下，看著文英）那你以後打算怎麼辦，不寫書了嗎？

文英　　（嗯…）我已經沒有想寫的童話了。

鋼太　　那個呢？三個人一起搭露營車出遊的故事，我很期待耶。

文英　　你想看嗎？

410 × 411

鋼太	想給大家看。
文英	？
鋼太	因為是你跟哥哥所寫的童話⋯我想讓每個人都看到。（真摯）
文英	（⋯牽起鋼太）跟我來。
鋼太	（⋯？走著）

#9 　城堡，書房｜白天

將一張紙（素描本上的一頁）遞給鋼太的文英。

文英	你看。
鋼太	（打開看）

是尚泰所畫的⋯幸福的鋼太！

鋼太	（凝望著許久）
文英	是尚泰哥畫的，真正幸福的文鋼太。
鋼太	（哥⋯）
文英	他說你講著夢話，含糊說著自己有喜歡的人，當時臉上的表情。（開玩笑）你連作夢都在告白，看來你真的很喜歡她？
鋼太	（盯著畫）⋯很喜歡。
文英	（開心）
鋼太	（畫中的自己略顯陌生又令人悸動）這⋯好不像我⋯
文英	（看著鋼太）看了這幅畫後⋯我把原先的稿子稍微修改了

一下。

鋼太　　　（修改？！）

文英　　　不過結局還是秘密。

鋼太　　　…！要出書了嗎？

文英　　　這次的會出，以後的再說吧。

鋼太　　　（再次望著畫作…原來我的幸福笑容，就是這個模樣）

文英　　　…喜歡嗎？

鋼太　　　喜歡…

文英　　　那你喜歡我？還是喜歡尚泰哥？

鋼太　　　我…

文英　　　（期待）…

鋼太　　　我…

文英　　　（吞口水）

鋼太　　　我喜歡…我自己。

文英　　　（甚麼？？）

尚泰（E）　我回來了！

鋼太　　　（開心笑著，走出房外）哥，你還沒吃飯吧？

文英　　　（碎唸）可惡的白狐狸…（但還是追上去）

#10　　　沒關係病院，院長室｜白天
　　　　　吳院長與簡畢翁下著象棋。

吳院長　　（放下一顆棋子）

簡畢翁　　我忘記那裡了，哈哈…粗心粗心。

吳院長　　（笑）

簡畢翁	要買甚麼給你呢？香腸？玉米？巧克力？
吳院長	每次都要放水，很不容易吧？
簡畢翁	…！
吳院長	你太明顯了好嗎…（笑著）
簡畢翁	因為…看你最近都沒甚麼活力…
吳院長	所以為了安慰我，才放水嗎？
簡畢翁	（難為情笑著）
吳院長	（拿出準備好的紙袋）收下吧。
簡畢翁	…！！（袋子內裝著一雙平底鞋）
吳院長	穿上它…從這裡走出去吧。
簡畢翁	（眼眶泛紅）
吳院長	別再說找不到門，刻意將眼睛閉上，怎麼也找不到門的，穿上它，沒有找到前不准回來。
簡畢翁	（穿上鞋子，感動地笑著）尺寸還剛剛好…
吳院長	（對著畢翁溫暖的笑著）

#11　　　**沒關係病院，備品室前走廊｜白天**
　　　　吳院長走在走廊上，聽見備品室傳來微弱的打呼聲。

#12　　　**沒關係病院，備品室｜白天**
　　　　吳車勇躺在地上呼呼大睡。

吳院長	真是可憐的孩子…（坐在車勇的身邊，用手輕輕地撫摸臉頰）

#13　　　沒關係病院，二樓護理站｜白天

　　　　　朱里、星、權敏錫各自忙碌中，突然聽到一聲「呃啊啊啊
　　　　　啊！」吳車勇痛苦地大喊著，吳院長拉著吳車勇的耳朵從
　　　　　備品室走出。

眾人　　　！！！

吳車勇　　（痛苦）爸！好痛！很痛啦！！爸！

星　　　　爸…？

權敏錫　　是在…喊痛吧？

朱里　　　好像都有。

吳院長　　（拉著兒子的耳朵到護理站）把這傢伙解雇。

吳車勇　　在老爸你解雇我之前，我就會自己辭職了好嗎！

星　　　　真的叫爸爸了！（看著敏錫）

權敏錫　　該不會真的是院長的小兒子吧…？（看著朱里）

朱里　　　（原來嗎）所以…會這麼囂張就是因為有院長當靠山…

吳院長　　我本來以為將他放在身邊，會比較振作，真是錯了，當我
　　　　　退休的時候會把他一起帶走，你們辛苦了，你跟我來。
　　　　　（抓著耳朵）

吳車勇　　（被拖走）啊～很痛啦…

星　　　　真不敢相信…！但怎麼不像呢？

朱里　　　子女不一定會像父母啊…（笑著）

#14　　　城堡，餐廳｜白天

　　　　　鋼太、文英、尚泰吃著飯。

鋼太	（…！）哥把打工辭掉了嗎？
尚泰	對。（咀嚼）
文英	那我們三個都失業了呢，真是有默契。
尚泰	可是你們兩個和好了嗎？親親比吵架好。
文英	別擔心，我們不只親親還和好甚至還接吻。
鋼太	（…！！！在餐桌下踢著文英）
尚泰	接吻？
文英	對，接吻還不夠，我們還…
鋼太	（！！！！）咳咳！咳咳咳！（就像肺要咳出來似地，大力咳嗽，一邊踢著文英）
文英	你幹嘛踢我！
尚泰	？？？？
鋼太	（裝傻）我嗎？
文英	就是你，還踢了兩次，痛死我了…
鋼太	（裝傻到底，轉換話題）哥…！文英決定要出版童話書了，跟哥一起創作的那本。
尚泰	…！！真的嗎？（看著文英）
文英	因為…尚泰哥的作業很完美，為了獎勵你，決定出版。
尚泰	（開心）好棒的獎勵…
文英	（突然）但是，就沒有露營車了。
鋼太	！
尚泰	（皺眉）為什麼？我們有簽契約不是嗎，甲方將支付露營車給乙方作為酬勞，上面有寫。
文英	（鎮定）確實有寫，但重點是下一句。
尚泰	因為乙方有個討厭搬家的弟弟。

鋼太	（這…）
文英	所以（看著鋼太）這個弟弟現在已經沒有必要搬家了，那露營車還有甚麼用嗎？（理所當然的神情）
鋼太	（低聲）你在打甚麼主意？
文英	（繼續說道）所以我會給你錢，尚泰哥不是最喜歡錢嗎？
尚泰	（被說服）對，錢很好。
鋼太	哥…！
尚泰	為了退休生活需要存錢，雖然錢不是一切，但有總比沒有好。
文英	那就用錢支付囉。
尚泰	同意。
鋼太	（這兩個人…）
文英	（又夾不起鵪鶉蛋）可惡。
尚泰	（將鵪鶉蛋放進文英碗中）那我們甚麼時候開始工作？
文英	現在。
鋼太	這兩個…真是夢幻的最佳拍檔呢。（笑著）

三個人又恢復吵吵鬧鬧的日常時光「高文英，看來你要重新學習拿筷子的方法。」「尚泰哥你不要嘮叨。」「你才不要對哥沒大沒小。」「是怎樣，姓文的要一起欺負我嗎？」「不要再吵架了。」

#15　　　咖啡廳｜（其他天）白天

文英與相仁坐在咖啡廳裡，文英喝著漸層美式咖啡（PPL），相仁喝著季節限定的果汁（PPL）[27]

相仁　　（停頓片刻後）你打算怎麼負起責任？

文英　　你有看過我負責任嗎？

相仁　　（也是）你說《西方魔女謀殺案》會由我們出版社出版，
　　　　結果現在業界都在說我是騙子！我被小說迷罵得有多悽
　　　　慘，你知道嗎！你要怎麼補償我一塌糊塗的名聲？

文英　　（喝著飲料）撿起來不就好了。

相仁　　不是啊…如果要用來當餌，當初拖評論王下水就好，為什
　　　　麼要賠上我呢…

文英　　（拿出信封袋）給你。

相仁　　…？！！這是甚麼。

相仁打開信封袋，看見《西方魔女謀殺案─最終回》！

相仁　　！！！！西、西方魔女…你…原來真的在你手上！

文英　　這是唯一的一本影印稿，隨便你是要處理掉還是出版，出
　　　　版的話，相信可以補償你這段期間以來幫我送出去的蜂蜜
　　　　水。

相仁　　（感動的眼淚）文英…

文英　　你選吧。

---

27 另一個位置放著丞梓的包包與飲料。

相仁　　…？！甚麼？

文英　　（將另一個信封袋放在桌上）這是我最後一本書的原稿修
　　　　改版。

相仁　　（！！！正要打開）

文英　　（用手制止）可沒有這種好事。

相仁　　（抬頭）甚麼？！

文英　　看你是要選擇西方魔女，還是我的作品，選吧。

相仁　　（神啊…為什麼要給我這種試煉…！！！）

相仁的眼珠在兩個信封袋間來回轉動，最後他拿起西方魔
女的信封。

文英　　（這傢伙…）

相仁　　（拿著原稿）能夠讓我一夜致富，但卻讓你陷入一輩子苦
　　　　痛的作品，我怎麼能出版呢。（將它丟在一旁，拿起文英
　　　　的原稿）

文英　　（不為所動，但心中感動）…你確定不後悔嗎？比起高文
　　　　英最後之作，都熙才的最後一本書更聳動吧？

相仁　　文英，我真～的很喜歡你的文筆。（笑著）

文英　　（感動）那我們要不要去吃頓大餐，很久沒吃牛排了吧。
　　　　（起身）

相仁　　（拿著信封）牛排嗎，當然好，你要請客嗎？

兩人起身後，桌子上丞梓的飲料翻倒在西方魔女的原稿
上，但無人發現…

Cut to.「可惡…便祕…」從洗手間出來的丞梓看著空無一人的餐桌。

丞梓　　搞甚麼…又丟下我…（打給相仁）

此時，咖啡廳店員走上前，準備收拾桌面「需要幫您整理桌面嗎？」「好的，麻煩你了，謝謝。」丞梓拿著手機，轉身就走，店員將殘杯與原稿丟進垃圾桶。

#16　　**朱里的家，客廳｜白天**
相仁開心地與順德挑著豆芽。

順德　　真是太好了…尚泰終於要成為插畫家了。
相仁　　昨天已經完成簽約，也會讓他與其他作家合作，因為文英短時間內應該不會再寫童話…
順德　　說的也是，要跟不同的人合作切磋，才有成長的空間…
朱里　　（從房內走出）
順德　　（刻意）如果代表回首爾的話，會很想你，該怎麼辦～
相仁　　（嘿嘿）這段期間也好好休息了，要趕緊回去租個辦公室，有個新開始。
朱里　　（坐下）甚麼時候要回去呢？
相仁　　找到新辦公室的話，就要回去了。
朱里　　這樣子嗎…（些微落寞）
相仁　　所以這段期間朱里要多看看我喔～（笑著）
朱里　　（悸動…！）

順德	（看著兩人的互動而笑）
丞梓	（進門，不開心）代表，為什麼不接電話也不回訊息，還在這裡挑豆芽！
相仁	原來你有打給我嗎…？（看著）可是你為什麼空手回來，原稿呢？
丞梓	甚麼原稿？
相仁	…！！西方魔女！你該不會沒有帶回來吧？！
丞梓	甚麼…？西方魔女…你在作夢嗎？
順德｜朱里	？？？
相仁	（煩躁）我不是叫你要帶回來嗎…我還傳訊息給你。
丞梓	（看著手機）訊息？我沒有收到耶？
相仁	！！！！怎麼可能…我明明…（看著手機，臉色發白）

#17　　**看守所，停車場，文英的車｜白天**
　　　文英在車內，看著相仁傳錯的訊息（相仁的聲音）「丞梓，我們要發大財了！！西方魔女終於到我的手裡了！那是我們最後的生命線！記得要把桌子上的原稿帶回來！一定！一定！一定！」

文英	（看著訊息）李相仁真的是到死都是商人…（闔上手機）

　　　文英看著窗外，臉色凝重，深吸一口氣後下車。

#18　　　看守所，會面室｜白天

文英坐著…對面是穿著囚服的熙才。

熙才　　（看著女兒微笑）還真的來了呢。

文英　　（冷漠）你今天將是最後一次看到我。

熙才　　（嗤笑）你覺得他們會待在你身邊多久…？

文英　　我們…是一家人。

熙才　　哈哈哈…家人都講得出口…文英，家人是相同種類的人所
　　　　聚集而成的，跟不同種生活在一起…那不是家人，是家
　　　　畜。

文英　　…

熙才　　（靠上前細細看著女兒）寶貝…

文英　　（顫抖）

熙才　　（哄孩子）媽媽…真的很愛你…很疼惜你…所以希望你可
　　　　以像我一樣…不要依附在他人之下…而是可以凌駕於眾人
　　　　之上…這一點都不難…只要遵照你的本能就可以…為什麼
　　　　你要放棄天分跟那些人混在一起呢！

文英　　這才是萬幸。

熙才　　…！

文英　　我差點也要像你一樣，成為甚麼都不會的琵琶魚，你不知
　　　　道我有多開心脫離那樣的生活。

熙才　　（嘻）別開心的太早…你覺得我為什麼願意認罪？還把殺
　　　　人物證都交出去？

文英　　（盯著）

熙才　　因為不久後這個世界就會開始翻騰…都熙才還活著…甚至

還殺了人…而她的女兒…竟然愛上被害者的兒子！（哈哈哈）這是多麼有趣的故事，倘若被世人知道…你們究竟還走得下去嗎？還可以是一家人嗎？

文英　（不發一語）

熙才　（勝利的喜悅）

文英　（低聲）愛情…的力量…

熙才　…甚麼？

文英　李雅凜，那個患者對我說，人類最偉大的力量就是愛情…崇高的愛能夠包容、改變一切。

熙才　…噗（抱著肚子哈哈大笑）哈哈哈哈！（笑到流淚）

文英　（等到她笑完）我原本不相信的…但我現在…覺得你很可悲。

熙才　…！（收起笑容）

文英　而不知道自己可悲的你…更可悲。

熙才　高文英。

文英　你只有食慾，根本沒有感受過溫度…也無從得知…從今以後也沒有人能讓你知道…所以我跟你不一樣，我已經感受到了，打從心底感受到那有多麼溫暖和美好。

熙才　（似笑非笑）…溫度…？

文英　（站起身）

熙才　（看著）

文英　記得吃飯。

熙才　…

文英　我以後也會努力…將你從我的腦海中擦去。（轉身）

熙才　我愛你…

422 × 423

文英	…！！
熙才	寶貝女兒，我愛你…（才不會讓你輕易忘記我）
文英	（停頓片刻後…走向門）
熙才	（著急）說愛你了啊？媽媽真的真的很愛你！很愛很愛你！！！（抓著玻璃窗）

#19　沒關係病院，大廳｜白天

壁畫上熙才所畫的蝴蝶已經消失…尚泰用畫筆沾著水彩…謹慎地畫著…

文英（E）	已經擦掉了呢，那隻蝴蝶？
尚泰	（看著文英）不是擦掉…是用其他顏料蓋住，看不出來吧？我現在要畫上新的蝴蝶…
文英	（領悟）也是…擦不掉的話…就用更好的覆蓋上去…（關於媽媽的記憶，就算無法抹去，也能用許多更好的回憶覆蓋！）

#19-1　回想｜會面室｜白天

握緊門把，正要出去的文英停下腳步。

熙才	（發瘋似地大吼大叫，看見文英停下腳步，露出期待的神情）就是這樣…我的寶貝女兒…媽媽真的好愛…
文英	蝴蝶。
熙才	？
文英	（轉過身，冷靜地）以前你對我說…蝴蝶代表精神病，但

熙才	是…對我們而言，蝴蝶…是治癒… ！
文英	靈魂的治癒…銘記在心吧。
熙才	（治癒…？）

壁畫前

| 尚泰 | **蝴蝶就是賽姬，賽姬是治癒，治癒的蝴蝶，是好的蝴蝶，**要不要哥哥畫給你看？你要看嗎？ |
| 文英 | （笑）好啊，畫漂亮的蝴蝶給我。 |

文英靠在欄杆上看著…尚泰將顏料一點一點繪製在牆上，吳院長看著兩人的互動。

| 吳院長 | 看來…那座花園真的有蝴蝶翩翩起舞了呢…？（溫暖的笑容） |

| #20 | 披薩店｜白天 |

載洙拿起奇異筆，在紙上寫著斗大的「急徵外場」。門上所掛的鈴鐺響起，鋼太笑著推開門。

Cut to. 兩人相對而坐

載洙	聽說你辭去醫院的工作了。
鋼太	我想讀書。
載洙	那我要不要也把店收起來，跟你一起讀？一起重溫青澀的

校園時光呢？

鋼太	載洙。
載洙	怎麼。
鋼太	你…真的想要準備考試，上大學嗎？
載洙	不想，一點都不想。（我竟然…）
鋼太	（笑）所以別再跟著我了，現在開始做你真正想要做的事吧。
載洙	（難過）現在是不需要我了，所以要各走各的路，兔死狐悲了嗎？
鋼太	是兔死狗烹，兔死狐悲是因為同類的死而感到悲傷。
載洙	…！隨便，反正我現在因為你又氣又難過，就像兔死狐悲一樣痛心啊！
鋼太	（笑）…哥。
載洙	（！！！）
鋼太	哥…
載洙	（詫異）幹嘛，幹嘛突然這樣叫我…
鋼太	我以後就叫你哥了，你本來就大我一歲不是嗎？
載洙	你不是說不需要哥哥，為什麼現在又改口。
鋼太	有了一個之後…覺得哥哥越多越好。
載洙	（鼻酸）
鋼太	因為有趙載洙陪伴在我身邊…我才能夠撐過來，可以因為你而笑…因為你而有空間喘口氣…不會如此痛苦。
載洙	（眼眶已濕）
鋼太	謝謝你，載洙哥。（笑著）
載洙	（擦眼淚）知道的話，以後對我好一點，小子。
鋼太	知道了。

載洙	叫一次哥哥。
鋼太	哥。
載洙	再一次。
鋼太	載洙哥。
載洙	再來。
鋼太	適可而止。

#21   **城堡，書房｜白天**

尚泰與文英坐在書房內熱烈地討論中，文英來回看著原稿與
插畫，提出需要修改之處…尚泰專心聽著並與文英討論。

文英	空罐公主的眼睛太小了，要再大一點。
尚泰	要再大？要多大？一公分？兩公分？
文英	超過臉的一半大小。
尚泰	這樣太假吧，青蛙的眼睛都沒有那麼大。
鋼太	（走進）吃些點心，休息一下吧。（放下托盤盯著原稿）
文英	（推走鋼太）出去！這裡禁止外部人員出入！
鋼太	（抵抗）我怎麼是外部人員呢！
文英	（推）好，你是內部，但還是要出去！
鋼太	讓我待在這裡吧，我好無聊。
文英	不可以，趕快出去。

推推拉拉的兩人[28]。（鋼太被文英推出）

---

28 就像第三集兩人在治療室的模樣。

#22	城堡，大廳｜白天
	鋼太被推出門外後，文英正要走回去，此時鋼太抓住她的手。

鋼太	你要走了嗎…？
文英	不然？
鋼太	不是故意把我推出來的嗎…？
文英	為什麼要故意？
鋼太	（…！！尷尬）沒事…那趕快回去吧。
文英	（隨即關上門）
鋼太	（嘖…）

#23	垃圾回收場｜夜晚
	丞梓與相仁戴著頭燈在垃圾場裡翻找著。

相仁	拜託～拜託～西方魔女～！趕緊出來吧～
丞梓	（翻找邊碎唸）好臭…
相仁	要仔細的找，不要應付了事。
丞梓	你不是說絕不會出版《西方魔女謀殺案嗎》！
相仁	當然不會啊！（藉口）只是…替以後弄個備案啊，說不定這就是我的退休金了…
丞梓	那我為什麼要幫你找退休金呢？
相仁	落得這副模樣都是因為誰！如果你有把原稿帶回來，我們還需要大半夜在這裡翻垃圾嗎！
丞梓	（拿下頭燈）說甚麼！臭小子！
相仁	（嚇到）甚麼，你說甚麼？

| 丞梓 | 你這臭小子！你自己找甚麼西方魔女，混吃等死一輩子吧！（轉身離開） |
| 相仁 | （瞪大雙眼）你…你…！ |

#24　**朱里的房間｜夜晚**

丞梓將棉被蓋至頭頂…洗完澡的朱里進房。

朱里	（聞…皺眉）這是甚麼味道…？丞梓…你…洗澡了嗎？
丞梓	（穿著睡衣，探出頭）我一回家就洗澡了。
朱里	這樣嗎…？好奇怪…（手機響起，來自相仁的訊息，走出門外）

#25　**朱里的家，頂樓｜夜晚**

相仁一臉憔悴坐在涼床上，嘆了口氣喝著啤酒，朱里走上前。

相仁	（露出微笑）一個人喝太孤單了。（遞上啤酒）
朱里	（一坐下）啊…原來是代表的味道，飄進我的房間啊。
相仁	（坐遠）真的嗎？我已經嗅覺麻痺了…哈哈。
朱里	（再次坐靠近）沒關係，過一會就會習慣了。

兩人喝著啤酒。

| 相仁 | 丞梓…很生我的氣嗎？ |
| 朱里 | 你又虐待她了嗎？不要對她那麼嚴苛吧。 |

相仁	她可是比你大六歲耶。
朱里	甚麼？！！！可是…她都叫我姐姐…
相仁	那都是裝的，裝年輕、裝不會察言觀色，這樣在社會打滾才顯得比較輕鬆，她可是很聰明的…
朱里	竟然比我大嗎…？
相仁	在精神科工作的人，怎麼可以看不透人心呢？哈哈…要多跟我學學才是～（哈哈大笑）

#26　　**朱里的房間｜夜晚**

丞梓偷偷探出頭…手裡抱著…被飲料潑濕的《西方魔女謀殺案》原稿[29]！

丞梓	（嘿嘿嘿）李相仁…這就是你虐待我的代價～我要讓他受苦一個月後再給他～嘻嘻…

#27　　**城堡，書房｜夜晚**

鋼太走進書房…尚泰趴在攤開的素描本上呼呼大睡，鋼太將毛毯蓋在哥哥身上…並將手中的畫筆放回筆盒，另一頭的文英坐在沙發，手中還拿著校對的原稿，張開嘴昏睡中，鋼太坐在她身邊，讓文英的頭靠著自己的肩，他拿起文英手中的稿紙，上面寫著書名與封面圖案…還有著文英的字跡…

---

29 剛剛從回收場偷偷帶出。

《找尋最真實的臉孔》

文：高文英｜圖：文尚泰

鋼太感動地看著⋯將視線停留在兩人的名字上⋯終於就要
出版了⋯他們的作品⋯F.O.

#28　　城堡，大廳｜（不久後）白天

　　　F.O. 相仁與丞梓開心地抱著箱子走進城堡。

相仁　　文英！！書印刷好了～！！

丞梓　　文尚泰插畫家！！書來了～！！

#29　　城堡，書房｜白天

　　　他們將箱子放在桌上，一旁站著文英、尚泰、鋼太，相仁
　　　拿出一本書，不好意思地看著文英。

相仁　　來～《找尋最真實的臉孔》熱騰騰的初版～（正要遞給文
　　　英）

丞梓　　（搶走，遞給尚泰）插畫家等很久了吧～

相仁　　（可惡！）

文英　　（笑）

尚泰　　（看著封面⋯圖｜文尚泰⋯）圖⋯文尚泰⋯我的名字⋯我
　　　的名字⋯文尚泰⋯

鋼太　　（看著哥哥）⋯開心嗎？

尚泰　　開心⋯超級開心⋯（翻開第一頁，有著自己的介紹與在攝

430　×　431

影棚裡拍的相片）還⋯我的相片⋯

丞梓　　恭喜插畫家出道～（拉開響炮）

尚泰　　（拿著書往外衝）

鋼太　　？！！哥，哥，你要去哪！哥！（追上）

文英　　我也要！一起去！（追在後面）

相仁　　（三人跑出去後，臉色一沉）我有不好的預感，這次感覺
　　　　不會大賣。

丞梓　　怎麼說？

相仁　　跟以往的風格差太多了，她變了，所以連文風也變了⋯
　　　　唉⋯如果有西方魔女的話，我就不會那麼焦慮的⋯

丞梓　　代表，別太擔心。

相仁　　？

丞梓　　代表的預感通常沒有準過。

相仁　　（該死的⋯）

#30　　沒關係病院，庭院｜白天
　　　　鋼太、尚泰、文英，三個人站在媽媽之樹前，尚泰拿著童
　　　　話書炫耀著。

尚泰　　媽媽⋯你有看到嗎⋯這是我的名字，文尚泰⋯我是插畫家
　　　　了，真正的插畫家。

鋼太　　（欣慰地看著哥哥）

尚泰　　（翻開書）這裡，這個⋯都是我畫的⋯有看到這裡的表情
　　　　嗎⋯？表情⋯？

鋼太　　（蹲下身）哥，這本童話書的內容，想必媽媽也很好奇⋯

要不要唸給媽媽聽？

尚泰　　好…我最會唸童話故事了，每次我唸多利、多奇、多拿的時候，都可以一人分飾三角，對不對？

鋼太　　對啊。

尚泰　　書名…《找尋最真實的臉孔》（開始朗誦）

尚泰（E）　很久很久以前，在森林的深處，有一座城堡…有三個被黑影魔女奪去真正臉孔的三個人住在一起…

　　# 鋼太、尚泰、文英的特寫…
　　# 樹苗上的全家福隨風輕輕搖曳，尚泰朗讀著故事…

尚泰（E）　帶著微笑面具的少年和會發出聲響的空罐公主以及困在箱子的大叔三個人，他們的表情被奪走，所以不明白對方的心意，因此天天吵架…

#31　　沒關係病院，治療室｜（隔幾天）白天
　　「高文英作家＆文尚泰插畫家 新書發表紀念會」斗大的橫幅掛在牆上，一旁堆疊著《找尋最真實的臉孔》的新書，相仁睽違許久穿上正式的西裝確認場地佈置，丞梓在一旁協助。

相仁　　椅子感覺不太夠？

丞梓　　醫護人員說他們站著就可以了。

相仁　　不不，沒有記者席啊。

丞梓　　新聞稿發出去後，大家都因為上次西方魔女的事情，不再

相信我們了，願意前來的記者只有一名。

相仁　　　（可惡…）那一位是誰。

丞梓　　　劉記者（拿出手機與自拍棒）就是我，劉丞梓。

相仁　　　！！

丞梓　　　我要拍下發表會的畫面，放在我的個人頻道。

相仁　　　…！！我真的…要怎麼把你…天哪…（火冒三丈）

#32　　　**沒關係病院，大廳｜白天**
　　　　　尚泰所繪製的壁畫有著翩翩起舞的蝴蝶，將庭院的景致完
　　　　　美重現在牆上…順德（穿著優雅）欣慰地看著壁畫，一旁
　　　　　吳院長走過來。

順德　　　還以為你是庸醫，看來真的有兩把刷子？讓尚泰能夠畫出
　　　　　那麼美麗的蝴蝶…

吳院長　　我可沒做甚麼，都是他自己完成的。

順德　　　（笑）

吳院長　　你今天…挺漂亮的。

順德　　　幹嘛這樣，真油膩。

吳院長　　我以後可以去你家吃飯嗎？像以前那樣…在圍牆上…（大
　　　　　喊）順德～！出來玩～！

　　　　　因院長的大喊，所有人都視線集中。

順德　　　（搗住嘴）不要這樣！你瘋了嗎？還是真的癡呆了？

吳院長　　（笑著）

　　　找尋最真實的臉孔

姜恩慈（E）院長？

> 吳院長抬起頭…姜恩慈一身打扮端莊，氣色良好，脖子上圍著一條華麗的絲巾。

#33　**沒關係病院，休息室｜白天**
兩人喝著咖啡。

吳院長　絲巾…很美呢。

姜恩慈　（靦腆）因為覺得脖子有些空虛…趁百貨公司打折時買的，今天又是重要的日子…

吳院長　挺好的，很適合你。

姜恩慈　有空的話歡迎來我的餐廳吃飯，我們的紅燒魚可是相當有名。（開心地笑著）

#34　**沒關係病院，庭院｜白天**
「發表會即將開始！請各位到治療室入座～」星與權敏錫引導著患者到治療室，而朱正泰則是一臉著急地看著外面…而就在不遠處雅凜跑向醫院！

雅凜　　正泰～！正泰～！

正泰　　（歡喜）雅凜…！！！（跑上前，兩人相擁）

#35　**沒關係病院，治療室前走廊｜白天**
患者與醫護人員紛紛進到治療室內…姜恩慈與吳院長一同

走著…「可是怎麼不見那位很帥的護工呢？」以及穿著院長送的鞋的簡畢翁（穿著患者服）以及劉宣海，和背著吉他，華麗裝扮的吳車勇，還有精心打扮的載洙…

載洙　　呼…怎麼這麼令人緊張呢…（還與丞梓打招呼）

#36　　**沒關係病院，大廳｜白天**
　　一名年輕男子坐在大廳，手上拿著公務員考試用書正在專心讀著，正要前往治療室的星與朱里，一看到他…！！竟然是權起道！

朱里　　起道…

起道　　姐姐～！（闔上書）真是好久不見，過得好嗎？

星　　　天哪，真是我的菜…

朱里　　（笑）你變了真多呢…（看見書）最近在準備公務員考試嗎？

起道　　（直率）因為我的關係，爸爸不是沒選上，這大家都知道吧？

朱里　　（尷尬）哈哈…

起道　　所以我想說承襲他的飯碗，去考公務人員，用這個不太靈光的腦袋試試看，哈哈…

朱里　　很不錯呀…

起道　　（左顧右盼）可是怎麼沒有看到很帥的鋼太哥跟熱情的作家姐姐？？

#37　　　沒關係病院，員工餐廳旁休息室｜白天

　　　　鋼太、尚泰、文英，三人穿著正式，但氣氛卻不尋常。

文英　　　這是我寫的童話書！當然要我來唸！你憑甚麼湊熱鬧！

尚泰　　　圖可是我畫的，一半都是我的，我也很會朗讀…

文英　　　哥你缺乏關注嗎？

尚泰　　　關注？那是甚麼？像缺乏維生素嗎？

鋼太　　　（受不了）兩個不要再吵了，再吵會遲到，我們先過去吧。

文英　　　反正你不可以朗讀。

尚泰　　　不管，我也是插畫家，要一起才公平。

文英　　　不可以！

尚泰　　　不管！

鋼太　　　（暴怒）兩個要繼續吵的話，都不要唸！我自己來！（離開）

文英｜尚泰　！！（跟著鋼太身後，一邊吵架）

#38　　　沒關係病院，治療室｜白天

　　　　患者與醫護人員以及來賓皆已就座，鋼太、尚泰、文英站
　　　　在一旁…相仁在麥克風前主持著。

相仁　　　本次活動是超乎想像兒童文學出版社，重新出發的里程碑…
　　　　首先感謝願意出借場地的吳智往院長以及沒關係病院的全體
　　　　醫護人員！讓我們話不多說，一同聆聽，兒童文學作家高文
　　　　英與插畫家文尚泰的夢幻新作！《找尋最真實的臉孔》！

　　　　一旁的銀幕顯示著童話封面…眾人屏氣凝神期待…文英與

尚泰坐在麥克風前…鋼太也拿著麥克風站在一旁。

文英　　　很久很久前，在森林深處有一座城堡…住著三個被黑影魔
　　　　　女奪去真實臉孔的人。

#39　　　蒙太奇（插畫＋實際場景）｜白天
　　　　　#插畫

尚泰（E）　因在箱子的大叔說：「我們若是不想再吵架，想要變得幸
　　　　　福，就必須尋找真實的臉孔。」

　　　　　#插畫

文英（E）　三個人為了尋找臉孔，坐上露營車開始了一場冒險…他們
　　　　　首先遇到了在雪地裡傷心大哭的狐狸媽媽。

　　　　　#朗讀著童話的鋼太…
　　　　　#聽著故事的恩慈。

鋼太（E）　面具少年向狐狸媽媽問道：「阿姨你為什麼在哭呢？」狐狸
　　　　　媽媽說：「我揹著孩子出來找吃的，但卻將牠弄丟了…」

　　　　　#恩慈在因交通事故死去的女兒身邊。
　　　　　#在涼床上想起媽媽而痛哭的鋼太。

鋼太（E）　狐狸媽媽的眼淚已經凍結成冰，但面具少年卻難過地放聲大哭。

插畫

尚泰（E）　因為少年的眼淚，讓雪地融化，小狐狸得以與媽媽團聚。

朗讀的文英＋聽著的起道。

文英（E）　三個人又再次踏上旅程，他們遇見了全身赤裸在荊棘田內跳著舞的少年，空罐公主問道：「為什麼你渾身是傷，還要跳著舞呢？」

起道在競選會場上跳舞的畫面。

鋼太（E）　「我以為這樣人們才會注意到我，但卻只換來一身的傷痕，沒有人願意理睬我。」

文英開車載著起道＋插畫

文英（E）　空罐公主就走進荊棘田中與少年一起跳舞，「因為我是罐頭，所以不會痛，也不會有傷疤。」

插畫

文英（E）	當空罐公主一跳起舞時，罐頭發出匡啷匡啷的聲響，吸引許多人的目光，大家欣賞著他們的表演，還拍手叫好。
尚泰｜文英（E）	就在此時！（同時）

#40　　　沒關係病院，治療室｜白天

尚泰｜文英（E）	就在此時！（同時）就在…此時…（不斷重複）
鋼太	（該不會…）
文英	搞甚麼，換我了！
尚泰	哪是，已經換我了…
眾人	（交頭接耳）
文英	（指著書）你看！這裡寫著文英！
尚泰	哪有，我這裡寫著尚泰？為什麼騙人？
鋼太	（安撫）就派一個人唸吧…
文英	哥你不要唸了，句子要一次唸完，為什麼要停頓呢？
尚泰	一次唸完多無聊，你剛剛在唸的時候，那邊還有人打哈欠了…
文英	（丟麥克風）該死的，叫你不要唸就不要唸！
尚泰	（不服輸）該死？你竟然對哥哥說髒話嗎？
相仁	毀了…（血壓升高）
丞梓	（津津有味地錄影）點閱率一定飆高的。

患者們議論紛紛…醫護人員也不知所措…吳院長開心地笑著…畫面帶過恩慈、起道、朱里、順德、載沐的表情。

鋼太　　　　（爆發）兩個…都給我安靜！！！！
　　　　　　（麥克風發出尖銳的噪音）

被嚇到的雅凜開始放聲大哭：「怎麼這樣…嗚嗚…為了聽這個我花了13個小時的飛機…嗚嗚嗚…」正泰安撫著雅凜走出治療室…相仁口吐白沫地昏厥…朱里跑上前安撫尚泰，好好的新書發表會亂成一團。

#40-1　　　**沒關係病院，員工餐廳｜白天**
　　　　　　順德或許是因為剛剛的鬧劇，臉上帶著笑容，整理著廚房。[30]

順德　　　　他們要乖乖聽話…還有很長的路呢…呵呵呵…

鋼太走上前。

鋼太　　　　今天不是休息嗎？
順德　　　　只是稍微消毒一下。
鋼太　　　　這樣子嗎…
順德　　　　（忙碌）你別太責備他們，還不懂事所以才吵吵鬧鬧的。
　　　　　　（笑著）
鋼太　　　　（將背後的書遞上）請收下這個。
順德　　　　（拿著）…？

_____

30 便服。

鋼太	哥哥說…不可以讓阿姨花錢買，所以要送你一本。
順德	真是乖巧，那這樣我不用買一百本囉？
鋼太	（笑）請翻開看看。

順德翻開第一頁…有著尚泰的簽名與一句話（尚泰的聲音）「給真正的冒牌媽媽…謝謝你經常做好吃的飯，每天每天都想吃你煮的飯，我真的很喜歡阿姨～♡」

順德	（眼眶泛紅）真正的冒牌媽媽又是甚麼…
鋼太	雖然不是真的媽媽…但卻像真正的媽媽一樣喜愛吧…？
順德	不枉費我做飯了呢…（擦著眼淚）
鋼太	（看著順德）…可以，讓我擁抱你嗎？
順德	（看著）這還需要問嗎～
鋼太	（帶著微笑，抱著順德，對自己而言最溫暖又溫柔的冒牌母親…）謝謝你…
順德	（疼惜地拍著背）

#41　　沒關係病院，庭院｜白天

相仁坐在能夠看到海的涼椅上，低著頭沉默不語，朱里走上前。

| 朱里 | （拍背）…沒關係的，反正今天的事情，只有在場的人知道不是嗎…（剛講完） |

相仁拿出手機，畫面裡是丞梓的個人頻道所上傳的朗讀會影片，標題寫著「高文英作家的華麗回歸秀！」底下更是湧入多則留言「根本比相聲還搞笑」、「竟然出現比高作家更厲害的人了！」、「空罐公主 VS 箱子大叔！」

朱里　　（…！）這個可以當作是反向操作啊。

相仁　　（看著）你真的這麼想嗎？

朱里　　對，對啊。（尷尬）

相仁　　這位小姐…真是不會說謊…（嘆氣）

朱里　　代表你是不怕跌倒，每次都會站起來的人，是相當堅強的人。

相仁　　（看著朱里）

朱里　　以後…就不能常碰面了吧？要回首爾重新開始…

相仁　　會重新開始，但不會去首爾，我在城津市找到辦公室了。

朱里　　甚麼？！

相仁　　首爾房租那麼貴，何必去呢…而且朱里你也在這裡…（笑著）

朱里　　（難為情，害羞地笑著）

相仁　　（將手指緩緩…靠近朱里的手…輕碰到小指後…小心翼翼地握緊手）大海…真漂亮呢…

朱里　　（只是看著大海…揚起笑容）

海平面閃閃地發光…朱里將頭輕輕地靠在相仁肩上…

#42　　　**沒關係病院，通往停車場的路｜白天**

鋼太板著臉走在前面，尚泰跟文英偷偷摸摸地跟在後面，然後眼神示意後，衝向鋼太，一人勾住一邊的手，鋼太怒吼：「你們給我放開！」

吳院長　　三劍客。

三人　　　（轉頭）

吳院長　　（笑）我有東西要給你們⋯

#43　　　**沒關係病院，戶外停車場｜白天**

三個人張大嘴巴、瞪大眼睛看著眼前的露營車。

吳院長　　這就是壁畫的酬勞，喜歡嗎？

尚泰　　　（呆愣）喜歡⋯

鋼太　　　（不行！）院長這太⋯

吳院長　　（比著噓的手勢）

尚泰　　　吳智往院長是奧茲的魔法師⋯怎麼會有這個呢？（興奮地繞著露營車轉）

文英　　　（用手摸著車）好想要⋯

尚泰　　　（把手移開）不可以，這是我的車。（進入車內）

「也讓我上車！開門！不然我要把門踢壞了喔！！」兩人又開始吵吵鬧鬧⋯

鋼太　　　這台車作為畫畫的酬勞真的太多了，院長我們接收心意就

可以了。

吳院長	這就是我的心意。
鋼太	…！
吳院長	你們三位，這段期間都吃了很多苦，我當初的自大也需要付出代價，這樣子我才能夠舒坦點。
鋼太	（可是…）我們怎麼能收下這麼貴重的禮物…
吳院長	那你答應我要常跟我玩不就好了。（笑）
鋼太	（充滿感謝）好的…
吳院長	開著車子去很遠很遠的地方旅行吧…一路上的收穫一定相當精采。
鋼太	（笑著望向文英與哥哥）
吳院長	雖然帶著這兩個會有些辛苦。
鋼太	但還是挺有趣的吧…（笑）

#44 城堡，兄弟的房間｜夜晚

鋼太說服著看著電視的尚泰。

鋼太	我們走啦…？三個人開著露營車去旅行…不是哥哥想做的事情嗎？（拿出畫）所以才將這一幕畫下來不是嗎？
尚泰	現在不用逃離蝴蝶了，為什麼還要坐露營車去很遠的地方？
鋼太	我們不是去逃亡，是去旅行。
尚泰	有甚麼不一樣嗎？
鋼太	逃亡是…帶著不會回來的想法離開，旅行是…隨時都會回來，所以出發去遙遠的地方。（毫無根據的說法）

尚泰	那反正都會回來，為什麼還要離開？
鋼太	（！！無話可說，惱羞成怒）那反正都會拉出來，你幹嘛吃飯！（轉身出去）

#45　城堡，文英的房間｜夜晚

文英在梳妝台前梳著頭髮…鋼太在一旁走來走去。

鋼太	你不是說現在沒有想要寫的童話嗎…那更應該去旅行尋找靈感啊，作家們不是一邊旅行一邊尋找靈感嗎？
文英	（冷漠）吃、睡、開車、吃、睡、開車…在那個小小的露營車裡一直反覆行為模式，哪裡會有靈感？
鋼太	要…去了才知道啊，你可以找到靈感…我可以休息一下，順便讀書，哥還可以畫畫…不是很棒嗎？
文英	不知道耶。
鋼太	你不是說想跟我去長途旅行嗎？
文英	長途好麻煩，當天來回不行嗎？
鋼太	（暴怒！）你在開玩笑嗎？我想要的…就是漫無目的，自由自在的旅行，無論是一個月、半年，都可以，直到我想回來為止！
文英	（安撫）不要激動，當無法控制自己的時候，從一數到三。
鋼太	！
文英	數完就會冷靜了。（轉身離開）
鋼太	（可惡…憤怒與傷心交織）

#46　　　小吃攤｜夜晚

鋼太心懷不滿地灌著燒酒。

鋼太　　（醉意）他們怎麼可以這樣對我呢…？我一直以來盡心盡
　　　　力的付出、忍耐…都撐過來了，連個犒賞都不值得擁有
　　　　嗎！

餐桌一旁有著相仁與載洙，載洙啃著小黃瓜。

相仁　　還想說你怎麼說要請喝酒…結果是來吐苦水的嗎？
載洙　　怎麼會因這種芝麻綠豆小事鬱卒成這樣…你之前都怎麼撐
　　　　過來的？
鋼太　　他們兩個為了寫書，就排擠我，我沒有一句抱怨，還幫他
　　　　們處理大小事…！
相仁　　（安撫）對啊…若是沒有鋼太…那本書恐怕就不會誕生了…
鋼太　　就是說啊？我的願望有很貪心嗎？又不是要去賽倫蓋提，
　　　　也不是要去星星，一家人開著露營車，去山間、田野，隨
　　　　心所欲的旅行…連這份微小的心願都不能達成嗎？
載洙　　（應付）就是說啊，鋼太真的好辛苦，大哥跟文英真是壞
　　　　心呢。
鋼太　　（眼神已無法對焦）真的很壞吧？
載洙　　真的…（點頭而笑）
鋼太　　（緊盯）你說謊！說謊！騙子！（語畢就醉倒在桌上）
載洙｜相仁　！！

#47 城堡，外觀｜早晨

#48 城堡，大廳｜早晨

    門發出聲響…被打開，醉醺醺的鋼太走進屋內，因宿醉而頭痛的他…看見文英與尚泰蹲坐在樓梯間打瞌睡，一旁還有許多大包小包的行李…還穿著一樣的恐龍上衣。

鋼太 ！！！（走上前看清楚）

文英 （醒來）搞甚麼鬼…你去哪裡了！

尚泰 （因聲驚醒）嗯？你…喝酒了嗎？

鋼太 這些行李是…？

文英 當然是要去旅行啊，要給你驚喜才騙你的，誰知道你生氣就跑出去，還喝了一整夜的酒？！

尚泰 （拿出恐龍上衣）穿上這個，這是我們的家族衣，很可愛吧。

鋼太 （發呆…）

#49 道路上＋露營車｜白天

    網太掛在鏡子上搖搖晃晃…文英開著露營車，一旁坐著因宿醉而難受的鋼太…後面的尚泰開心地玩著恐龍玩偶（高吉童）。

文英 （碎唸）好不容易盼到的旅行，結果因為宿醉而不省人事…真是美好的開始…

鋼太 （神智不清…）

16 找尋最真實的臉孔

尚泰	（問鋼太）頭很痛嗎？要吐了嗎？
鋼太	沒事…
文英	還說沒事，每次都有事，又要嘴硬說沒事…
尚泰	（對文英）怎麼可以對不舒服的人發脾氣呢？你怎麼脾氣那麼不好？
文英	現在是在罵我嗎？明明是他的錯，為什麼要罵我？該死的！
尚泰	又對哥哥說髒話嗎？你又說髒話了嗎？說髒話就是該罵！（抓著耳朵）
文英	啊！放手！叫你放手！！
鋼太	（因為晃動而想吐）好了…停車…趕快停車…（嗯…）

 # 兩人爭吵不休的聲音與在道路上搖搖晃晃的露營車…

#50　　**田野｜白天**
在美麗的田野上…傳來一陣嘔吐聲，露營車停在田野一角。

#51　　**露營車｜白天**
文英與尚泰兩人開心地吃著泡麵，彷彿甚麼都沒有發生過，吐完的鋼太抱著肚子走回來，看了一眼兩人吃著麵條的模樣後，躺在一旁。

文英	趕快來吃你的。
鋼太	（嗯…）我不吃…

尚泰	浪費食物要罰錢。
文英	（打開）我們兩個分一分吧。
鋼太	（痛苦…）
文英	「這跟我所想像的露營車之旅完全不同啊…」你現在該不會突然覺醒吧？
鋼太	…！！
尚泰	覺醒？那是甚麼意思？
文英	就是瞬間清醒。
尚泰	？
文英	從夢中醒來的意思。
尚泰	原來…
鋼太	（笑出來）我先睡一下，晚餐時再叫我…

「哥，我覺得你要學一下流行語。」「我覺得你要好好學習東方禮儀。」兩個人在窗外吵吵鬧鬧，但卻讓人感受到溫暖的幸福…

#52 　蒙太奇｜白天｜晚上

無論是白天或是夜晚…露營車都在路上奔馳著…他們經過田野…越過河川…穿梭在大街小巷，時而是鋼太開車，時而是文英駕駛，他們在美麗的風景前拍下合照，也開著音樂開心地手舞足蹈…三個人擠在露營車內睡著，鋼太貼著哥哥的背睡去，文英將腳橫跨兩兄弟身上…三個人就這樣度過美好的旅程。

#53　露營地｜夜晚

露營車停在漫天星空下，車前擺放著桌椅⋯鋼太享受著寧靜的夜空⋯文英走過來，看著鋼太。

鋼太　　⋯怎麼了？

文英　　趁我想到的時候，想跟你說。

鋼太　　甚麼？

文英　　（真摯）對不起。

鋼太　　甚麼事情？

文英　　（握緊受傷的手）我讓你⋯受了兩次傷⋯我希望你從此不再受傷。

鋼太　　（笑）

文英　　還有，謝謝你⋯

鋼太　　（觸動內心深處）

文英　　帶我來旅行。

鋼太　　幹嘛突然這樣。（害羞地笑著）

文英　　（真摯地看著鋼太）⋯我愛你，文鋼太。

鋼太　　（意外的告白，讓雙頰發燙）

文英　　這次⋯不是說謊，而是真心的⋯（純真地笑著，親吻鋼太）

兩人在夜空的見證下，緊緊相擁在一起，星辰在黑夜中閃爍，替這對戀人獻上最永恆的亮光⋯

#54　　　　露營車內｜（隔天）早晨

尚泰整理著寢具…手機響起。

尚泰　　（接起）喂，你好！

#55　　　　露營地｜早晨

鋼太坐在椅子上，享受早晨陽光的沐浴…回頭望，看見尚泰站在身後。

鋼太　　起來了嗎，哥…我們今天要往南海去。

尚泰　　文鋼太。

鋼太　　怎麼了？

尚泰　　好玩嗎？沒有目的地的旅行…？

鋼太　　（開心）很好玩。

尚泰　　你想要開著露營車繼續旅行嗎？

鋼太　　想。

尚泰　　到甚麼時候？

鋼太　　到…膩了為止？

尚泰　　那…你跟文英兩個人去吧…我要去別的地方…

鋼太　　（呆愣在原地，尚未意識過來聽到了甚麼，然後看見哥哥已經整理好的行李）

尚泰　　…

鋼太　　（該不會…！）怎麼了嗎…？哥不喜歡旅行嗎？

尚泰　　喜歡，我玩得很開心，但是…我有想做的事…其他的事…

鋼太　　（事…？！）

尚泰	我想畫圖，想畫童話⋯那個更有趣⋯
鋼太	（原來如此⋯！看來我太顧著自己了）好的，那我們回去吧。（心中略帶遺憾）
尚泰	不，你們繼續玩，我要去工作，等一下會有人來接我。

文英剛好走出車外，走向兩人。

尚泰	有其他的童話作家⋯喜歡我的畫。
文英	（其他的童話作家？！）
尚泰	對方說想跟我一起合作⋯說他的文字需要我的圖畫⋯
文英	（詫異）哥⋯
尚泰	我也是⋯被需要的人了⋯被需要的人⋯
鋼太	（⋯！眼眶開始泛紅⋯看著哥哥）
文英	哥，我也需要你的圖畫⋯
鋼太	（抓住文英的手）
文英	！
鋼太	（淚水滿溢，走上前，用顫抖著聲音）哥⋯沒有我⋯也沒關係嗎？已經⋯不需要我了嗎？
尚泰	⋯文鋼太是文鋼太的主人。
鋼太	（流下淚水）

#INS）18年前過往／在家裡對媽媽大喊

「我不屬於哥哥！我是我自己的！文鋼太是文鋼太的主人！」

尚泰	文鋼太是文鋼太的主人…
鋼太	（那最殷切的願望…卻是哥哥替自己說出口…）
尚泰	你是你的主人，我是我的主人…
文英	（明白話中之意，也紅了眼眶）
鋼太	好…我不是哥哥的…不是文尚泰的…（淚流不止）
尚泰	（給弟弟溫暖的擁抱）

寬大的手，輕輕拍著弟弟的肩膀…19歲的尚泰，緊緊抱著弟弟，透過溫暖的擁抱，傳達對弟弟的感謝。

年幼尚泰	不要哭…鋼太…不要哭…
鋼太	哥…哥…
年幼尚泰	謝謝你…謝謝你…
鋼太	（和到目前為止都與自己雙腳捆綁的年幼哥哥道別…）我也謝謝你…哥…謝謝你…是我的哥哥…

相仁的車子駛近，兩兄弟經過長長的擁抱後分離…靜靜地看著對方…不約而同地走向各自的車子，鋼太與文英走向露營車，尚泰走向相仁的車子…兩人皆沒有回頭望向對方…文英緊緊抱住鋼太…相仁則是拍拍尚泰的肩…兩輛車子最後駛向不同的彼方，露營車繼續邁向夢想之地…另一台車則朝著實踐而行，彼此的距離愈來愈遠…走上不同的遠方。

　　　　　　＃插畫

鋼太（E）　三人為了尋找遺失的臉孔，又再次踏上旅程⋯但是邪惡的
　　　　　　魔女又出現，阻擋了他們的去路，魔女將找到小狐狸的面
　　　　　　具少年與空罐公主綁架⋯

鋼太（E）　「你們兩個⋯絕對找不到幸福的面孔」魔女唸出咒語後，
　　　　　　將他們關在漆黑的洞穴深處中。

尚泰（E）　幾天後，箱子大叔雖然找到了洞口，卻因入口太過狹隘，
　　　　　　無法進去洞穴。

尚泰（E）　「該怎麼辦呢？要進去狹隘的洞穴，就必須把箱子脫下⋯」

鋼太（E）　此時，在洞穴裡的空罐公主說話了：「大叔，你不要管我
　　　　　　們，趕緊逃跑吧！魔女很快就會回來的！」

文英（E）　但是箱子大叔卻鼓起勇氣，將箱子脫下，進去洞穴將兩人
　　　　　　解救出來。

文英（E）　兩人爬出洞穴後⋯看見箱子大叔的臉被洞穴弄得髒兮兮，不
　　　　　　由自主地捧腹大笑，哈哈哈，正當兩人笑得開心時，面具
　　　　　　少年的面具就脫落了，空罐公主的罐頭外殼也應聲解體。

鋼太在夢中看見美麗的文英而露出笑容，尚泰看著弟弟露出幸福的笑容而落淚。

尚泰（E）　　兩人因為開心大笑而露出真實臉孔，大叔見狀就說。

「鋼太…很幸福…他很幸福」尚泰看著表情卡片。

尚泰（E）　　「現在真幸福…」

這段期間三人的背影，無論是走進醫院，勾著手的畫面…在大煥葬禮後三人並肩同行的畫面…在餐廳旁文英勾著兩兄弟的畫面…以及最後，在中國餐廳前三個人一同撐著傘的畫面。

鋼太（E）　　結果黑影魔女所奪走的…不是他們真實的面孔，而是…尋找幸福的勇氣…

一同撐著傘的三人背影…轉換成童話故事的一幕，為他們的美好故事，畫下夢幻的句點…

〔用語整理〕

S（Scence） 場次，組成電視劇的單位之一，相同的場所、時間裡連貫發生的動作與台詞。

F.I（Fade In） 淡入，由全暗的畫面漸亮直至正常明亮度的畫面轉換手法。

F.O（Fade Out） 淡出，由正常明亮度的畫面漸暗直至全黑的畫面轉換手法。

Flash Cut 兩個畫面間插入瞬間性場景。

Flashback 回想畫面，經常用於說明事件的前因後果，或以回憶畫面呈現人物特性。

E（Effect） 屏除台詞與音效，經常用於畫面中未登場人物而只有聲音時，常用於回想畫面與一般畫面之間使用。

Insert 為強調特定動作或情況時插入的畫面，即使不使用也不影響整體場景理解，但此手法可使狀態更為鮮明，使用時經常伴隨特寫場面。

Montage 蒙太奇，將不同的場景剪輯為同一段。

O.S Off Screen，人物不在畫面中，只有台詞出現。

OL（Overlap） 現行畫面逐漸消失的同時，下一幕的聲音或畫面緊接出現。

TITLE

雖然是精神病但沒關係：原著劇本【下】

STAFF

出版	瑞昇文化事業股份有限公司
編劇	趙容 Jo Yong
插畫	姜山 Jam San
譯者	莫莉

總編輯	郭湘齡
文字編輯	徐承義　蕭妤秦　張聿雯
特約編輯	丁玉霈
美術編輯	許菩真
排版	許菩真
製版	明宏彩色照相製版有限公司
印刷	桂林彩色印刷股份有限公司
	綋億彩色印刷有限公司
法律顧問	立勤國際法律事務所　黃沛聲律師

戶名	瑞昇文化事業股份有限公司
劃撥帳號	19598343
地址	新北市中和區景平路464巷2弄1-4號
電話	(02)2945-3191
傳真	(02)2945-3190
網址	www.rising-books.com.tw
Mail	deepblue@rising-books.com.tw

初版日期	2020年11月
定價	520元

國家圖書館出版品預行編目資料

雖然是精神病但沒關係：原著劇本 / 趙容
編劇；姜山插畫. -- 初版. -- 新北市：瑞昇
文化, 2020.11
下冊 ; 14.5 x 21 公分
ISBN 978-986-401-450-7(上冊：平裝). --
ISBN 978-986-401-451-4(下冊：平裝). --
ISBN 978-986-401-452-1(全套：平裝)

862.55　　　　　　　　109016085

사이코지만 괜찮아 1&2 © 2020 by 조용 | 잠산
Text Copyright © 2020 by 조용
Illustration Copyright © 2020 by 잠산
First published in Korea in 2020 by Sung An Dang, Inc.
Traditional Chinese edition rights © 2020 by Rising Publishing Co., Ltd.
All rights reserved
This translation rights arranged with Sung An Dang, Inc.
Through Shinwon Agency Co., Seoul and Keio Cultural Enterprise Co., Ltd., New Taipei City